野口ゆり子【著】

文学のなかの人間と動物

——ロレンス、マードック、ダンモア、ゲイル

文化書房博文社

目次

凡例……9
はじめに……11
第一部　人間と動物……17
第一章　人間と蛇……18
デリダのセミナー　18
「蛇」の顔　19
ロレンスの詩「蛇」　20
デリダの「蛇」の解釈　26
「死んだ男」のなかの蛇　32
「イングランド、私のイングランド」のなかの蛇　36

第二章　人間とキツネ……41
ロレンスの「キツネ」　41
キツネとしての若者　44
獲物としてのマーチ　46
マーチとヘンリー　48
反対するバンフォード　50
キツネの死　52
結婚の承諾　54
バンフォードの抵抗　58
バンフォードの死　60
幸福という幻想　63
蛇とキツネ　66
ダンモアの『ゴー・フォックス』　69
現れたキツネ　71
ゴー・フォックスと公園へ　74
家に帰った二人　76
動物の受容　79

第三章 人間と馬……82
歴史のなかの馬 82
ロレンスの「セント・モーア」 84
ルイーズとセント・モーア 86
孤高のセント・モーア 91
事故 93
馬との逃走 97
アメリカへ 100
馬と農場 104
第四章 人間と犬……107
動物と道徳 107
手放された犬 109
ベラミーという男 111
モイという少女 114
アナックスの逃亡と帰還 119
ベラミーとアナックスとモイ 124

第二部　ロレンス、マードック、ダンモア、ゲイル……129
第一章　ロレンスの作品に見られるパルレシアとシニシズム……130
真理と勇気　130
パルレシアストとしてのロレンス　131
優しさへの勇気　134
冷笑家としてのロレンス　136
第二章　マードックの『何か特別なもの』……143
マードックの唯一の短編　143
母と娘　144
バーでの騒ぎ　146
何か特別なもの　150
イボンヌの涙とガブリエルの涙　153
風俗小説としての『何か特別なもの』　154
第三章　マードックが描いた偶然の哲学……157
偶然とは何か　157

跳躍板としての偶然――『善き見習い』 160
偶然の専制から逃れる――『地球へのメッセージ』 167
偶然を生きる 172
第四章 ダンモアの『暗黒のゼナー』……175
ロレンスとゼナー 175
少女とロレンス 177
ゼナーとラナニム 180
物語に描かれたロレンス 183
クレアと家族、そして、コミュニティー 188
ゼナーにおけるゲマインシャフト 190
第五章 マードック的なゲイルの『ラフミュージック』……192
小説の導入部 192
導入の章 193
「ブルーハウス」と「ビーチコウマー」 195
ビーチコウマーでの出来事 197
ブルーハウスでの出来事 201

結末の章　207

マードック的なゲイル　209

引用文献……212

あとがき……219

索引……226

凡例

英文を引用する際に、原文のイタリック体には傍点を付した。著者名等の日本語表記はおおむね日本語で流布しているものに従った。

使用した文献は巻末に記したが、本文中では煩雑さを避けるために、（　）内に副題を省略して記したり、略して記したものもある。

なお、論の展開上、すでに発表したものと重複する部分があることをお断りしておく。

はじめに

人間は生きていくために動物を必要としてきた。狩猟や飼育のために、また、娯楽や愛玩のために動物は必要であった。それればかりか、人間は考えるためにも動物を必要としてきた。古代ギリシアの哲学者アリストテレス（Aristotelēs）は、「知覚に関する生」（Aristotle, *The Nicomachean Ethics*, p.11）は「馬、牛、そして、どんな動物によっても共有されているように思われる」（Ibid.）と言った。また彼は、「動物が自力で動くことができるのは、欲望することができるから」（Aristotle, *De Anima*, p.216）であるが、「想像力がなければ欲望することもできない」（Ibid.）と考えた。そして彼は、想像力には「理性的」（Ibid.）なものと「知覚的」（Ibid.）なものという「徹底的な区分」（Ibid.）があり、知覚的想像力は「人間に劣らず、他の動物も享受している」（Ibid.）と言った。彼が主張したのは「理性的な思考力を働かせ、普遍的な知識を熟慮することによって、肉体の基礎をなす性癖から魂を解放すべきだ」（Buchanan, *AHI* p.266）ということである。

フランスの思想家モンテーニュ（Michel de Montaigne）は、「動物が生まれ、産み、育て、行動し、動き回り、生きては死んでいく有りさまは、人間のそれと非常に近いものである」（モンテーニュ『エセー四』六二頁）が、「動物たちは、われわれ人間よりもはるかに自然の秩序にしたがっているし、自然が命じた限界のなかで、はるかに節度正しくふるまっている」（同六六頁）と考えた。彼の議論の目的は、「人間を格別の存在とみる見方には根拠がないこと」（金森『動物に魂はあるのか』四五頁）、言い換えると、「人間が自分を卓越した別格的存在だと考えたがるのは、愚かなプライドや強情さの発現にすぎないこと」（同）を「人間の鼻先に突きつけること」（同）であった。

実存主義の哲学者ハイデッガー（Martin Heidegger）は、「人間は世界の一部」（ハイデッガー『形而上学の根本概念』二九二頁）であり、「このような世界の一部として人間は世界の主人であると同時に下僕でもある」（同）と言った。また彼は、「石（物質的な物）は無世界的」（同二九三頁）であり、「動物は世界貧乏的」（同）であるが、「人間は世界形成的」（同）であると言った。石が無世界的であるのは「接近可能な在るものとしての世界」（金森『動物に魂はあるのか』一九二頁）に石は接近できないからであり、「動物の世界が貧乏だというのは、動物にとって接近や遭遇が可能なものが人間に比べて少ないということを意味する」（同一九一頁）からである。そして、人間の世界が形成的だというのは「人間は自分が関係をもつその相手を増やしていける」（同一九二頁）からである。また彼は、「見ることができるということは動物の一つの本質的な可能性である。……動物性は、その有の様式一般において、それには、見る―、聞く―、かぐ―、触る―ことができる、というような可能性が属している」（ハイデッガー『形而上学の根本概念』三五〇頁）と言う。

ポスト構造主義の哲学者デリダ（Jacques Derrida）は「動物は精神をもっていない」（デリダ『精神について』七九頁）と言った。また彼は、「動物は愚かになりえません。……動物が愚かになれないのは、それが自由であるからではなく、意志をもたないからです」（デリダ『現代思想』六四頁）と言う。彼が必要としていたのは、動物の「沈黙」（Derrida, *The Animal* p.3）と「視線」（Ibid.）であった。なぜなら、動物が沈黙して自分を見ているちょうどその時、「私は誰なのか」（Ibid.）、「私は誰（に従っているの）か」（Ibid.）と自問するからである。彼にとって動物は「人間／非人間、人間／動物といった対立すらも逃れる絶対的他者」（宮崎『現代思想』一五二頁）であり、「有限な人間の生に秘められた無限の他者」（同一五三頁）であった。彼は「言語活動は常に、いかなる問い以前にも、そして問いそのものの内で、いくぶんかの約束へと帰着する。それはまた、精神の……約束でもあることになろう」（デリダ『精神について』一五六頁）と言っているが、言語活動を行わない動物は、約束という精神的な行為をすることはない。

また、フランスの哲学者メルロ＝ポンティ（Maurice Merleau-Ponty）は、「動物には行動という属性がある」（メルロ＝ポンティ『知覚の哲学』二三五頁）と言う。そして彼は、「私たちが生きている世界は単に事物と空間からつくられていません。私たちが生物と呼ぶある種の物質の断片は、それの周囲にその所作ないし行動によって、事物に関する彼らに固有な視覚を描きはじめます。私たちが動物世界〔動物性〕の光景に同意さえすれば、また一切の内面性を動物性に対して拒むような無茶をせず、動物性と共に実存しさえすれば、こうした視覚が私たちに出現するでしょう」（同二三四頁）と言った。

デリダは裸でいる時、「猫の視線」（Derrida, *The Animal* p.4）を感じ、「恥ずかしいという反応を抑えるのに苦労する」（Ibid.）と言う。しかしメルロ＝ポンティは、「私に向けられた犬の凝視は私を恥ずかしくさせない」（Merleau-Ponty, *Basic Writings* p.160）と言う。なぜなら、「他者の凝視」（Ibid.）は「可能性のあるコミュニケーションの代わり」（Ibid.）となるのであるが、犬の「凝視」はそのようなものではないと彼は考えるからである。

また、ロレンス（D. H. Lawrence）は「夕暮れの雌ジカ」（'A Doe at Evening'）という詩で、「私は彼女を見た／そして彼女がじっと見ていると感じた／私は奇妙な存在になった／それでも、私は彼女と共にそこにいる権利を持っていた」（Lawrence *Complete Poems* p.222）と書いている。雌ジカは逃げていくが、「雄であるのに、私の頭はしっかりとバランスが取れていないのか、枝角がないのか／私の尻は軽くないのか」と彼は自問する。このように、「動物はいつでも我々の自己認識の仲介者であった」（Shepard, *Thinking Animals* p.208）。「人間／動物の二元は常に不安定で、議論され、克服されてきた」（Gross, *AHI* p.3）のだという。「人間は動物であると主張すること」（Ibid. p.3）は、しばしば、「人間／動物の二元が暗示している、世界の分割を正確に受け入れること」（Ibid.）になり、その代わりに、「宗教に従事するものが魂と呼ぶものの現実」（Ibid.）、あるいは、「人間が自分自身の文化を自由に創造する、理性的な主体として実際に振る舞っているという主張」（Ibid.）が拒否されている。人間は「他の動物と生物学的な連続性を保っている」（西田『人間性の起源と進化』ⅰ頁）と同時に、「生物学的な次元では語りつくせない独自の世界」（同）を持っていることを忘れてはならない。

しかし、人間が持つ「独自の世界」を追求するあまり、「抽象的思考、良心、道徳といった、我々自身に関する新しく重要だと考えるものに取りつかれて、我々は基本を無視している」（Waal, *The age of Empathy* p.15）と感じる時もあるだろう。そのような時、もう一度動物に目を向けてみよう。昨今、父が権威を失い、家族が崩壊していると言われている。「父」は精神分析の分野で考察されてきたが、類人猿を観察すると「人類に近縁な類人猿の社会でも、家族と呼べる社会単位は存在しない」（山極『「父」という余分なもの』一四頁）が、「テナガザルとゴリラには父親の萌芽とも呼ぶべきオスがいる」（同）こと、そして、「類人猿の社会を見る限り、父親は特定の雌雄の持続的なつながりを持つ社会からしか生まれてこない」（同一八頁）ことなどがわかる。そこから、「人類の父親は類人猿から引き継いだ特徴を契約によって補強した文化的な存在」（同二〇頁）であり、「父親を捨て家族を解体することは、人類の歩みが始まって以来の文化と決別すること」（同二一頁）であると考えることができるのである。

「動物は重要であり、重要であるべき」（Weil, *WASN* p.16）なのだが、それは「学説の道具として」（Ibid.）、

「動物が我々に影響を及ぼすゆえに」（Ibid.）というだけでそうなのではない。「我々の生活もまた、動物に影響を及ぼすゆえに」（Ibid.）、「重要であり、重要であるべき」なのである。なぜなら、そのように考えることが「知っているなどと思うことのできない他者」（Ibid. p.17）を「配慮」（Ibid.）することに繋がるからである。本書では、いくつかの作品を読むことでそのことを考えていきたい。

本書の構成を述べておく。第一部は「人間と動物」と題して考察する。

第一章「人間と蛇」ではロレンスの詩「蛇」（'The Snake'）をデリダのセミナーを見ながら考えていき、蛇が出てくるロレンスの作品を考察していく。

第二章「人間とキツネ」では、ロレンスの「キツネ」（'The Fox,' 1922）を考察した後、ダンモア（**Helen Dunmore**）の児童書『ゴー・フォックス』（*Go Fox*, 1996）に描かれたキツネを見ていく。

第三章「人間と馬」ではロレンスの「セント・モーア」（'St. Mawr,' 1925）を取り上げ、馬が一人の女性の人生をどのように変えたのかを考察していく。

第四章「人間と犬」ではマードックの『緑の騎士』（*The Green Knight*, 1993）に登場する犬と、犬を巡る人々を見ながら、人間と動物が互いに影響を及ぼし合うということを見ていく。

第二部では「ロレンス、マードック、ダンモア、ゲイル」と題し、前著『救済としての文学――マードックとロレンス』を出版した後に書いた論文を載せた。

第一章では、フーコー（**Michel Foucault**）の論を導きとして、ロレンスの作品における「パルレシア」と「シニシズム」を考察する。

第二章では、マードックの唯一の短編『何か特別なもの』（*Something Special*, 1957）を考察する。

第三章では、マードック文学において重要な意味を持つ「偶然」の哲学的意味を考察する。

第四章では、ダンモアの『暗黒のゼナー』（*Zennor in Darkness*, 1993）を取り上げ、ダンモアが作品のなかでロレンスをどのように描いたのかを見ていく。

第五章では、ゲイル（Patrick Gale）の『ラフミュージック』（*Rough Music*, 2000）を考察し、この作品がマードック的であることを見ていく。

なお、本書に収めた論考で、第一部第一章は「ロレンスの作品に見られる「蛇」について――デリダの解釈を通して」（『英文學論考』第四〇輯、立正大学英文学会）、第二部第一章は、「ロレンスにおけるパルヘジアとシニシズム――『チャタレー卿夫人の恋人』と『アポカリプス』を中心にして――」（『英文學論考』第三八輯、立正大学英文学会）、第三章は「アイリス・マードックが描いた偶然の哲学――『善き見習い』と『地球へのメッセージ』を中心にして」（『英文學論考』第三九輯、立正大学英文学会）、第四章は「ヘレン・ダンモアの『暗黒のゼナー』に描かれたロレンスとコミュニティー」（『英文學論考』第三七輯、立正大学英文学会）が初出である。本書に収めるにあたって、いずれも訂正、加筆した。

第一部　人間と動物

第一章　人間と蛇

デリダのセミナー

デリダがパリの学校で行った最後のセミナーは、『獣と君主』（*The Beast and the Sovereign*）という本になって出版されている。この本は二巻本で第一巻は一三のセッション、第二巻は一〇のセッションで構成されているが、第一巻の第九セッションは、ロレンスの詩「蛇」（'The Snake'）に対する「即興の論評」（Derrida, *BS* I p. xiv）である。デリダはセミナーでは完全原稿を読むのが習わしであったが、この回のセミナーの完全原稿はなく、録音したものを書き取ったものとなっている。

デリダは「すべての徳と悪が蛇に帰せられる」（Ibid. p.237）と言う。蛇は「その姿かたちと習性ゆえに」（ルルカー『聖書象徴辞典』三三一頁）、「人間にとって最も不気味な動物の一つである」（同）。古代エジプトでは、「死者の国には火を吐く、あるいは刃物で武装した蛇の魔神が住んでいる」（同）。他方、「蛇は太陽神レーの目としてあらゆる悪を寄せつけず、ウレウス（＝首をもたげるもの）と名づけられて王冠を飾り、王たちの額のしるし」（同）であった。古代ギリシアでは、「蛇はしばしば、毒で殺す前に、睨みつけるだけで獲物を金縛りにするところから、死の象徴」（同）になった。しかし、「蛇はその皮を脱いで再生するところから、……生命《いのち》の甦り、不死を暗示するもの」（同）とも考えられた。一方アリストテレスは、ヘビ類の性格は「卑屈で陰険」（アリストテレース『動物誌（上）』二七頁）であると考えた。また日本では、穀物の神である宇賀の神は白蛇を神として祀っている。

旧約聖書の「創世記」では、蛇は「主なる神が造られた野の生き物のうちで、最も賢い」（「創世記」三章一節）ものであるが、神が「取って食べるなと命じた木」（同三章一一節）の実を食べると、「神のように善悪を知るものとなる」（同三章四節）と言って女を誘惑した。そして「民数記」では、神とモーセに逆らった民に、「主は炎の蛇を民に向かって送られた。蛇は民をかみ、イスラエルの民の中から多くの死者が出た」（「民数記」二一章六節）。しかし、モーセが民のために祈ると、主は「あなたは炎の蛇を造り、旗竿の先に掲げよ。蛇にかまれた者がそれを見上げれば、命を得る」（同二一章八節）と言われたので、モーセは「青銅の蛇」（同二一章九節）を造り、民を救った。また「詩編」では、「不法の者」（「詩編」一四〇編）は「舌を蛇のように鋭くし／まむしの毒を唇に含んでいます」（同）と書かれている。このように蛇は「二つの側面」（ミルワード『聖書の動物辞典』六九頁）を持ち、「善悪ともに、新約聖書にも登場する」（同）。

蛇の「顔」

デリダは、「問題は蛇は頭を持っているかどうか」（Derrida, *BS* I p.237）であると言う。「頭、すなわち、顔と容貌」（Ibid.）で思い出すのは、レヴィナス（Emmanuel Levinas）の「顔」の問題である。「レヴィナスにとって、他者とは、その倫理的側面において、彼が顔と呼ぶもの」（Ibid.）であるとデリダは言う。「顔は見られたり、見るものばかりではなく、また、話すもの、話を聞くものであり、それゆえ、顔に対して我々の倫理的責任は向けられるのだ」(Ibid.)とデリダ説明する。他者の顔から受け取るものは「「汝、殺すなかれ」という命令」(Ibid.)である。「汝、殺すなかれ」はモーセの十戒のなかの第六の戒めであるが、「レヴィナスにとって、それは第一の戒めである」(Ibid.)とデリダは言う。

ある日、レヴィナスに対して「動物は顔を持っているのか」(Ibid.)という問いがなされたとデリダは言う。すなわち、「レヴィナスが分析し、提案したこの倫理的なものの場に動物は属するのか」(Ibid.)という問いである。レヴィナスは「わからない」(Ibid.)と言い、「蛇は顔を持つとあなたは言うのか」(Ibid.)とデリダに質問を返してきた。「蛇は目を持ち、舌を持っている」(Ibid.)ので、「蛇は頭を持っている」(Ibid.)と言える。しかし、「それは顔を持っているのか」(Ibid.)。これは「レヴィナスの倫理」(Ibid. p.238)にとって、「まじめで、詩的な問題」(Ibid.)であり、この問いのもとにロレンスの詩「蛇」がデリダによって読まれる。

デリダは詩を引用しながら考察していくが、この詩の全文がこのセッションの終わりに掲載されている。ここでは便宜上、詩を一連ごとに分けながら全文を載せ、その後、デリダの考察を見ていきたい。

ロレンスの詩「蛇」

第一連
蛇が私の水桶にやって来た
暑い、暑い日に、そして、暑さのためにパジャマを着た私

そこで水を飲むために

第二連
大きな黒いイナゴマメの木の、奇妙な臭いのする濃い日陰のなかに
私は水差しを持って階段を下りてきた
そして待たなければならない、立って、待っていなければならない、彼が私より前に桶のところにいたから

第三連
彼は薄暗がりの土壁の割れ目から伸びてきて
そして黄褐色の締まりのない柔らかく膨らんだ腹を、石の水桶の端の上に引きずっていき
そして石の底に喉を休ませた
そして水が蛇口から小さな清澄へとしたたっていたところで
彼はまっすぐな口ですすった
彼のまっすぐな歯茎を通り、締まりのない体のなかへと静かに飲んだ
音もなく

第四連
誰かが私より前に私の水桶にいた

だから私は、二番目に来たもののように、待っている

第五連
彼は飲むのをやめ、頭を上げた、牛がするように
そして私をぼんやりと見た、水を飲んでいる牛がするように
そして口から二股の舌を震わし、ちょっと物思いに耽った
そして身をかがめて、もう少し飲んだ
大地の燃えるような深部から、土の茶色、土の金色になって
シチリア島の七月のある日、エトナ山は煙を出している

第六連
私の教育の声が私に言った
彼を殺さなければならない
シチリアでは黒い、黒い蛇は無害だが、金色は有毒だから

第七連
そして私のなかの声が言った、もしお前が男なら
今、棒きれを手に取って、彼を砕き、殺すだろう

第八連
しかし私は告白しなければならないのか、どんなに彼が好きだったかを
どんなに嬉しかったかを、彼が客のように静かにやって来て、私の水桶で飲んだのが
そして静かに、平和に、感謝もせず、いなくなった
この大地の燃えるような深部へと

第九連
臆病だったのか、あえて彼を殺さなかったのは
ひねくれていたのか、彼に話しかけたいと切望したのは
謙遜だったのか、そんなに光栄だと感じるのは
私は非常に光栄だと感じた

第一〇連
そしてまだあの声
もしお前が恐れていないなら、彼を殺すだろう！
だから本当に私は怖かった、とても怖かった
しかしそうであっても、なおさら光栄だった
彼が私のもてなしを求めたことが

秘密の大地の暗い戸口から出てきて

第一一連

彼は十分に飲んだ
そして夢見心地で頭を上げた、酒に酔ったもののように
そして彼の、二股に分かれた夜のような舌をちらちら見せた、大気に、とても黒く
自分の唇をなめているように見えた
そして神のように、ぼんやりとして、大気のなかをぐるりと見回した
そしてゆっくりと頭を回した
そしてゆっくりと、とてもゆっくりと、まるで三度夢を見て
自分の緩やかな、曲がった、丸い長い身を引きずり
そしてまた、壁面の壊れた斜面を登り始めた

第一二連

そして彼が自分の頭をあの恐ろしい穴に入れた時
そして彼が自分の肩を蛇がするように動かしながら、ゆっくりと徐々に進み、さらに入っていった時
一種の恐怖、一種の抗議、彼があの恐ろしい黒い穴へと退いていくことに対する
故意に暗黒のなかへ入っていき、ゆっくりと自分自身を引っ張っていくことが

私を打ち負かした、彼の背が向けられた時に

第一三連

私は振り向いて、水差しを置いた
不格好な丸太を拾い上げ
そして水桶に向けて投げると、カタカタと音を立てた

第一四連

それは彼に当たらなかったと思う
しかし突然、残っていた彼の体の一部は威厳を損なうような速さで激しく揺れ動き
稲妻のように身をよじって、いなくなった
黒い穴、壁の正面にある大地の唇の裂け目のなかへと
強烈で静かな午後、私は恍惚としてそこをじっと見ていた

第一五連

そしてすぐさま私は後悔した
なんと卑劣な、なんと不作法な、なんとさもしい行いなのだろうと思った
私は自分自身と、私の憎むべき人間教育の声を軽蔑した

第一六連
そして私はアホウドリのことを思った
そして私は彼が戻ってくることを願った、私の蛇

第一七連
なぜなら彼は私には再び王のように見えたから
追放されている王のように、黄泉の国で王冠を奪われ
今、再び王冠を載せられることになっている

第一八連
だから私は君主の一人との機会をのがした
いきもののの
だから私には償わなければならないことがある
ささいなことだが（Ibid. pp.247-49）

デリダの解釈

デリダは、「蛇」の第一連と第二連を引用し、「彼が私より前に桶のところにいたから」というように、ロレン

スが蛇を「彼」と言っていることに注目する。「それはすでに人称代名詞である」(Ibid. p.238) とデリダは言う。

次にデリダは、第三連と第四連を引用し、ロレンスが第四連で「誰か(someone)」という言葉を使っていることに目を止める。「動物なのか、誰かなのか、それとも、何かなのか」(Ibid.) とデリダは問いかけ、「「誰か」とはある人(somebody)」(Ibid.) であり、「石のことを「誰か」とは言わない」(Ibid.) と言う。ロレンスがここでも蛇を人として扱っていることを彼は指摘する。そしてデリダは、ロレンスが自分は「二番目に来たもの」であると言っていることを重視する。デリダは、「私は詩のすべてをレヴィナスの痕跡のもとに置きたくはないが」(Ibid. p.238) と言いつつ、それを読むと、「道徳、倫理は「お先にどうぞ(after you)」で始まる」(Ibid.) とレヴィナスがよく言っていたことを思い出すと言う。なぜなら、「他者への敬意の最初の表れは「お先にどうぞ」である」(Ibid.) からだ。「他者が私より前にそこにいて、私より先に来た他者から私は命令を受け取る」(Ibid. p.239) のだとデリダは言う。

デリダは第五連と第六連を引用する。蛇は金色であり、毒を持っている。しかし、それはロレンスよりも前に来たものである。それゆえ、「たとえ蛇が危険であっても」(Ibid. p.240)、最初に来たものを「敬わなければならない」(Ibid.) のかという「道徳的な問い」(Ibid.) が生まれる。そしてデリダは、ロレンスが描いた場面は「死闘の場面」(Ibid.) であると言う。彼は「私の教育の声が私に言った／彼を殺さなければならない」を引用し、「なぜなら、あなたが彼を殺さないのなら、彼があなたを殺すだろうから」(Ibid.) と言う。

デリダは第七連を引用し、「もしお前が男なら(If you were a man)」は「仮定」(Ibid.) であるが、この言葉は「明らかに、人間(a human being)という意味で、しかし同様に、勇気という意味で、決闘で犠牲者を完全にやっつける、男らしい人という意味で」(Ibid.) で使われていると言う。

デリダは、第八連の最初の二行「しかし私は告白しなければならないのか、どんなに彼が好きだったかを／どんなに嬉しかったかを、彼が客のように静かにやって来て、私の水桶で飲んだのが」を引用した後、これは「歓待の規範」（Ibid.）だと言う。「彼は最初にやって来たものであり、そして、彼が私を殺したい、あるいは、殺すかもしれないが、どちらにしても、私は彼に恩義があるのであり、彼を殺すべきではない」（Ibid.）。これは「典型的な聖書風の場面」（Ibid. p.241）であると共に、「典型的な中東の場面」（Ibid.）である。なぜなら、「歓待の場面は水源の近くで、オアシスで、井戸の近くで起こる」（Ibid.）からである。

そして、第八連の二行目から第九連の二行目までをデリダは引用する。第九連の二行目は「ひねくれていたのか、彼に話しかけたいと切望したのは」であるが、「多くの声が彼のなかで聞こえるが、蛇を愛している彼の最初の望みは彼に話しかけることである」（Ibid.）とデリダは言う。

次に彼は、第九連の三行目「謙遜だったのか、そんなに光栄だと感じるのは」を引用し、「彼は栄誉を授けられている。それは最初の経験であり、最初の情動である」（Ibid.）と言う。第九連の四行目は「私は非常に光栄だと感じた」であるが、デリダは、「彼が私のために存在していることが、光栄だと私に感じさせるのである」（Ibid.）と言う。デリダは再び、第九連の三行目と四行目、そして、第一〇連の最初の二行を引用し、「もし、あなたが男、男だったら、本当の男は怖がらない。あなたは彼を殺すだろう」（Ibid.）と言う。

第一〇連の三行目から第一一連の五行目までが引用され、ここには人間、すなわち、「詩の署名者」（Ibid. p.242）である「私」（Ibid.）と「獣、蛇、……しかし、神に似ている獣がいる」（Ibid.）とデリダ言う。第一一連の五行目から七行目までと第一一連の八行目から第一二連が引用され、「蛇が退いていき、夜へと戻っていくと、恐怖が鎮まる」と彼は言う。

第一五連までの引用で、デリダが注目するのが、一五連の最後の「私は自分自身と、私の憎むべき人間教育の声を軽蔑した」である。デリダは「彼は、彼のなかの声、教育の声を含む、彼に命令する声、すなわち、「殺せ」によって指示された、人間の欲動、すなわち、衝動に抵抗することができなかった」（Ibid. p.243）と言う。語り手がすぐさま後悔するのは「彼の教育が非難された」（Ibid.）からである。

ロレンスがなぜ「教育」を「非難」するのかは、フーコーの「すべての教育制度は、言説が保持する知識と権力の流用を維持する、あるいは、修正する政治的手段である」（Foucault, *AK* p.227）という言葉を見れば明らかであろう。教育によって得られた知識は「権力」を持ち、常に人を従わせようとしている。ロレンスはそのような「権力」に抵抗しているのである。

デリダは第一六連の「そして私はアホウドリのことを思った／そして私は彼が戻ってくることを願った、私の蛇」を引用し、「この瞬間から、正確に、殺人の場面ゆえに、それは彼の蛇になる」（Derrida, *BS* I p.243）と言う。その殺人は「仮想」（Ibid.）のものであった。ロレンスは「殺しの身振り」（Ibid.）をし、「すぐさま自責の念に駆られ」（Ibid.）、「また、蛇が戻ってくれることを強く望む」（Ibid.）。「私の蛇」という言葉は、ロレンスの蛇への愛を表す言葉である。「彼の蛇への愛は殺人というやましい行為の後で、宣言され、明らかになる」（Ibid.）とデリダは言う。

ロレンスが「思った」アホウドリは、コールリッジ（Samuel Taylor Coleridge）の「老水夫行」（'The Rime of the Ancient Marine'）に出てくるアホウドリを想起させる。この詩で、老水夫は結婚式に向かう客を呼び止め、自分が経験したことを物語る。老水夫は食べ物を求めて船を追ってくるアホウドリを石弓で射殺してしまい、呪いを受ける。漂流し、仲間が次々と死んでしまったが、泳いでいる水蛇を見た老水夫がその美しさに心打たれ、彼らを賛美すると呪いが解ける。老水夫は、「神がすべてを造り、愛した」（Coleridge, *RAM* Part the Seventh）のであるから、「人も鳥も獣も、よく愛するものがよく祈るもの」（Ibid.）であることを客に説いて去っていく。ロレンスは、老水夫がアホウドリにしたことを自分も蛇にしたのだと思った。そして彼は、「人も鳥も獣も」愛すべき存在であることを思い出したのだ。

デリダは第一七連に「君主性」（Derrida, *BS* I p.243）があり、「だからあなた方にこのテキストを読むことを選んだのだ」（Ibid.）と言い、そこを引用する。デリダは、「蛇、獣は、殺されなくとも、少なくとも、彼の命を奪おうとする企ての対象、人間の側の憎しみの行為の対象になった後に、君主になる」（Ibid.）と言う。そして彼は、第一八連を引用し、「それが神であれ、蛇であれ、獣であれ、人であれ、最初に来たもの、やって来た最初の生きもの、とにかく誰に対しても敬意を持って、「汝、殺すなかれ」」（Ibid. p.244）というのが「道徳、倫理」（Ibid.）なのだと言う。ロレンスは「一般の生きものに対して、どのような義務が自分に負わせられているのかを本当に考えている」（Ibid.）のだと彼は言う。

ここでデリダは二つの問題点を上げる。一つは「倫理あるいは道徳の命令は私たちに似たものに対してだけあるのか」（Ibid.）であり、もう一つは「いったん我々が、君主はつまるところ最初に来たものであると認めたら」（Ibid.）、「私から他者へと主権を移す」（Ibid.）、すなわち、「私がもう一方の臣下になり、……もう一方が君主になる」（Ibid.）ということによって、「我々は、主権の論理を再構成するつもりなのか」（Ibid.）ということである。

デリダはフロイト（Sigmund Freud）に言及する。フロイトは『トーテムとタブー』（*Totem and Taboo*, 1913）で「父の殺害を通して、道徳的超自我の起源を説明した」（Derrida, *BS* I p.245）とデリダは言う。その起源とは

「父の殺害後、息子や兄弟たちが激しい後悔を感じた時が、道徳が生まれた時」（Ibid.）だということである。言い換えると、「道徳律は激しい後悔から生まれた」（Ibid.）のである。しかし、「そこで後悔するためには、道徳律はすでに機能していなければならない」（Ibid.）。道徳律は「殺害の前にすでにあった」（Ibid.）のであり、「それがなければ激しい後悔もない」（Ibid.）のである。それゆえ、「道徳律の出現における二つの瞬間」（Ibid.）があることがわかる。すなわち、道徳律はすでにそこにあるが、それは「仮想、可能性」（Ibid.）であり、「殺害後、それ自体として現れる」（Ibid.）のである。「そこで後悔するためには、道徳律はすでにそこになければならない。しかし、道徳律がそれ自体で現れるのは、償いや後悔の瞬間、やましさの瞬間においてである」（Ibid.）と彼は言う。

デリダは第一六連に出てきたアホウドリに言及する。なぜアホウドリかというと、蛇は「最も低い動物」（Ibid.）であり、アホウドリは「高いところの動物」（Ibid.）だからだと彼は言う。ここに「低いと高いの間の対立」（Ibid.）の問題がある。「君主は原則として……高い、偉大な、直立した存在である」（Ibid.）と彼は言うが、次週のセミナーでこの問題に戻ってくると言って、ここでは詳しく語らない。ロレンスは蛇を殺そうとして、アホウドリのことを思った。アホウドリは死んでしまったが、蛇は死ななかったことにロレンスは安堵している。そして、「最も低い動物」である蛇こそ賛美すべきものであることをロレンスは思い出した。

デリダはもう一度、第一六連と第一七連の一行目を引用し、なぜ蛇は王ではなく、「王のよう」であるのかを説明する。それは、蛇が「追放されて」（Ibid, p.246）おり、「権力を行使できない王」（Ibid.）であるからだ。「権力を持たない王」（Ibid.）は「歓待の場面にふさわしい」（Ibid.）と彼は言う。

デリダは第一七連の二行目と三行目を引用し、蛇は「一時的に追放されている」（Ibid.）のであり、「返還されるべき王国に向かって合図している」（Ibid.）のだと言う。この詩は「明らかにエデンの園の皮肉な、よこしまな転換」（Ibid.）であり、この詩で際立っているのは「追い払われ、追放されたもの」（Ibid.）は「アダムとエバではなく、蛇」（Ibid.）だということである。そして、デリダは「私たちは聖書を再読する必要がある。なぜなら、実際は、この物語全体で最もかわいそうなのは蛇なのだ！」（Ibid.）と言って笑う。

デリダの言うように、この詩がエデンの園の「転換」であるのなら、ロレンスはアダムであろう。蛇はアダムであるロレンスと遭遇し、彼を魅了するが、彼を置いて「黄泉の国」へ帰ってしまう。残されたのはロレンスと、家のなかにいると想像される彼の妻フリーダ（Frieda）、すなわち、エバである。「私の蛇」、私の「君主」である蛇は行ってしまった。しかし、ロレンスが他の作品に登場させている蛇は、男のなかに君臨している。

「死んだ男」のなかの蛇

ロレンスは『アポカリプス』（*Apocalypse*, 1931）で、神は「ロゴスの剣」（Lawrence, *Apocalypse* p.74）を持っているが、神のロゴスは「邪悪な蛇」（Ibid. p.126）になったと言った。「ロゴス」とは「神の言葉」、「キリスト」のことである。デリダが言ったように「すべての徳と悪が蛇に帰せられる」ので、ロレンスにとってキリストは「徳と悪」を併せ持った男である。

このようなキリストが「死んだ男」（'The Man Who Died,' 1931）に描かれている。男は「長い眠り」（Lawrence, *LHOS* p.127）から目覚めるが、彼を眠りから覚ましたのは、彼のなかに「気味悪く壊れないでいた」（Ibid. p.126）命であった。彼は眠りから目覚めることを欲していなかった。

誰も死から甦りたいと欲しはしない。……彼はすでに自分のなかに起こっていた、奇妙な、計り知れない動きに腹を立てていた。意識が戻ってきた。彼はそれを望んでいなかった。彼は記憶が完全に死んでいるところ、外部に留まっていたかった。（Ibid. p.127）

彼は記憶が死んだところ、すなわち、忘却の場にいた。しかし、望んでもいなかった命の甦りが彼の意識を回復させる。

一晩、農家の庭で過ごした後、自分が葬られていた場所に行き、マドレイン（Madeleine）に会う。戻ってきてくれと言うマドレインに彼は、「終わったものは終わったのだ。私にとって終わりは過去なんだ」（Ibid. p.136）と言う。「勝利を諦めるのですか」（Ibid.）と聞く彼女に、

「私の勝利は」と彼は言った。「私が死ななかったということだ。私は私の使命を切り抜けた。そして、もうそんなことは知らない。それが私の勝利だ。私はその日を、私の干渉ゆえの死を生き延びた。そして、まだ人間だ。私はまだ若いんだ、マドレイン。中年にもなっていない。すべてが終わって嬉しい。終わらなければならなかったのだ。今、終わって嬉しい。そして、私の干渉の日が終わった。教える者と救世主は私のなかで死んだ。今では、自分のことに、自分一人の生活に取りかかれる」（Ibid.）

と言う。ここには「徳」を顧みないキリストがいる。マドレインは「私はあなたにすべてを捧げてきたということをご存じでしょう」（Ibid. p.138）と言うと、男は「そうしてくれと頼まなかった」（Ibid.）と答える。

男は、自分が今までしてきたことは他者への「干渉」だったと思う。彼は「教える者」として神の言葉を伝え、「救世主」になるという使命に縛られていた。しかし彼にとって、

言葉は夕暮れに刺す虫でしかなかった。人間は虫のような言葉に苦しめられるのだ。言葉は、墓まで彼についてくる。でも、墓の向こうには、言葉は行くことはできない。

今、言葉がこれ以上、刺すことができず、空気がきれいなところを過ぎてきた。言うべきことは何もなく、私の領土の壁である皮膚のなかで、私は一人だ。（Ibid. p.145）

彼は人々に神の言葉を説き、神の言葉を実践してきた。言葉のために彼は生き、言葉のために彼は十字架に架けられた。今、すべてを忘れ去って、言葉に苦しめられることのない世界に旅立つことができる。男は、自分が今まで語ってきた言葉を死んだ虫のように捨て去ることで、彼の言葉を自分のものとし、彼の魂に接近しようとしている女を阻もうとする。

男はやがて、イシス（Isis）の神殿にたどり着き、イシスに仕える女と出会う。そして、彼女から食べ物をもらい、食べた後、

「彼女は私に降り注ぐ太陽の光のようだ」と彼は、手足を伸ばしながら、一人ごちた。「彼女が私を求めているような、こんな日だまりのなかに手足を伸ばしたことはなかった。もっとも偉大な神が私にこれを与えてくれたのだ」（Ibid. p.163）

と思う。言葉の呪縛は、彼に女の肉体を欲することも許さなかった。イシスの女に体を油で手当され、手足の力が甦った男は、イシスの女と交わり、やがて彼女を身ごもらせる。

しかし、男が立ち去らなければならない時がくる。彼は小舟を奪って海へこぎ出しながら、一人で笑い、

「私は、私の命と私の復活の種をまいた。そして私は永遠に、この日の最良の女に触れている。そして、私は彼女の香りを、ばらの香水のように私の肉体につけて運んでいく。彼女は、私にとって私の存在の真んなかで貴重なものだ。でも、金の流れるような蛇が再びとぐろを巻き、私の木の根元で眠っている」

「だから、船よ、私を運べ。明日は今日とは違う」（Ibid. p.173）

と言う。男は一本の木として甦り、「命」と「復活」の「種」を女という大地にまいた。女の体に触れ、その女を身ごもらせるということが、男にとっての真の「復活」であった。彼は、女が身ごもった子を通して、彼女に触れ続けることができる。「私の木」とは神がエデンの園の中央に置いた「命の木」（「創世記」二章九節）である。今は木の根元で眠っている蛇は目を覚まし、男に誘惑の言葉を囁くだろう。

クリステヴァ（Julia Kiristeva）が、「アブジェクトは一方では、人間が動物の領域をさ迷うという、あの脆い状態にわれわれを直面させる」（Kristeva, *Powers of Horror* p.12）と言っている。アブジェクト、すなわち、自己を脅かすおぞましくも魅惑的なものは、人間を「動物の領域」へと追いやるのである。ロレンスが言った「私の蛇」とはクリステヴァが言うアブジェクトなのではないだろうか。おぞましくも魅惑的な蛇が、自分が隠し持っている動物性を露わにしろと囁くのである。

「イングランド、私のイングランド」のなかの蛇

このような蛇が「イングランド、私のイングランド」（'England, My England,' 1915）に出てくる。エグバート（Egbert）は無職だったが、文学と音楽が好きだった二一歳の時、二〇歳のウィニフレッド（Winifred）と結婚し、彼女の家であるクックロクハムコッテージと呼ばれる田舎屋に住むようになった。彼らの庭には蛇が住んでいた。ある日、ウィニフレッドは「奇妙な叫び声」（Lawrence, *EME* p.8）を聞いた。それは居間の窓の下の花壇から聞こえてきた。彼女が走って出ていくと、花壇に茶色の蛇がいて、その平らな口には蛙の後ろ足が見えた。蛙は逃げようともがき、うめき声を上げていた。「彼女が蛇を見ると、それは重々しい平らな頭から、強情そうに彼女を見た」（Ibid.）。彼女が叫び声を上げると、蛇は蛙を解放し、怒ったように滑っていった。クロックハムはそういうところだった。「サクソン族が最初にやって来た時のように、神秘的で、原始的で、野蛮なままだった」（Ibid. pp.8-9）ので、彼らは「そこに引きつけられた」（Ibid. p.9）。

家にはやらなければならないことがたくさんあった。エグバートには世間に出て活路を見出そうという欲望がなかった。「彼は妻と田舎屋と庭を愛していた」（Ibid. p.10）。「一種の快楽主義の世捨て人」（Ibid.）として、そこで生活していくことができるだろうと彼は思った。娘のジョイス（Joyce）が生まれ、乳母が必要になったが、その費用はウィニフレッドの父親マーシャル（Godfrey Marshall）が払った。彼女が結婚するまで、マーシャルは「中心的存在、生命の源、不滅の支え」（Ibid. p.11）だった。子供が生まれ、「もう一つの輪」（Ibid.）がウィニフレッドの「義務の鎖」（Ibid.）に加わった。「エグバートはその外にいた」（Ibid.）。

そして、アナベル（Annabel）が生まれた。ウィニフレッドにとって、エグバートへの愛は「二番目に重要なもの」（Ibid. p.12）になった。「彼女は自分自身のエグバートへの情熱に腹を立て始めた」（Ibid.）。「彼は邪悪さがない。本当に親切だ。それどころか気前がいい」（Ibid. p.13）。しかし、「彼は辛辣になり始め、顔には意地悪な表情が出始めた」（Ibid.）。ウィニフレッドの「敵意のある、静かな、情熱的な権威」（Ibid. p.17）をエグバートは許さなかった。夫婦の間には諍いがあったが、「小さな少女たちは彼を愛し、崇拝した」（Ibid.）。

ジョイスが六歳で、一番下のバーバラ（Barbara）が二歳の時、エグバートがいつものように庭仕事をしていると、金切り声が聞こえた。エグバートが駆けつけると、ウィニフレッドがいて、ジョイスが怪我をしていた。エグバートが草刈りをしたあと、鎌を庭に置いたままにしてしまい、間が悪いことに、ジョイスが転び、その鎌で膝に怪我をしてしまったのだ。エグバートが医者を呼びにいった。医者がやって来た時、ジョイスの怪我はひどくないように見えた。医者は傷の手当てをして、帰っていった。一日か二日して、また医者がやって来た時、傷は表面上は治ってきているように見えたが、子供はひどく痛がった。ウィニフレッドがひどく心配したので、再び医者が呼ばれた。医者がジョイスの膝を診察すると、炎症を起こしていて、敗血症になっているかもしれないとのことだった。

二週間が過ぎたが、ジョイスの熱は下がらなかった。ウィニフレッドは父のマーシャルに手紙を書き、彼に来てもらった。やって来たマーシャルは、ウィニフレッドの母親を診た医者を呼んでくるようにとエグバートに言った。「あなたが必要だと思うなら、私は行きます」（Ibid. p.22）とエグバートが言うと、マーシャルは「確かに私は必要だと思う。たとえ何ともなくとも、私たちは心の平安を得ることができる」（Ibid.）と言った。

新しい医者がやって来て、ジョイスを診察した。彼女の膝は悪くなっていて、「子供は生涯、脚が不自由になるかもしれない」（Ibid.）と医者は言った。医者は次の日もやって来て、レントゲン検査を受けるべきだと言った。マーシャルは医者を車のところまで送っていきながら話をした。戻ってくると、彼はウィニフレッドに、ジョイスをロンドンに連れていき、私立病院に入れた方がいいと言った。「もちろん膝は悪くなる可能性がある。そして、明らかに子供は脚を失いさえするかもしれない」（Ibid.）とマーシャルは言った。ウィニフレッドはジョイスを病院に入れる費用のことを心配したが、マーシャルは「費用のことは考えられないよ、もし子供の脚が――命でさえ――危険な状態になっているのなら。費用のことを話しても無駄だ」（Ibid.）と言うのだった。

ジョイスは六週間、入院した。ウィニフレッドは子供ベッドの側に座り、「神様、私の心を死なせて。そして、私の子供を救って」（Ibid. p.23）と祈った。エグバートが子供に会いにきたが、ウィニフレッドはいつもそこに座っていて、彼女は「彼の男らしさと父であることの墓標」（Ibid.）のように見えた。彼女は「尼僧」（Ibid.）だとエグバートは思った。子供は回復したが、彼女の膝は堅く固定したままだった。病院を退院しても、毎日マッサージと治療が必要だった。病院の費用はすべてマーシャルが負担した。

ウィニフレッドは、子供たちと看護婦と一緒にロンドンのフラットに住むことになった。エグバートは家庭を失った。田舎家は閉められ、彼は庭や家の手入れをするために、時々そこに行った。「欲求不満と無意味だという感じが、のろい、不活発な蛇のように、ゆっくりと彼の心に噛みついた」（Ibid. p.24）。彼は家の手入れはしたが、自分の身の回りのことはやらなかった。彼のシャツは肩のところが切れ、そこから白い肉体が見えていた。「彼の心はその場所の残酷な、古代の精神へと戻っていった」（Ibid.）。それは「古い神々、古い、失われた情熱への欲望」（Ibid.）であり、「冷酷な、シューといって、彼から素早く逃げる、矢のように飛ぶ蛇の情熱」（Ibid. pp.24-25）であった。「その場所にいた原始の人々が持っていた、激しい感覚」（Ibid. p.25）はすべて失われてしまったが、それは「未だ大気のなかで渦巻いていた」(Ibid.)。そこには「目に見えない蛇がいた」(Ibid.)。エグバートは田舎屋にいられなくなり、自転車で自分の母親のところや友人のところに行った。マーシャル一家は子供の治療のために努力と金を惜しまなかった。エグバートは時々、夕方家族のもとを訪れ、二、三時間いるだけの存在になった。「彼がいることが、ウィニフレッドにとってほとんど苦痛になった」(Ibid. p.26)。エグバートは彼女の目の前で動く、「卑屈な、生きた偶像」(Ibid.)だった。ウィニフレッドは夫の存在が疎ましくなり、赤ん坊のバーバラにとって、彼は見知らぬ人になっていた。

そのような時、戦争が起こった。「彼のすべての本能は戦争に反対だった」(Ibid. p.27)。しかし、エグバートがウィニフレッドに戦争に行くべきかどうかと相談すると、彼女は「父に話した方がいいと思う」(Ibid. p.29)と言った。そこでエグバートは義父のもとに行った。エグバートに対して憤慨していたマーシャルは、「それが、あなたがすることができる最良のことだ」(Ibid.)と言った。そして、エグバートは戦争に行き、戦死してしまう。

自分の不注意で娘が怪我をしたエグバートは、家族に見放され、疎まれる存在になっていた。自分は戦争に反対であったにもかかわらず、義父の言葉に従って戦争に行った。彼は戦場で頭を負傷し、出血で苦しみながら、家族のことを思い出そうとしても「吐き気」(Ibid. p.33)がしてしまうのだった。「過去へ戻る努力で吐き気を催すよりも、前にある死の苦しみの方がいい」(Ibid.)と彼は思う。クリステヴァが「アブジェクトとは常に、すでに失われた「対象」への喪による暴力である」(Kristeva, *Powers of Horror* p.15)と言っているが、家族を失ったことからくる「喪」、すなわち、悲嘆という抑えがたい感情はエグバートにとって「暴力」であり、おぞましいものであった。それが彼に吐き気を起こさせたのだった。

彼は家族を愛していたのではなく、ウィニフレッドの田舎屋がある場所を愛していたのではないだろうか。なぜなら、そこは蛇がいるような野性的な場所であったからである。デリダは「蛇、獣は、殺されなくとも、少なくとも、彼の命を奪おうとする企ての対象、人間の側の憎しみの行為の対象になった後に、君主になる」と言っている。しかし、田舎屋の庭にいた蛇をエグバートは殺そうとしたり、憎んだりしたことはなかった。エグバートよりも「前にそこにいた」蛇に対し、彼は「敬意」を抱いていた。彼は蛇と共存していたのである。そのような場所をエグバートは失った。彼にとって、その場所は「返還されるべき王国」になったのである。

デリダは「汝、殺すなかれ」というのが「道徳、倫理」なのだと言う。エグバートは自らが犯した過ちのために、家族のなかで無視されるようになった。無職で、子供の怪我の治療費も払えないエグバートは妻に疎まれ、赤ん坊の娘には見知らぬ人になってしまった。彼は戦争で死ぬ前に、家族のなかで殺されていたと言える。デリダは、ロレンスは「一般の生きものに対して、どのような義務が自分に負わせられているのかを本当に考えている」のだと言っているが、エグバートも「生きもの」であり、彼に対して家族は義務を負っていたはずである。家族は彼を思いやるべきであった。それが「道徳」であり、「倫理」である。エグバートの顔は「汝、殺すなかれ」とウィニフレッドにもマーシャルにも訴えていたはずであった。それを読み取ることのできなかった、彼の妻や義父をロレンスは糾弾しているのである。

第二章　人間とキツネ

ロレンスの「キツネ」

「キツネ」は、農場に住む二人の女性の生活に、一人の男が入り込んでくる話である。二人の女性はバンフォード（Jill Banford）とマーチ（Nellie March）で、バンフォードの父親が、娘が結婚するようには見えなかったことから、彼女の健康のために農場を始める資金を出してやった。バンフォードの祖父が最初は一緒に住んでいたが、彼は農場に来て一年で死んでしまい、彼女たちが残された。

農場の仕事は、彼女たちが自分で行っていた。マーチはバンフォードよりがっしりとした体つきだったので、外の仕事を行っていた。マーチは外にいる時、ゲートルを巻き、ズボンを穿き、ベルトつきの上衣を着ていたが、そのような彼女は「優雅で、バランスが崩れた、若い男のように見えた」（Lawrence, *FCL* p.8）。バンフォードとマーチは「仕事のためだけに生きる」（Ibid.）ということをしたくなかった。彼女たちは夕暮れには、本を読んだり、自転車に乗ったりして暮らしていきたかった。しかし、マーチは手のかかるニワトリの世話で忙しく、したいこともできずにいた。

農場の牧草地の向こうは森で、戦争が始まってから「キツネは悪魔」（Ibid. p.9）だった。「彼はマーチとバンフォードの鼻先で雌鳥を持ち去った」(Ibid.)。ロレンスは蛇を「彼」と呼んだが、キツネも「彼」と呼んでいる。二人は銃を持ち見張りに立ったが、無駄だった。一年過ぎ、二年過ぎたが、彼女たちはニワトリを失いつづけ、とうとう農場の家を一夏貸し出し、自分たちは牧草地の隅に、一種の離れ家として置いてあった鉄道の車両に住んだ。

バンフォードは「神経質で繊細だったが、暖かく寛大」(Ibid.)であり、マーチは「変わっていて、ぼんやりとしていたが、不思議な雅量」(Ibid.)があり、二人は仲がよかった。しかし、「彼女たちは互いに少し怒りっぽくなり、互いに飽きていた」(Ibid.)。マーチが仕事の五分の四をしていた。彼女はそのことを気にしてはいなかったが、息を抜く間もないように見え、「そのことが、彼女の目を時々奇妙に光らせた」(Ibid.)。そのような時、バンフォードは神経がすり切れるように感じて、落胆するので、マーチは彼女につっけんどんに話した。望みが失われていくような日々のなかで、丸い丘へとくぼみを作りながらぼんやりと伸びている広大な土地とつながっている、森の側の牧草地にいる時だけ、「彼女たちは自分たちで生きていかなければならないと思えた」(Ibid.)。彼女たちを引き止めるものも、望みもないなかで、「キツネは彼女たち両方を本当に怒らせた」(Ibid.)。キツネは悪賢く、「少女たちを故意に出し抜いているように見えた」(Ibid.)。

ある夕暮れ、マーチは、銃を小脇にはさみ、夕焼けを背に立っていた。彼女の目は鋭く、油断がなかったが、実際は自分が見たものに気づいていなかった。「彼女はいつもこのような奇妙な、夢心地の状態になった」(Ibid. p.10)。そのような時、彼女が目を下げると、突然、キツネが見えた。「彼は彼女を見上げていた」(Ibid.)。キツネの目が彼女の目と合った。「彼は彼女を知っていた。彼女は魅了された」(Ibid.)。彼女はキツネが自分のことを知っているのだと確信した。キツネが「彼女の目を覗き込む」(Ibid.)と、「彼女は魂を失った」(Ibid.)。キツネは「怖がっていなかった」（Ibid.）。

デリダは動物の「沈黙」と「視線」は重要な意味を持っていると言う。なぜなら、動物が沈黙して自分を見ている時、「私は誰なのか」、「誰に従っているのか」という問いが生まれるからである。キツネの「沈黙」と「視線」がマーチのなかに、自分は「誰に従っているのか」という問いを生みだしたということが後になってわかる。

彼女がやっとの事で正気に返った時、キツネはゆっくりと飛び跳ねながら、逃げていくところだった。それから、「彼は肩越しにちらっと見て、なめらかに走り去った」（Lawrence, *FCL* p.10）。彼女はキツネを再び見つけようと決心し、目を大きく見開き、頬を少し赤らめて、森の外れを歩いた。しかし、バンフォードが彼女を呼んだので、仕方なく家へと歩いていった。夕食を取っている間も、マーチは「魔法にかかった」（Ibid. p.11）ような状態で、バンフォードがおしゃべりをするのを聞いていた。そして、食事が終わると何も言わずに銃を取り、キツネを探しに外に出ていった。「彼女は彼に取りつかれていた」（Ibid.）。夜になり、バンフォードが再び彼女を呼んだので、彼女は家に入っていった。

マーチはなぜキツネに引かれたのであろうか。それはキツネが「境界の動物としての力」（Shepard, *Thinking Animals* p.174）を持っているからである。キツネは「猫のようであり、しかし、犬のようでもあり、獲物であるが食べられない」（Ibid.）。またキツネは、「柵の列、森の端、納屋の前庭、そして、野原の縁といった境界に住む動物」（Ibid.）である。そのようなキツネは「我々の因習を破るもの」（Ibid.）であり、「逃れる方法もなく、退屈で、厳しく、予測できる生活に閉じ込められていると感じるものたちの秘密のアイドル」（Ibid.）である。女なのに男の格好をして、森の側の農場に住み、仕事をしているマーチもまた「境界に住む」生きものであった。また、彼女はバンフォードとの生活に閉じ込められており、そのような彼女がキツネに引かれるのも無理からぬことであった。

キツネとしての若者

何ヶ月か経ち、一一月になった。四時には暮れるようになったある晩、一人の若い兵士がやって来た。彼は以前の農場の持ち主の孫で、五年前までここに住んでいたという。男が入ってきて、内側の戸口に立った時、「マーチはすでに、彼の不思議な、柔らかい、調子を変えた声の影響を受け、魔法にかかったように彼をじっと見つめた」(Lawrence, *FCL* p.11)。若者は以前住んでいた老人が三年前に死んだのを知らなかった。バンフォードが老人の死を知らせても、彼は表情を変えずに彼女たちを見つめた。そもそも彼の顔には表情というものはなく、あるのは二人の少女たちに対する「熱烈な、人間味のない好奇心」(Ibid.) であった。しかし、「マーチにとって、彼はキツネだった」(Ibid.)。

若者はギリシアのサロニカから帰ってきたところだと言うので、バンフォードはお茶を勧めた。彼はお茶を飲み、パンを食べながら、生まれはコーンウォールで、一二歳の時に農場の祖父のところにやって来たのだと話した。しかし、彼は祖父と折り合いが悪く、カナダに逃げ、そして、ヨーロッパで働いたのだと言う。彼は思う存分食べたり飲んだりした。バンフォードは若者に質問し始めた。若者はヘンリー・グレンフェル (Henry Grenfel) という名で、バンフォードの質問に簡単に答えていったが、その様子は礼儀正しく、まじめで、そして、魅力的だった。マーチは二人の話には入らず、奥まったところからバンフォードに顔を向けている彼を見ていた。「彼女はとうとう、ほとんど安らかになった。彼はキツネと同一視された。――そして彼はここに完全に存在した。彼女は彼をもう追いかける必要がない」（Ibid. p.18）。

マーチにとって彼はキツネだった。制服を着、火の前に座った彼の体から、「野生の動物」（Ibid.）のような「かすかだが、はっきりとした臭い」（Ibid.）が漂ってきた。マーチは「洞窟のおとなしい動物」（Ibid.）のように、彼女がいつもいる部屋の隅でじっとしていた。話が途切れると、「若者は部屋の隅にいる静かな、半ば見えない女を意識するようになった」（Ibid.）。村の宿に泊まると言うヘンリーをバンフォードが引き止めたので、彼は農場に泊まることになった。彼女は弟がフランスから返ってきたかのようにように喜んだ。

その晩、マーチは夢を見た。外で歌う声が聞こえるので出ていくと、それはトウモロコシのように黄色く輝くキツネだった。彼女が触ろうとして手を伸ばすと、キツネは彼女の手首を噛んだ。彼女が後ろに下がると、キツネはふさふさとした尾で彼女の顔をさっと払って、ぐるりと向きを変え、跳ねるようにして行ってしまった。キツネの尾は火がついているように見え、彼女は口の痛みで目を覚ました。彼女は本当にびっくりしたかのように、震えて横になっていた。

朝になり、マーチは夢を「遠い記憶」（Ibid. p.20）として思い出しただけだった。ヘンリーはシャツ姿で階下に降りてきた。女たちが朝食の用意をしている間、彼は外で体を洗い、農場を見て回った。彼は朝食のテーブルにつくと、「ここは面白い、ボロボロの使い古した場所だな」（Ibid.）と言い、あまり話さずに大いに食べた。マーチはヘンリーが食事をしている間、顔を背けていた。彼のカーキ色の制服のきらめきが、彼女に「夢のキツネの輝き」（Ibid. p.21）を思い起こさせた。

午前中、彼は銃を持って出ていき、ウサギやカモを撃ってきた。「少女たちは、彼が自分の食物をすでに稼いだと感じた」（Ibid.）。午後になると、彼は村へ行き、お茶の時間に戻ってきた。ヘンリーは、自分が泊まろうとしていた宿はインフルエンザが流行し、他の宿は軍のために干し草を集めている兵士たちが泊まり、民家にも伍長と部下たちが泊まっていたので、どこで寝られるかわからないと言った。バンフォードはマーチの意見を求めたが、マーチが反対しなかったので、彼女は彼にここに泊まってよいという許可を与えた。その時、「狡猾な、小さな炎のような微笑みが彼の顔に現れた」（Ibid. p.22）。

獲物としてのマーチ

ヘンリーは農場の仕事を手伝ったが、大した仕事をするわけではなく、銃を手にして外に出て、見ているのが好きだった。特に彼はマーチを見ていた。「彼女の優雅な、若者のような姿が彼を刺激した」（Ibid. p.23）。彼は駆り立てられるように感じたが、彼女のことは考えないようにして、銃を持ち森の外れに行った。彼が帰ってきた時には、夕暮れになっていた。居間の窓から暖炉の明かりが踊っているのが見えた。彼が「この場所を自分のものにしたら幸運だろう」（Ibid.）と思った時、「マーチと結婚してはどうか」（Ibid.）という考えが彼に浮かんだ。「彼女の黒く、びくっとした、傷つきやすい目を考えた時、彼は狡猾に微笑んだ」（Ibid.）。しかし、自分のそのような意図はまだ不確かなことだったので、彼は自分に対してでさえそれを秘密にしておいた。

もし、ヘンリーがマーチに「あなたを愛している。結婚したい」（Ibid.）と言ったら、彼女は「出ていって。くだらない冗談なんか欲しくないわ」（Ibid.）と言って、彼を農場から追い出そうとするのは明らかだった。「彼は精神的に猟師だった」（Ibid. p.24）ので、「シカやヤマシギを捕まえるように」（Ibid.）彼女を捕まえなければならなかった。「弾を獲物の心臓に打ち込むものは人の意志だった」(Ibid.)。彼は、自分の「獲物」(Ibid) として彼女を射止め、自分の妻にしたかった。そして、「マーチはノウサギのように疑い深かった」(Ibid.)。彼は、外見は親切で変わり者の、よそから来たヘンリーのままでいた。

ヘンリーが暖炉用の丸太を切っている時、マーチが切った丸太を運び込もうとしてやって来た。ヘンリーは「私と結婚するようにあなたに頼みたいんだ」(Ibid. p.25) と言った。マーチはヘンリーが予期したように、「私にくだらない冗談なんか言おうとしないで」(Ibid.) と言ったが、彼が本気であることや、彼女が気にしている年齢など問題でないということを伝えると、彼女は黙ってしまった。「彼の手足に炎のような歓喜が燃え上がった。彼は勝ったと感じた」(Ibid. p.26)。「私と結婚すると言ってくれ」(Ibid.) と迫る彼に、彼女は「できないわ」(Ibid.) と言って抵抗した。しかし、彼がなおも結婚を迫ってくるので、彼女はとうとう彼との結婚を承諾してしまった。バンフォードの呼ぶ声がして、二人は丸太を家のなかに運び始めた。

彼らはお茶を飲み始めるが、ヘンリーがワイシャツ姿だったので、バンフォードが彼に「寒くないの?」(Ibid. p.27) と聞くと、彼は「あなたは私が上衣なしでお茶に来るのが好きではないんだ。忘れていた」(Ibid.) と言った。バンフォードは「気にしていないわ」(Ibid.) と答えたが、実はそうではなかった。上衣を取りにいくと言ったヘンリーに、バンフォードは「もしあなたがそのままでいいと感じるのなら、そのままでいなさい」(Ibid.) と言ったが、その話し方には「あからさまな権威」(Ibid.) があった。ヘンリーが「失礼でなければ、私は大丈夫だ」(Ibid. p.28) と言うと、バンフォードは「普通は失礼だと考えられている」(Ibid.) が、「私たちは気にしない」(Ibid.) と言った。不意に「誰がそれを失礼だと考えているの?」(Ibid.) とマーチが叫んだ。すると、「誰よりもあなたがよ、ネリー」と眼鏡を掛けたバンフォードはふんとあざ笑いながら答えた。マーチはまたぼんやりとして、何を食べているのかもわからないといった様子で口を動かしていた。ヘンリーは「輝く、用心深い目」（Ibid.）で、そのような二人を見ていた。

マーチとヘンリー

食事の後、マーチは編み物をし、バンフォードとヘンリーは読書を始めた。しかしマーチは、夜、遠くでさまよっているように思えるキツネの声を聞こうとしていた。ヘンリーはランプの明かりの端の下から、マーチを熱心に静かに見ていた。バンフォードはいらいらして指を咬みながら、ヘンリーをちらっと見ていた。その時、編み物をしていたマーチが急に目を上げ、彼を見た。彼女は小さな叫び声を上げ、ひどくびっくりしたかのように、「そこに彼がいるわ！」（Ibid. p.31）と思わず叫んでしまう。バンフォードが「一体どうしたの、ネリー？」（Ibid.）と大きな声を上げると、マーチは顔を赤くしてドアの方を見ながら、「何でもないの！　何でもないの！」（Ibid.）と言うのだった。

彼らは九時にお茶を飲んだ。バンフォードが「私は寝るわ、ネリー。今晩はすっかり興奮しているわ。来る？」（Ibid.）と言うと、マーチは「ええ、お盆を片づけたらすぐに行くわ」（Ibid.）と言った。そのようなマーチにバンフォードは苛立ち、「それじゃ、遅くならないで」（Ibid.）と言い、ろうそくを持って寝室に上がっていった。バンフォードから火の始末をするように言われたヘンリーに、マーチが念を押すと、ヘンリーは「ちょっと、来て座れよ」（Ibid.）と言った。バンフォードは「いいえ、行くわ。ジルが待ってるわ。それにもし私が行かなければ、彼女は取り乱すわ」（Ibid. p.32）と言って断った。ヘンリーは彼女に、なぜ叫んだのか聞くと、マーチは「あなたがキツネだと思ったのよ！」（Ibid.）と答えた。彼女は夏の夕方、キツネを見た話を彼にした。ヘンリーが「彼を撃ったのか？」（Ibid.）とマーチに聞くと、彼女は「いいえ。彼ははっとして、私をまっすぐに見つめたの。それから立ち止まって、笑って肩越しに私を見たの」（Ibid.）と答えた。ヘンリーは「笑ってだって！」（Ibid.）と笑いながら繰り返した。ヘンリーは「そしてあなたは、私がキツネだと思った。そうだろ？」と言って、笑った。マーチは「ちょっとそう思ったの」（Ibid.）と言い、「たぶん知らないうちに、彼が私の記憶に残っていたのよ」（Ibid.）とつけ加えた。マーチが実際にキツネを見た時、キツネは笑ってはいなかった。しかし、宿が見つからないヘンリーにバンフォードが泊まることを許した時、彼の顔に「狡猾な、小さな炎のような微笑み」が現れた。マーチはキツネとヘンリーを同一視しているので、彼女はキツネが「笑った」と記憶しているのである。

ヘンリーはマーチにした結婚の申し込みの答えを聞きたがった。マーチが「その質問には答えないわ」（Ibid.）とはっきりと言うと、ヘンリーは笑って、「私がキツネに似ているからか？　それが理由なのか？」（Ibid. p.33）と聞いた。そして彼は、明かりをほの暗くすると、立ち上がり、「きっと、私がキツネに似ていると、あなたは本当には思っていないんだ」（Ibid.）と言った。彼の声には「かすかなあざけり」（Ibid.）があった。ヘンリーはマーチを抱いて、彼女に優しく接吻をした。ヘンリーが再びマーチの答えを求め、接吻を繰り返している時、バンフォードが「ネリー、ネリー、何でそんなにかかっているの？」（Ibid.）と呼ぶ声がした。「するんだろ？　はいと言え！　はいと言え！」（Ibid.）と言うヘンリーに、マーチは「ええ！　ええ！　何でも！　あなたが望むことは何でも！　あなたが望むことは何でも！　行かせてくれれば！　行かせてくれれば！　ジルが呼んでいるわ」（Ibid.）と言った。するとヘンリーは、「いいかい、あなたは約束したんだ」（Ibid.）と狡猾に言うのだった。

マーチは甲高い声で、「ええ！　ええ！　するわ！」と叫び、ジルに「わかったわ、ジル、行くわ」（Ibid.）と返事をした。ヘンリーが驚いてマーチを離したので、彼女はやっとジルの待つ二階に行くことができた。

反対するバンフォード

翌日、朝食の時、ヘンリーはマーチとの結婚をバンフォードに報告した。バンフォードは「撃たれた鳥」（Ibid. p.34）のようにマーチを見た。マーチをじっと見つめるバンフォードの顔には「傷つけられた魂」（Ibid.）が浮かんでいた。彼女が「とんでもない！」（Ibid.）と叫ぶと、ヘンリーは「構わないだろ」（Ibid.）と明るく、満足したように言った。すると、バンフォードは具合が悪くなったかのように顔を背けた。それから、彼女は立ち上がると、「私は決して信じないわ、ネリー」（Ibid. p.35）と叫び、「まったく不可能だわ」（Ibid.）と言うのだった。ヘンリーがその理由を尋ねると、バンフォードは「彼女がそんなに馬鹿なはずはないわ。彼女がそれほど自尊心を失うはずはないわ」（Ibid.）と答えた。ヘンリーが「どうやって、彼女が自尊心を失うんだ？」とバンフォードに聞くと、彼女は「もし、彼女がすでに失っているのでなければ」（Ibid.）答えたので、彼は真っ赤になった。

ヘンリーとバンフォードが言い争いを続けていると、マーチがぎこちなく立ち上がりながら、「そのことで言い争うのは良くないわ」（Ibid.）と言って、パンとティーポットをつかむと、台所へと大股で歩いていってしまった。マーチがテーブルを拭きに戻ってくると、ヘンリーは怒りで身をこわばらせ、椅子に座っていた。彼は彼女に気づいていなかった。テーブルから物を運んでいくたびに、彼女はちらりと彼を見た。「なんて不機嫌で、赤ら顔の、すねた少年なんだろう！　それが彼のすべてなんだわ」（Ibid. p.36）と彼女は思った。

ようやく、ヘンリーは立ち上がると、銃を持って、牧草地へと出ていって、昼食時になって戻ってきた。彼は礼儀正しかったが、顔は「悪い子」（Ibid.）のままだった。午後になると、再び銃を持って出かけ、夕方、ウサギや鳩を持って帰ってきた。バンフォードは泣いていたらしく、目を赤くしていたが、彼女の態度は以前にもまして素っ気なく、高慢だった。マーチだけはこのような雰囲気のなかで元気だった。彼女は「意地悪な微笑み」（Ibid.）を浮かべ、「二人のライバル」（Ibid.）の間にいるのを「楽しんでいる」（Iibd.）ように見えた。夜、ヘンリーが寝ていると、二人が部屋で言い争っているのが聞こえたが、何を言っているのかわからなかった。彼は密かに部屋を出て、二人の部屋のドアの外に立った。

バンフォードが「いいえ、どうしても我慢できないわ。ひと月で死んでしまうわ。まさにそれが彼が狙っていたことなのよ」（Ibid. pp.36-37）と言う声が聞こえてきた。さらに彼女は、彼の服の臭いで気持ちが悪くなり、食事ができないとか、彼を泊まらせて自分はなんて馬鹿だったのだろうなどと話した。マーチは「あと二日いるだけよ」（Ibid. p.37）と言って彼女を慰めた。バンフォードはヘンリーが農場にいた時の様子を人から聞いていた。彼は仕事をせず、今と同じようにいつも銃を持って出かけていたのだという。「銃以外何もないのよ。ああ、本当にいやだわ」（Ibid.）と彼女は言った。そして、「彼はすぐに私たちの主人だと思うでしょう。もうあなたの主人だと思っているように」（Ibid.）と言うのだった。バンフォードはヘンリーを非難し続け、必死で彼と結婚しないようにマーチを説得しようとした。泣きじゃくり息苦しくなったバンフォードをマーチが優しく慰めているのが聞こえた。ヘンリーは身動きできなくなり、堅くなっていた。彼は這うようにして自分のベッドに戻った。しかし、眠れなかったヘンリーは服を着て階下に下り、台所に行ってブーツを履き、オーバーを着て、銃を持ち外に出た。

キツネの死

ヘンリーが森の外れにある樫の木の下に来た時、近くの家から犬が突然大きな声で吠えるのが聞こえた。その吠え声に、周りの農場の犬たちが答え、吠えだした。多くの犬たちの吠え声は騒がしく、それは「音の囲い」（Ibid. p.38）のようだった。このような騒ぎを起こしたのはキツネに違いないと彼は思い、キツネを見張ろうと、農場の方へと歩いていった。「彼はキツネが来るのがわかっていた」（Ibid. p.39）。膝に銃を載せ、暗がりの丸太の上に座って、彼は開いた入り口を長いこと見据えていた。

松の木がポキンと折れる音や、ニワトリが止まり木から落ちる音がした。ニワトリの興奮した鳴き声にヘンリーはびっくりして立ち上がったが、ネズミだろうと彼は考えた。彼は再び座り、ニワトリの暖かい臭いを感じている時、入り口に影が滑るように進んでくるのが見えた。キツネだった。キツネが「蛇のように腹ばいになって」（Ibid.）進んできた。ヘンリーは微笑み、銃を構えた。彼はキツネがどうするのか知っていた。キツネがニワトリの出入り口の板に鼻を向け、うずくまったその瞬間、ヘンリーは銃を放った。ニワトリやアヒルが騒ぎ出し、二階の窓が開く音がして、マーチが「誰なの？」（Ibid.）と叫んだ。ヘンリーはキツネを撃ったことを彼女に伝えた。彼はキツネの死骸を、懐中電灯で照らした。「見事だろう」（Ibid. p.40）、「すばらしい毛皮になるよ」（Ibid.）と彼は言った。「キツネの毛皮を着た私を捕まえないで」（Ibid.）とマーチは答えた。

その晩、マーチは再び夢を見た。その夢ではバンフォードが死んで、マーチがむせび泣いているのだった。それからマーチはバンフォードを棺に入れたが、それは台所の暖炉の側にある薪を入れる木の箱だった。マーチは棺のなかのバンフォードが白い寝間着だったので、夢のなかでいらいらしながら、彼女に掛けてあげるものを探した。しかし、彼女が探し出すことができたものはキツネの毛皮だけだった。彼女は仕方なくキツネのふさふさした尾をたたんでバンフォードの頭に置き、キツネの皮を彼女の体の上に置いた。それは赤い、火のような上掛けになったように見え、マーチは泣きに泣いた。そして、彼女は目が覚めたが、顔には涙が流れているのがわかった。

翌朝、真っ先にマーチとバンフォードはキツネを見にいった。バンフォードは「哀れなやつだわ」（Ibid. p.41）と言い、「こんな泥棒のようなやつでなかったら、かわいそうに感じるのに」（Ibid.）と言った。マーチは何も言わなかったが、顔は蝋のように青ざめ、大きな黒い目で、逆さまにつるされた死骸を見た。「彼の腹は雪のように白く柔らかかった」（Ibid.）。彼女はキツネの白い腹や、黒く輝く、ふさふさとした尾に優しく手を滑らした。彼女は厚みのあるしっぽの毛を幾度も手に取り、その手をゆっくりと下に滑らした。「すばらしく、とがった、厚みのある尾だわ！　すばらしいわ！　そして彼は死んでいる！」（Ibid.）。彼女は口を閉ざし、黒い目はうつろになった。

ヘンリーが近づいてきたので、バンフォードは行ってしまった。マーチはキツネの頭も手に取ってみた。どういう訳か、それはスプーンやへらを思い出させ、彼女は理解できないと感じた。キツネは彼女には理解できない、「奇妙な獣」（Ibid.）だった。キツネは「氷の糸のような、すばらしい銀色の髭」（Ibid.）、「なかに毛の生えた、ぴんと立った耳」（Ibid.）、「細長いスプーンのような鼻」（Ibid.）、「驚くほど白い歯」（Ibid.）を持っていた。ヘンリーが「見事だろう」（Ibid.）と言うと、マーチは「ええ、立派な、大きなキツネだわ」（Ibid.）と答えた。

二人は、このキツネが夏にマーチが見たキツネだろうと話した。その後、ヘンリーはキツネの皮をはいで板に釘で止めた。それはまるで磔にされているようで、マーチを不安にさせた。

結婚の承諾

ヘンリーは二人の女の様子を監視した。バンフォードは相変わらず、マーチとヘンリーの結婚に反対していた。バンフォードはマーチの結婚を自分自身を「安っぽく」（Ibid. p.46）し、「貶める」（Ibid.）ものだと言った。マーチは「私は自分自身を貶めたりしていないわ」（Ibid.）、「だれも私を安っぽく扱いはしないわ」（Ibid.）と答えた。しかし、バンフォードは「きっと私のもとに戻ってくるわ」（Ibid. p.47）、「それがいつも結末なのよ。あなたは私に意地悪をするためにそうするだけだと信じているわ」（Ibid.）と言うのだった。

ヘンリーはバンフォードに対して「意地の悪い反感」（Ibid.）を持ったが、マーチには「抑えがたいほど引かれる」（Ibid.）のを感じた。彼女の間には「秘密のきずな」（Ibid.）があるように彼は感じた。彼はマーチがすぐに自分と結婚することに同意して欲しかった。彼は、「彼女の柔らかく、なめらかな頬、彼女の不思議な、おびえた顔」（Ibid.）に触れられたらと願うのだった。彼女の茶色の麻の上衣のボタンはいつも喉元まで掛けられ、そのなかで彼女の胸は「危険な秘密」（Ibid. p.48）のようだった。

お茶の時間、ヘンリーが部屋に入っていくと、マーチがドレスを着てたので、彼は驚いた。ドレスは青みがかったグリーンのクレープ地で、単純な形をしており、首回りに金色のステッチがあり、丸い袖が肘まで伸びていた。丸い襟から「彼女の白い柔らかい喉」（Ibid.）が見えた。彼はバンフォードがいることも忘れ、マーチを見ていた。マーチが立ち上がり、ティーポットを持って暖炉のところに行き、炉床の上で身をかがめた時、ヘンリーは目を見開いて、彼女をじっと見つめた。彼女は黒の絹のストッキングを穿き、小さな金のバックルのついた、小さなエナメル革製の靴を履いていた。「彼女は別の存在だった」（Ibid. p.49）。普段の彼女の姿からは、彼女が女性の足をしているということなど彼は思いもしなかった。スカートを穿いている彼女は「近づきやすかった」（Ibid.）。ヘンリーは真っ赤になり、自分の鼻をティーカップに突っ込み、少し音を立ててお茶を飲んだので、バンフォードは身をよじった。突然、ヘンリーは自分がもはや若者ではなく、「男」（Ibid.）だと感じた。彼は「男の運命のささやかな重さ」（Ibid.）を感じていた。

九時にマーチがお茶と冷肉を持ってきた。冷肉は最後の夕食のためにバンフォードが何とか手に入れたものだった。彼女はヘンリーのことが少しかわいそうになり、できるだけ彼に優しくしようとしていた。食事の後、いつもはバンフォードが最初に寝に行くのに、彼女はランプの下の椅子に座り、時々、本に目をやりながら、暖炉の火をじっと見つめていた。ヘンリーは、彼女が早く寝に行って欲しいと思った。とうとうマーチが彼女に寝ることを提案した。マーチが湯たんぽを用意し、二階に持っていった。バンフォードは椅子に座ったままだった。マーチがまた降りてきて、バンフォードに「行くの?」（Ibid. p.50）と聞くと、彼女は「すぐに」（Ibid.）と答えた。しかし、彼女はまだランプの下の椅子に座ったままだった。猫のように目を光らせながらその様子を見ていたヘンリーが、急に立ち上がった。そして、「雌のキツネを見つけられるかどうか見にいこうと思う」（Ibid.）と言うと、マーチに一緒に来ないかと誘った。マーチが「私!」（Ibid.）と大きな声を上げ、驚いて不思議そうな顔をすると、ヘンリーは「ああ、行こう」（Ibid.）と、彼女を促した。その声は「柔らかく、暖かく、そして、宥めすかす」（Ibid. p.51）ようで、「バンフォードの血を煮えたぎらせた」（Ibid.）。

へンリーが「ちょっと行こう」(Ibid.) と再びマーチを促したので、彼女は「まるで若者に引き寄せられるかのように」(Ibid.) 立ち上がった。するとバンフォードは、「あなたは夜のこんな時間に外には行かないと思うわ、ネリー！」(Ibid.) と叫んだ。「いや、ちょっとだけだ」とヘンリーは彼女を見ながら、「奇妙な、鋭い、吠えたてるような声」(Ibid.) で言った。マーチは困惑して、うつろな様子で二人を見た。すると、バンフォードは「戦い」(Ibid.) を始めるために立ち上がった。

バンフォードは、外は寒いのでそのような格好で行くと風邪を引くと言った。二人に立ち向かっているバンフォードは、「小さな闘鶏」(Ibid.) のようだった。ヘンリーは「星の下にちょっといたからって、誰の害にもならないよ。食堂のソファーから膝掛け毛布を持ってくる。来るんだ、ネリー」(Ibid.) と言ったが、その声には「怒り、軽蔑、そして、激しさ」(Ibid.) があった。「ええ、行くわ」(Ibid.) と言って、マーチがヘンリーと一緒にドアの方に行くと、部屋の真ん中に立っていたバンフォードは突然、発作を起こしたように泣き出した。彼女は手で顔を覆い、苦しみもだえ、肩を震わせた。マーチは「ジル！」(Ibid.) と気も狂わんばかりに叫んで、「最愛の人」(Ibid.) の方に行こうとした時、ヘンリーがマーチの腕をしっかりと掴んだので、彼女は動けなくなった。「それは、心では懸命に努力しているのに、体は動かない、夢のなかのようだった」(Ibid.)。ヘンリーは「気にするな」(Ibid.)、「遅かれ速かれ、泣かなければないんだ」(Ibid.)、「涙が彼女の感情を和らげてくれるよ」(Ibid.) などと言うと、マーチをゆっくりと引っ張っていった。

ヘンリーは居間で膝掛け毛布を掴み、マーチに「これで体を巻け」(Ibid. p.52) と言うと、台所のドアへ向かった。しかし、マーチは外の暗闇を見ると、突然後ずさりして、「ジルのところに戻らなければ」(Ibid.) と言い出した。ヘンリーが「ちょっと待て」(Ibid.) と言って止めると、マーチは「放して！　放して！」(Ibid.) と叫び、「私の場所はジルの側なの。かわいそうに、心臓が張り裂けんばかりに泣きじゃくっているわ」（Ibid.）と言った。ヘンリーが「あなたの心臓もな。そして私の心臓もだ」（Ibid.）と言うと、マーチは「あなたの心臓？」と驚いたように言った。彼はマーチの手を握り、自分の左胸に押しつけ、「私の心臓だ」（Ibid.）、「信じていないなら」（Ibid.）と言うのだった。彼女は彼の心臓が力強く打っているのを感じた。「それは何か来世からのもの、外部からの恐ろしいものが彼女に合図をしているようだった」（Ibid.）。彼女は麻痺したようになり、バンフォードのことを忘れた。彼は彼女を外に連れ出した。

ヘンリーは納屋の暗い角のところに彼女を連れていき、道具箱の上に座らせた。彼はマーチの手を握り、「あなたは私と結婚する。私が戻る前に結婚する。そうだろ？」（Ibid. p.53）と懇願した。すると彼女は、「私たち二人とも馬鹿じゃない？」（Ibid.）と言うのだった。ヘンリーは「どういう風に馬鹿なんだ？」（Ibid.）と言って、カナダに戻ったら、賃金のいい仕事を得て、山の側に住むのだと説明した。「彼女は女だった」（Ibid.）。彼女のなかには「奇妙な傷つきやすさ」（Ibid.）があることを彼は突然理解した。彼はその「傷つきやすさ」に責任があった。彼は「あなたはミス・バンフォードと一緒にいることを望むのか？　彼女と寝ることを望むのか？」（Ibid. p.54）と挑戦するように尋ねた。マーチは長いこと考えてから、「それは望まないわ」（Ibid.）と答えた。彼はクリスマスに結婚することを彼女に承諾させた。寒くなってきたので、ヘンリーは彼女に優しく接吻し、二人は家に入っていった。

バンフォードの抵抗

彼らが家に入ると、バンフォードは「奇妙な、小さな魔女」(Ibid. p.56) のように、暖炉の側にうずくまっていた。彼女は赤くなった目であたりを見回したが、立ち上がろうとしなかった。彼女の顔つきは「邪悪」(Ibid.) だとヘンリーは思い、指を十字架の形にして、魔除けをした。彼女は「やっと戻ってきたのね」(Ibid.) と不機嫌そうに言った。ヘンリーが「私たちはできるだけ早く結婚することになった」(Ibid.) とバンフォードに言うと、彼女は「後悔して生きることのないように望むわ」(Ibid.) と言った。そして彼女は、「ネリー、今すぐ寝る?」(Ibid.) と聞いて、マーチに一緒にくるように促した。「ええ、すぐに行くわ」(Ibid) とマーチは答えたが、彼女は彼と一緒にいたかった。「彼女は彼のいるところでは、奇妙にも安全で平和だと感じた」(Ibid.)。マーチはバンフォードが怖いと感じ、彼女と一緒に行って、寝なければならないのが苦痛だった。彼女は自分を救って欲しくて、ヘンリーを見た。彼は「輝く目」(Ibid.) で彼女を見て、「彼女が感じたことを察知した」(Ibid.)。彼は「あなたが約束したことを忘れないよ」(Ibid.) とマーチの目をまっすぐに見て言った。マーチはかすかに微笑み、彼と共にいて「安全」(Ibid.) だと感じた。

ヘンリーが農場を発つ朝、彼はマーチを市の立つ町に連れていき、二人を結婚する予定のものとして登録をし、掲示してもらった。彼はクリスマスに戻ってきて、結婚式を行うことにした。そうすれば、春には彼女をカナダに連れていくことができるだろうと彼は思った。マーチは自分の野営地に戻っていくヘンリーを駅で見送った。列車がホームから離れていく時、彼は列車の窓にもたれかかり、さようならと言ったが、「彼の顔には感情がなかった」（Ibid. p.57）。彼の目だけがじっと動かず、「突然何かを見て、じっと見つめている猫のように」（Ibid.）、彼は見ることに熱中していた。彼がいなくなってしまうと、「彼女は彼と何も関係がないように思えた」（Ibid.）。彼女が思い出すことができるのは「子犬がふざけてうなるように」（Ibid.）、彼が笑った時、突然鼻にしわを寄せることだった。

彼が出発してから九日目に、彼はマーチからの手紙を受け取った。その手紙には、「あなたが私を盲目にした」（Ibid.）、ジルと二人になった時、「自分がどんなに馬鹿だったか、どれほどあなたを不当に扱ったかがわかった」（Ibid.）、「ジルのことを考えると、彼女はあなたより一〇倍も実在的だ」（Ibid. p.58）ということなどが書かれていて、「有り難いことに、ジルはここにいて、彼女がここにいることが私を再び正気だと感じさせてくれる」（Ibid.）ので、「あなたとは結婚できません」（Ibid.）と書かれていた。そして、最後にキツネの毛皮がほとんど出来上がったので、住所を教えてくれれば送る、そして、自分の「ひどい、常軌を逸したやり方」（Ibid.）を許してくれと書いてあった。

マーチの手紙を読んだヘンリーは、大尉に二四時間の休暇を願い出た。大尉は「君には頼む権利はない」（Ibid. p.59）と言って拒否したが、ヘンリーは様子がおかしく、いつまでも戸口のところに立ったままだった。彼は急に青白くなり、唇は苦痛を発しているようだった。女の問題だと察した大尉は、「お願いだから、どんな問題も起こすな」（Ibid. p.60）と言ってヘンリーに休暇を与えた。彼は自転車を借りて、キャンプを出た。

バンフォードの死

農場では、マーチが夏の間に枯れてしまったアカマツを薪にするために切ろうとしていた。彼女は時々、五分ほど斧で木の幹に刻み目を入れるということを一週間以上続けていた。木は土台に大きく口を開いたような切れ目ができ、あと一打で倒れるところまできていた。老人が一緒にいたが、それはバンフォードの父親だった。彼とマーチとバンフォードの三人は、木がどのように倒れるかを話し合っていた。遠くの方で音が聞こえ、彼らが見ようと首を伸ばすと、緑の地平線に自転車に乗った人影が近づいてくるのが見えた。マーチはその人影がカーキ色であるのがわかり、赤くなったが、何も言わなかった。次の瞬間、自転車がよろめきながら視界に入ってきた。ヘンリーだった。彼の顔は濡れ、赤くなり、泥で汚れていた。

老人は、ヘンリーが四時間もかけて自転車でやって来たこと、明日の夕方までには戻らなければならないことを聞いて驚いた。そして彼は、「女の子たちはあんたがやって来ると思っていなかったんだろ?」(Ibid. p.63)と言うと、マーチたちを見やった。ヘンリーは少し落ち着かなくなり、マーチを見ると、彼女は遠くを見ていた。彼女の手には斧の取っ手が握られていた。ヘンリーが「それで、何をしているんだ?」(Ibid.)、「木を切り倒そうとしているのか?」(Ibid.)とマーチに聞いても、彼女は聞こえていないようだった。バンフォードがつっけんどんに「聞こえてるの?」(Ibid.)と叫ぶと、マーチは「何――私?」(Ibid.)と大きな声を上げ、一人ずつ見ながら、「誰かが私に話しかけたの?」(Ibid.)と聞いた。それを見た老人は「恋をしているにちがいない。昼間に夢を見ている」(Ibid.)と言うのだった。

マーチはヘンリーを見ながら「私に何か言った？」（Ibid.）と聞いたが、「彼女の目は見開かれ、不安げで、顔はほのかに赤くなっていた」（Ibid.）。ヘンリーはもう一度、彼女に質問を繰り返した。マーチが「ああ、それね！　少しずつよ。もう倒れるだろうと思うわ」（Ibid.）と言うと、バンフォードは「夜、倒れなかったことに感謝するわ。死ぬほど怖いもの」（Ibid.）と言った。それを聞いたヘンリーが、「最後は私にやらせてくれ」（Ibid.）と言うと、マーチは「やりたいのなら」（Ibid.）と言って、斧の柄を彼の方に傾けた。

バンフォードは木が納屋に倒れてくるのではないかと心配していた。しかしヘンリーは、木は空いたところに倒れるし、老人が心配しているように、後ろ向きに自分たちの方に倒れてくることもないと請け負った。その時、一羽の雄のアヒルに率いられた四羽の雌のアヒルが牧草地から彼らの方に近づいてきた。バンフォードはアヒルを追いやろうとしたが、だめだった。そこで彼女は柵によじ登り、アヒルたちをそらして、門の下から庭に追いやろうとした。アヒルたちは興奮して、尻を振りつつ、門の横木の下をくぐり抜けていった。彼女は柵の向こう側の盛り土の上に立ち、他の三人を見下ろしていた。

ヘンリーがバンフォードを見上げると、「彼女の眼鏡の奥の、奇妙な丸い瞳の弱々しい目」（Ibid. p.64）が彼の目に入った。彼は傾いた木を見て、それから、「飛んでいる鳥を見ている猟師のように空を見た」（Ibid.）。木が倒れて、倒れた拍子に回転したら、「枝があの盛り土の上に立っている彼女に正確にぶつかるだろう」（Ibid.）と彼は考えた。彼女をもう一度見ると、彼女はいつものしぐさで、額から髪をぬぐい取ろうとしていた。「心のなかで彼は、彼女は死ぬと決めていた」（Ibid.）。彼は「気をつけて、ミス・バンフォード」（Ibid. p.65）と言ったが、「彼女は動くべきでない」（Ibid.）という意志で、「彼の心は完全に平穏のままだった」（Ibid.）。

バンフォードはあざけるように、「あなたはその斧で私を殴れると考えているの？」と叫んだ。ヘンリーは

「いや、でも、木がそうするかもしれないという可能性があるだけだ」（Ibid.）と冷静に言うと、彼女は「まったく不可能だわ」（Ibid.）と言った。それを聞いたヘンリーは「自分の力を失わないように」（Ibid.）、「冷淡な平静さ」（Ibid.）を保ち、「いや、ともかく可能性だ。こっちの方に来た方がいい」（Ibid.）ともう一度注意した。彼女が了解すると、彼は斧を取り、危険がないかとあたりを見回した後、二回続けて素早く斧を振り落とした。木はゆっくりと向きを変え、空中で奇妙に回転しながら、「突然の闇」（Ibid.）のように地面に倒れた。「彼以外は何が起きたのか誰もわからなかった」（Ibid.）。枝の黒い先が彼女に襲いかかり、うずくまった彼女の首の後ろを強打したのを誰も見ていなかった。「彼は自分が撃ったガンを見るように」（Ibid.）、目をこらしてじっと見た。「かすめたのか、それとも、死んだのか？　死んだ！」（Ibid.）。

ヘンリーが彼女のもとに飛んでいくと、彼女の首と頭の後ろに大量の血があった。彼女の体の向きを変えると、彼女は少し痙攣したが、本当に死んでいた。「彼は自分の魂と血のなかでそれを知っていた」（Ibid.）。彼女が死ぬことは、彼にとって「必要なこと」（Ibid.）だった。「棘が彼のはらわたから抜けた」（Ibid. p.66）。彼が彼女を下ろして立ち上がると、マーチが麻痺したように立っていた。彼は「彼女は死んだと思う」（Ibid.）と言った。マーチが彼に確かめるように、聞き返した。彼がまた繰り返して言うと、彼女は「最後の抵抗の様子」（Ibid.）を見せた。「勝った」（Ibid.）と彼は思った。

泣きたくない子供のように、身震いしながらむせび泣いていたマーチは、草の上に沈み込むように座り、胸に手を当て、顔を上げて、激しく泣き出した。ヘンリーは身動きせずに、彼女を見下ろしていた。「その場面のすべての苦痛、彼自身の心と内臓のすべての苦痛のなかで、彼は嬉しかった。彼は勝った」（Ibid.）。長いこと経ってから、ヘンリーは身をかがめるとマーチの手を取り、「泣くな」（Ibid.）と優しく言った。彼女は涙を流しながないだろう」(Ibid.)があった。「彼女は彼を置いていくことはら彼を見上げた。彼女の顔には「無力と服従の無感覚な表情」(Ibid.)があった。「彼女は彼を置いていくことはないだろう」(Ibid.)。ヘンリーはマーチを「勝ち取った」(Ibid.)のだった。

幸福という幻想

彼らは予定通りクリスマスに結婚した。ヘンリーは一〇日の休暇を取り、自分の村であるコーンウォールに行った。マーチは彼のものになったが、「彼女は幸せではなかった」(Ibid. p.67)。彼女は彼のもとを離れたくはなかったが、彼と一緒にいて自由だとは感じなかった。彼女は自分が彼のものだとわかっていたが、「嬉しくなかった」(Ibid.)。

二人には「何かが欠けていた」(Ibid.)。彼らは「新しい生活」(Ibid.)を送っていたにもかかわらず、「彼女の魂はしおれ、血を流し、まるで傷ついているかのようだった」(Ibid.)。彼女は長いこと、彼に手を握られて海を見ていた。永遠に水のなかで揺れている「海草」(Ibid.)のように、「彼女は無抵抗になり、黙って従い、愛の水面下に沈んでいなければならなかった」(Ibid.)。水のなかでは、彼らは強く、破壊できないものになることができた。

マーチは「いとしいジルの健康と幸福」(Ibid. p.68)に「責任」(Ibid.)があった。彼女は「自分自身のささやかなやり方」(Ibid.)で、「世界の幸福」(Ibid.)に「責任がある」(Ibid)と感じてきた。しかし、「彼女は失敗した」(Ibid.)。マーチはバンフォードを幸せにすることができないとわかっていたので、「ジルが死んで嬉しかった」(Ibid.)。幸福というのは「命取りになる花」(Ibid. p.69)だった。「それは手の届かない狭い割れ目に、とても青く、美しく震えている」（Ibid.）のだった。その花に手を伸ばせば伸ばすほど、「自分の下にある絶壁のぞっとする、恐ろしい割れ目に気づき、よりびくびくすることとなる」（Ibid.）。それゆえ、幸福に「到達できる」（Ibid.）というのは「幻想」（Ibid.）なのだ。

マーチも「青い目標」（Ibid.）に向かって出発したのだった。しかし、行けば行くほど、それは「空虚」（Ibid.）だということがわかって、彼女は恐ろしくなった。「彼女はそれが終わって嬉しかった」（Ibid.）。「愛や幸せ」（Ibid.）を求めて彼女は努力することはないだろう。バンフォードは死んでしまったが、「死んでいるというのは心地よいことに違いない」（Ibid.）と彼女は思った。

ヘンリーはマーチの「女の精神」（Ibid.）にベールをかけたかった。彼女の「独立した精神」（Ibid. p.70）を眠らせたかった。「彼女を服従させたかった」（Ibid.）。彼女の「意識」（Ibid.）を取り去り、彼女をただ「彼の女」（Ibid.）にしたかった。彼女はとても疲れて、眠りたかったが、「あたかも眠りが死であるかのように」（Ibid.）、眠ることに抵抗した。「彼女は最後まで独立した女でいようとした」（Ibid.）。しかし、すべてのことに疲れてしまった。ヘンリーには眠りのような「休息」（Ibid.）があった。彼は彼女に彼のもとで「安らかに」（Ibid.）眠って欲しかった。しかし、彼女は眠らなかった。時々、彼は彼女から離れるべきだったと思った。バンフォードを「殺すべきではなかった」（Ibid.）と思った。「バンフォードやマーチと縁を切って、互いに殺し合いをさせるべきだった」（Ibid.）。しかし、それは「我慢できない」（Ibid.）ことだった。彼はマーチを連れ、イギリスを離れ、西に行く日を待っていた。

ヘンリーはマーチを自分のものにして、「自分自身の命」（Ibid.）を持つことができるだろう。彼は「若い男、そして、男性としての自分自身の命」（Ibid.）を持ち、彼女は「女、そして、女性としての自分自身の命」

（Ibid.）を持つだろう。彼女はもう「男の責任を持った、独立した女」（Ibid.）にはならないだろう。崖の上に座り、彼は「海を渡って、カナダに着いたら気分が良くなるよ」（Ibid. p.71）と彼女に言った。水平線の方に目をやっていた彼女は、彼を見て「そう？」と言ったが、「わからないわ。あちらではどうなるかわからないわ」（Ibid.）と言うのだった。彼は「すぐにも行くことができればなあ！」（Ibid.）と言ったが、その声には「苦痛」（Ibid.）が伴っていた。

ヘンリーと結婚し、彼と一緒にいても、マーチは幸せではなかった。幸福を手に入れることができるというのは「幻想」にすぎないので、幸福を追い求めていたマーチは疲れてしまったように見える。そして、ヘンリーはマーチの「女の精神」にベールをかけたいと思っている。デリダは「動物は精神をもっていない」と言っているが、動物的なヘンリーは「幸福」などという精神的なものを追い求めるようなことはしない。しかし、マーチは人間である。「人間は固い事実の世界に生活しているのではなく、……想像的な情動のうちに、希望と恐怖に、幻想と幻滅に、空想と夢に生きている」（カッシーラ『人間』三六頁）。マーチは、バンフォードとの幸せな生活が「幻想」であったことを悟ってしまった。彼女は今、「固い事実の世界」に生きている。

デリダが「私は世界であなたと二人きりだ」（Derrida, *BS* II p.1）というのは「最も美しい愛の告白、あるいは、最もがっかりさせる絶望を誘う告白」（Ibid.）なのだと言う。マーチがヘンリーと別れ、バンフォードと「二人きり」で生活しようとしたのは、マーチのバンフォードに対する「最も美しい愛の告白」であった。しかし、バンフォードは死に、今、マーチはヘンリーと「二人きり」である。ヘンリーと一緒にいるマーチの様子を見ると、「二人きり」だというのは彼への「愛の告白」にはなっていない。むしろ、それは彼女の「絶望を誘う告白」に見える。それゆえ、ヘンリーは彼女をカナダに連れていくことに希望を託すほかないのである。また、デリダが「動物は、時には、君主のように見え」(Ibid. p.4)、そして、君主は「法の外の、あるいは、法を超えた動物に似ている」(Ibid.)と言っている。マーチを手に入れるためにバンフォードを殺して、自責の念に駆られることのないヘンリーは、「法を超えた」君主であると言える。それゆえバンフォードが死んだ時、マーチの顔には「無感覚な、無力と服従の表情」があったのである。

蛇とキツネ

詩「蛇」では、ロレンスが庭に出てきた時、蛇が彼の水桶のところにいた。デリダは「他者が私の前にそこにいて、私より前に現れた他者から私は命令を受け取る」と言っている。蛇はロレンスがそこに行く前からいたので、彼は蛇から「汝、殺すなかれ」という「命令」を受け取ったのだとデリダは考える。一方、「キツネ」では、マーチたちが農場に住む前からキツネは森に棲息していた。マーチがキツネを見た時、彼女はキツネに魅せられてしまった。そしてヘンリーが現れ、彼女はヘンリーをキツネだと思った。「汝、殺すなかれ」という「命令」を受け取るのは人間であるが、キツネであるヘンリーは、キツネの「汝、殺すなかれ」という命令を受け取ることはない。

そしてデリダは、「殺人の場面ゆえに、それは彼の蛇になる」と言う。その殺人は「仮想」のものであったが、「殺しの身振り」によって、ロレンスは「すぐさま自責の念に駆られる」のだとデリダは言う。ヘンリーは実際にキツネを殺すが、彼は自責の念に駆られることはない。しかし、ヘンリーが殺したキツネは「彼の」キツネになった。マーチはキツネの死骸に触れ、「すばらしいわ」と言うが、彼女のキツネへの愛撫はヘンリーへの愛撫でもある。

デリダは「道徳、倫理」は「それが神であれ、蛇であれ、獣であれ、人であれ、最初に来たもの、やって来た最初の生きもの、とにかく誰に対しても敬意を持って、「汝、殺すなかれ」」というのが「道徳、倫理」なのであり、ロレンスは「一般の生きものに対して、どのような義務が自分に負わせられているかを本当に考えている」のだと言っている。キツネを殺し、バンフォードも殺すヘンリーを見る時、ロレンスはデリダの言うように、「一般の生きもの」に対して「義務」を考えていたのだろうか。ロレンスが蛇を殺さなかったのは、恐ろしい蛇が自分の水桶を占領していたことを「光栄」に感じたからである。ロレンスは恐ろしいものに対して「敬意」を持つのだ。ヘンリーはキツネやバンフォードを恐れなかった。彼らに対して「敬意」を持っていないので、彼は躊躇なく彼らを殺すことができた。

デリダが上げた問題点の一つは、「倫理あるいは道徳の命令は私たちに似たものに対してだけあるのか」である。ロレンスは自分に似ていない蛇は殺さず、ヘンリーに似ているキツネを作品のなかで殺した。ロレンスが蛇を殺さなかったのは「人間教育の声」を軽蔑していたからである。彼はまた、自分に「似たもの」は殺すなという「道徳の命令」を軽蔑していたと言えるであろう。それゆえ、ロレンスは物語のなかでヘンリーに似ているキツネを殺すのである。

そしてデリダは、もう一つの問題点は「いったん我々が、君主はつまるところ最初に来たものであると認めたら」、「私がもう一方の臣下」になり、「もう一方が君主になる」ということだと言う。ヘンリーは最初に来たもの、すなわち、キツネを殺すことによって、自分がマーチの君主になった。またデリダは、「道徳律は激しい後悔から生まれた」のであり、「そこで後悔するためには、道徳律はすでに機能していなければならない」と言うが、ヘンリーはバンフォードを殺しても何の後悔もしていない。ヘンリーにとって道徳律など存在していないのである。「人は自分自身のために、良い生活を感知し、追い求める時、立派に生きる」（Dworkin, *Justice for Hedgehogs* p.419）のであるが、それは、「威厳」（Ibid.）を持って、言い換えると、「自分自身のと同じように、他の人々の命の重要性に対する、そして、彼らの道徳的責任に対する敬意」（Ibid.）を持って行わなければならないのだという。マーチが感じていた「責任」を無視し、バンフォードを殺すヘンリーは、そのような「威厳」を持っていない。彼は単に自分自身の「良い生活」を追い求めている。そのような彼がキツネに見えるのも当然である。

デリダは、「蛇」は「明らかにエデンの園の皮肉な、よこしまな転換」であり、「追い払われ、追放されたもの」は「アダムとエバではなく、蛇」なのだと言っている。そうであるなら、「キツネ」では農場は女二人が暮らしていた一種のエデンの園であり、男のような格好をしているマーチがアダムであると言えるだろう。そこにヘンリーがやって来て、エデンの園を壊す。マーチはエデンの園から「追放され」、女に戻るのである。またバンフォードは、エデンの園で「最も賢い」（「創世記」三章一節）と描写されている蛇の一面を持っている。バンフォードが、ヘンリーを否定するような言葉をマーチに言ったり、感情的になったりしたのは、マーチを自分の手元に置いておきたかったからである。それは蛇のようにずる賢い彼女の策略であった。聖書ではエバを誘惑した蛇は「呪われるもの」（「創世記」三章一四節）となったが、バンフォードはヘンリーに呪われたかのように、殺されるのである。ロレンスの動物に対する態度は一様ではない。それがロレンスの魅力だと言えるであろう。

ダンモアの『ゴー・フォックス』

ダンモアはペンギンクラシクス版のロレンス短編集『キツネ、大尉の人形、テントウムシ』の序文を書いている。ロレンスの良き理解者であったダンモアは、ロレンスの「キツネ」に触発されて『ゴー・フォックス』を書いたのではないだろうか。『ゴー・フォックス』は児童向けの物語で、キツネが主人公のゲームに夢中になっている少年が描かれている。

この物語はダニー（Danny）がテレビ画面に向かって「ゴー・フォックス！　行け、行け、行け！」（Dunmore, *Go Fox* p.9）と叫んでいる場面から始まる。コントローラの上でぴくぴく動く彼の指はますます速くなり、彼の目は画面上のゴー・フォックスに釘づけになっている。ゴー・フォックスが背の高い灰色のお化けの木の下を走っていくと、木はうめき声を上げ、とがった枝が「骸骨のような手」（Ibid. p.10）になって伸びてきた。お化けの木の枝が閉じて、檻のようになったが、ゴー・フォックスは逃れることができた。

ダニーは「頑張れ、ゴー・フォックス！　うまくやらなきゃだめだ！　行け、行け、行け、ゴー・フォックス！」と声援を送ると、ゴー・フォックスは滑るようにして止まった。彼の前に、泡立ち怒り狂った川が現れた。岩はワニの歯よりも鋭かった。しかし、「どん欲な緑のスナッパーたち」（Ibid. p.11）が彼を追っていたので、ゴー・フォックスは行かなければならなかった。大きなスナッパーがゴー・フォックスに噛みつこうとしたが、ゴー・フォックスが尻尾を引っ張ったので、捕まらずにすんだ。ゴー・フォックスは飛ぶように荒れた川に飛び込んだ。スナッパーは水が嫌いで、泳ぐことができなかったので、追ってこられなかった。ダニーは「深く潜れ、早く！」とゴー・フォックスに叫んだ。

ゴー・フォックスが荒れた川を泳いでいると、丸太が流れてきた。丸太は電柱のように大きく、ぶつかったらゴー・フォックスは死んでしまうだろう。木の幹のように大きな丸太が彼にぶつかりそうになっていた。「速く！　クリック！　クリック！」(Ibid. p.13)。ダニーはコントローラの上でますます速く指を動かした。ゴー・フォックスが潜ると、丸太が側を流れていった。しかし、また丸太がごうごうと音を立てながら急流を流れてきて、ゴー・フォックスにぶつかりそうになった。「どうしてもっと速く泳げないの？」(Ibid. p.14) とダニーは必死になって叫んだ。「ゴー・フォックス！　行け、行け、行け」(Ibid.)。

「ゴー・フォックスが必死に泳いでいる時、彼の大きな目がダニーをまっすぐに見つめた」(Ibid. p.15)。その時、ダニーは自分の顔にしぶきがかかるのを感じた。彼は眼をぱちくりして水を振り払い、クリックし続けた。すると、またパシャッと音がしてダニーの頬に「冷たい平手打ち」(Ibid.) のように、しぶきがかかった。ダニーは眼をぱちくりしたが、水は彼の目に流れ込んできた。彼はコントローラから手を離し、眼をぬぐった。すると、ゴー・フォックスが大急ぎで、彼に向かって泳いできた。もう一度、氷のように冷たい、とても大きな波がダニーの顔にまともにかかってきたので彼は目を閉じた。ダニーが目を開けた時、テレビのスクリーンは暗くなり何も映っていなかった。「どうしよう」(Ibid. p.17) とダニーは言った。「水が僕のゲームを無効にしちゃったよ」(Ibid.)。ダニーは母親が何と言うか、テレビが壊れていないか心配だった。部屋のそこら中のものに水がかかっていた。

現れたキツネ

キッチンタオルでカーペットを拭き、その上に大きなクッションを置けば、母親は気づかないだろうと思ったダニーは、どれぐらい濡れているかを見るために見下ろした。すると、そこに何かがいた。水で濡れている場所の真ん中に「赤茶色の濡れた毛皮の塊」（Ibid. p.19）があった。それは「溺れて死にかけた、とても小さな犬」（Ibid.）だった。ダニーはゆっくりと、音を立てないように前屈みになると、「溺れて死にかけた、濡れた毛皮の塊」（Ibid. p.20）をじっと見つめた。もっと近づいてそれに触ろうとした時、それはダニーが聞いたこともないような「大きなくしゃみ」（Ibid.）をした。またくしゃみをすると、それは立ち上がり、濡れた毛皮をあちこちぱたぱたさせて、体から水を振るい落とした。その足の間には「ふさふさとした尻尾」（Ibid.）が垂れていた。

それは「長い鼻と大きな目、そして、とがった、ぴんと立った小さな耳」（Ibid. p.21）と持っていた。ダニーはその毛皮を見て、「キツネだ」（Ibid. p.22）と言った。「小さなキツネはまっすぐにダニーを見て、くしゃみをした」（Ibid.）。ダニーが「普通のキツネじゃない」（Ibid.）と言うと、「僕はゴー・フォックスだよ」（Ibid.）とそれは言った。ダニーは信じられなくて、「君はゴー・フォックスなの？　ほんとうにゴー・フォックスなの？でもどうやってここに来たの？」（Ibid. p.23）と聞くと、ゴー・フォックスは大きなくしゃみをした。ダニーは「そんなはずないよ。ゴー・フォックスは本物じゃない。コンピューターゲームだもの」（Ibid.）と言った。すると、小さなキツネはふんと言って、「本物じゃないって？」（Ibid.）と不機嫌に言うと、「どういう意味だよ、本物じゃないって。君はただのガラスの向こうの少年じゃないか」（Ibid.）と言った。ダニーが「ガラスの向こうの少年だって？」（Ibid. p.24）と言うと、それは「そうだ、その通りだ。いつも金魚のように、じっと見つめている。見つめる以外何もしていない、そうだろ？」（Ibid.）と言った。ダニーが怒って、「もちろんしているよ。たくさん他のことをしているよ」（Ibid.）と言うと、「小さなキツネはまたくしゃみをした」（Ibid.）。

ダニーが「寒いの？」（Ibid.）と聞くと、キツネは「いいや！　ちっとも寒くなんかないよ」（Ibid. p.25）と言い、そして「単に楽しみでくしゃみをしているんだ」（Ibid.）と言って、ダニーがやっていたゲームのなかの出来事について話し始め、「もう十分だ。これで終わりだ。川もなしだ。追いかけられたり、隠れたり、お化けの木やスナッパーもなしだ。いつも走っているのもなしだ。もう十分だ」（Ibid.）と言った。それを聞いたダニーは「わあ！　お前は本当にゴー・フォックスなんだ！」（Ibid.）と驚いて言った。「もちろんそうだよ！」（Ibid. p.26）とゴー・フォックスは噛みつくように言い、乾かさないと「死んだキツネ」（Ibid.）になってしまうと文句を言った。

ダニーはキッチンに走っていくと、ペータータオルの大きな束を持ってきた。ダニーがそれでゴー・フォックスを拭こうとすると、彼はそれをカーペットの上に敷かせた。ゴー・フォックスは、その上に乗って体を振り、キッチンペーパーに水をはねかけ、それからボールのように丸くなるとその上で転げ回り、自分の毛皮を乾かし始めた。ゴー・フォックスが転がるのをやめた時、彼の毛皮は「雲のように柔らかく、ふわふわに」（Ibid. p.29）なっていた。

ゴー・フォックスは「よくなったぞ」（Ibid. p.30）と言うと、ダニーに何か食べるものはないかと聞いた。何がいいかとダニーが聞くと、彼は「何でも。ほらあの。太った小さなウサギ。あるいはニワトリ。ひょっとしてニワトリがある？」（Ibid. p.31）と言うので、ダニーは「お母さんがフリーザーに凍ったニワトリを入れてるよ」

（Ibid.）と言った。するとゴー・フォックスは「凍っただって！」（Ibid.）と驚き、「新鮮なニワトリを手に入れられないの？」（Ibid.）と聞いた。ダニーがお店以外にはないと言うと、「それでは、ウサギもないの？」とゴー・フォックスが言った。「いいや。隣にモプシーがいるだけだ。でも彼女はだめだよ」（Ibid. p.32）とダニーが言うと、「残念なことだ」（Ibid.）と言って、ゴー・フォックスはひげを嘗めた。ゴー・フォックスがなおも隣のウサギに興味を示すので、ダニーは「チーズサンドイッチはどう？」と聞くと、ゴー・フォックスは「チーズサンドイッチだって！　まあいいだろう。それしかないのなら」（Ibid.）と言うのだった。

ダニーはチーズをたくさん入れ、ピクルスとトマトも入れてサンドイッチを作り、ゴー・フォックスのところに持っていった。ゴー・フォックスはサンドイッチの皿の周りを歩き回った。ゴー・フォックスと比べるとサンドイッチは「巨大」（Ibid. p.33）に見えた。ダニーが「たぶん、切った方がいいね」（Ibid. p.34）と言うと、ゴー・フォックスは「ああ、そうした方がもっと面白い」（Ibid.）と言った。ダニーがサンドイッチを皿の上で小さな四角に切ると、ゴー・フォックスは身を低くし、皿の端まで「静かな赤い影」（Ibid.）のように忍びより、飛び跳ねた。彼は四角いチーズサンドイッチに襲いかかり、それを宙に放り投げ、落ちてくるところを素早く捕まえて飲み込んだ。そのようにしてゴー・フォックスは食べ続け、サンドイッチがなくなると、彼は自分のひげを嘗めた。

「なぜ、そんなにジャンプするの？」（Ibid.）とダニーが興味ありげに聞くと、ゴー・フォックスは「ああ、食べ物は自分で取らないと面白くないでしょ？」（Ibid.）と言った。ダニーは、ママやパパや妹の赤ちゃんがゴー・フォックスのようにテーブルに這っていって、ジャンプをし、食べ物に飛びつく様子を想像したが、「ああ、ただ食べるだけだよ」（Ibid. p.37）と言った。すると、ゴー・フォックスは「つまらなそうだね」（Ibid. p.38）と言った。そして、彼は眠くなったので、クッションの隅で尻尾を体に巻き、頭を前足にのせて寝てしまった。

ゴー・フォックスと公園へ

「ダニー！　ダニー！」（Ibid. p.39）とお母さんの呼ぶ声がした。お母さんが、コンピューターゲームで遊んでばかりいるダニーを、妹と一緒に公園に連れていこうとしていた。お母さんが彼の部屋に近づいてきたので、ダニーは急いで自分のセーターをゴー・フォックスが寝ているクッションの上に投げた。お母さんが「寒くなるといけないのでセーターを持ってらっしゃい」（Ibid. p.40）と言うので、ダニーはセーターを拾い上げる時、「柔らかいふわふわのボール」（Ibid.）のようなゴー・フォックスをすくい上げ、自分のジーパンのポケットに入れた。しかし、ゴー・フォックスはすぐに目を覚まし、ダニーに噛みついた。ダニーが驚いて声を出したので、お母さんが「どうしたの、ダニー？」（Ibid. p.41）と聞くと、ダニーは「立った時、足が痛んだんだ」（Ibid.）と言ってごまかした。

公園に行く途中、ダニーは立ち止まり、トレーニングシューズのひもを結ぶ振りをして屈み、「お前は僕を噛んだ！　僕を噛んだ、ゴー・フォックス！」（Ibid. p.42）と文句を言った。するとゴー・フォックスはダニーのポケットから現れて、「ここで船酔いしちゃうよ。それに、僕の毛皮に風船ガムがついたと思う」（Ibid.）と文句を言った。そして、彼はダニーを噛んだのではなく、親しみを込めて甘噛みしたのだと言った。

ダニーたちは公園に着いたが、ゴー・フォックスは公園が好きではなく、ダニーも友だちとスケートボードをやりに行けなかった。もし、自分がスケートボードから落ちたら、ゴー・フォックスがつぶれてしまうだろうとダニーは思った。ベイリーさん（Mr Bailey）の犬のバスター（Buster）を見たので、ダニーはいつものようにバスターを呼んで、棒を公園の向こう側へと投げ、取ってこさせようとした。しかし、バスターは棒を追いかけないで、ダニーの方に突進してきた。バスターはダニーに吠え、飛びかかり、くんくんと鼻を鳴らして臭いを嗅いだ。そして、バスターが大きな口を開けたので、ダニーは「たすけて！」（Ibid. p.44）と叫んだ。ベイリーさんが走ってきて、バスターの首輪を持ってダニーから引き離したので、バスターはうなった。ベイリーさんが謝って、「彼に何が起こったのかわからないよ」（Ibid. p.46）と言って犬を引っ張っていったが、「バスターは振り返って歯を見せた」（Ibid.）。

犬がいなくなるとゴー・フォックスが小さな声で、「怪物はいなくなったかい？」（Ibid. p.47）と聞いてきた。「彼は恐ろしい怪物の歯で僕を食べようとしたんだ」（Ibid.）、「君のポケットのなかの、かわいそうな小さなキツネの臭いをかぐことができたんだ」（Ibid.）とゴー・フォックスは言い、「どこか安全なところに行こう。君のお母さんのところに行こう」と言うのだった。しかしダニーが、「そんなの面白くないよ」（Ibid.）と言うと、ゴー・フォックスは「おもしろいだって？」（Ibid.）と苦々しく言った。

不機嫌になったゴー・フォックスに、ダニーはアイスクリームを食べてもいいか、お母さんに聞いてみると言った。「アイスクリームだって！」（Ibid. p.48）とゴー・フォックスは喜び、「それはキツネにはいい」（Ibid.）と言った。ゴー・フォックスはアイスクリームをほとんどすべて嘗めてしまい、コーンだけをダニーに残した。「お母さんにもう一つ頼めよ」（Ibid. p.49）とゴー・フォックスは言ったが、ダニーが「そんなことできないよ。お母さんは決してアイスクリームを二つ買ってくれないよ」（Ibid.）と言うと、ゴー・フォックスは「なぜだめなの？」と聞き続け、ダニーのポケットの底ですねてしまった。お母さんが家に帰る時間だと言ったので、ダニーは嬉しかった。

家に帰った二人

家に帰るとお母さんは赤ちゃんにミルクをあげると言い、ダニーにテレビを見ることを許した。お母さんはテレビが映らないことも、カーペットが濡れていることも、ゴー・フォックスのことも知らなかった。「お母さんが知ったらどうなるだろう?」（Ibid. p.50）とダニーは心配したが、「たぶん、ゴー・フォックスがどうしていいか知っているだろう」（Ibid.）と思った。しかし、ゴー・フォックスはダニーのポケットから出ると、体を揺らしながらカーペットの周りを走り始めた。そして彼は、「何か追いかけるものを君が持ってるとは思わないね」（Ibid. p.51）と言った。「何にもないんだ。ごめんね、ゴー・フォックス」（Ibid.）とダニーが言うと、ゴー・フォックスは「気にしないで」（Ibid. p.52）と大きなため息をつきながら言った。「おいしい小さなウサギもないし、まるまると太ったニワトリもない。ただ、風船ガムがたくさんあるだけだ」（Ibid.）と彼は言って、またため息をついた。ダニーが「豆をのせたトーストがあるよ。それがお母さんが僕に作ってくれるものなんだ」（Ibid.）と言うと、ゴー・フォックスは「僕は菜食主義者じゃないよ、わかるだろ」（Ibid.）と言って、鋭い白い歯を彼に見せた。

テレビは真っ暗で何も映っていなかった。ゴー・フォックスをやったら楽しいだろうとダニーは思った。「でもどうやってゴー・フォックスをやるんだ」（Ibid. p.53）、「ゴー・フォックスはここにいるのに」（Ibid.）と彼は思った。ゴー・フォックスは自分の尻尾を追いかけて、カーペットの周りを走り回っていた。「それはとても退屈そうに見えた」（Ibid.）。ゴー・フォックスが「やってごらん。君が僕を追いかけるんだ」（Ibid.）と言ったが、ダニーは「僕は大きすぎるよ。君を踏んじゃうよ。とにかく、追いかけるのは十分だって君は言ったよ」（Ibid. p.54）と言った。しかし、ゴー・フォックスはますます速く走り、とうとう赤茶色にぼやけてしまった。突然、ゴー・フォックスは止まり、あえぎながら静かになった。

ゴー・フォックスは自分の欲しい食べ物がないとか、毛皮中に風船ガムがつくとか、怪物がいるとか、まだ船酔いをしているなどと文句を言った。「君はここが好きじゃないんだ、そうだろ、ゴー・フォックス？」（Ibid. p.55）とダニーは悲しそうに聞いた。「ゴー・フォックスは輝く黒い目でダニーを見て」（Ibid.）、それに同意した。ダニーが「でも、どこに行けるんだ？　もし君を放したら、車が君を押しつぶすよ」（Ibid.）と言うと、ゴー・フォックスは「君はどうしてこんな危険な場所に住めるんだ？　公園には怪物がいるし、かわいそうな小さなキツネを押しつぶす車がいるし」（Ibid.）と言った。ダニーが「危険じゃないよ。それほど危険じゃないよ。とにかく、君はどこに行けるんだい？」（Ibid. pp.55-56）と言うと、ゴー・フォックスは「どこか、ここよりもっと安全なところ」（Ibid. p.56）と言って、「テレビをつけてよ、ダニー」（Ibid.）と言った。

ダニーはテレビは壊れていると言ったが、ゴー・フォックスが「やってみろよ。つけてみろよ。そして、ゴー・フォックスをロードさせて」（Ibid.）と言うので、ダニーはコントローラに触った。すると、テレビは何事もなかったかのようにスイッチが入ったので、彼はゲームの端末を接続して、ゴー・フォックスをロードさせた。ゲームは以前と同じように画面上にぱっと現れた。怒り狂う川があり、スナッパーがまだ川の土手にいて、恐ろしい歯の音を立てていた。しかし、ゴー・フォックスはいなかった。

ゴー・フォックスは「ブルブルッ」（Ibid. p.57）と声を出し、「あの水は凍っているみたいだ」（Ibid.）と言った。ダニーが「ここにいなよ、ゴー・フォックス」（Ibid.）と言うと、「あのスナッパーたちを見てよ！　きっと泳げたらって思っているよ」（Ibid. p.58）とゴー・フォックスは言った。ダニーが「君が川を泳いで渡ったらどうなるの？」（Ibid.）と聞くと、ゴー・フォックスはスクリーンをじっと見つめた。彼は鼻を荒れた川の方に向け、興奮し、震えていた。「どうなるかわからない」（Ibid.）、「でも、きっと逃げるよ。きっと脱出するよ」（Ibid.）とゴー・フォックスは答えた。「きっとそうだね」（Ibid.）とダニーは言った。ゴー・フォックスがチーズサンドイッチのお礼を言うと、ダニーはウサギがなかったことを謝った。すると、ゴー・フォックスはそんなことはいいと言った。スクリーンのなかでは「飢えた岩の周りで川が荒れ狂っていた」（Ibid. p.59）。スクリーンを見つめるゴー・フォックスの耳がぴんと立ち、鋭い白い歯が光っていた。ダニーが「ゴー・フォックス――」（Ibid. p.60）と話し始めたその瞬間、ゴー・フォックスは赤い炎のように跳び、テレビスクリーンが一瞬水のように開いて、彼をなかに入れた。ダニーはゴー・フォックスを捕まえようと飛び跳ねたが、テレビのガラスがまた堅くなって、ゴー・フォックスはいなくなってしまった。すると、ゴー・フォックスが荒れ狂う川のなかで必死に泳いでいた。大きな丸太が急流を転がるように流れてきたが、ゴー・フォックスにぶつかる前に、彼はそれを見つけた。

ゴー・フォックスは潜り、そして浮き上がってきた時、「彼はまっすぐにダニーを見た」（Ibid. p.61）。そして、「ゴー・フォックスの輝く黒い目が一瞬閉じた」（Ibid.）。ダニーは「彼が僕にウィンクした！」（Ibid. p.62）と言い、ゲームに夢中になった。その時、お母さんが入ってきて、赤ちゃんをダニーの側に置くと、「まあ、ダニー！　あなたにあげたレモネードをこぼしたの？」と聞いた。そして、「カーペットが濡れているわ。もっと気をつけるようになさい」（Ibid. p.63）と言って、彼を叱った。ダニーは謝ったが、彼の指はコントローラの上でますます速く、動いていた。「クリック！　クリック！　クリック！」(Ibid.)。ダニーはスクリーンをじっと見つめ、「頑張れ、ゴー・フォックス」(Ibid. p.64)、「行け、行け、行け！」(Ibid.) と囁いた。

動物の受容

ロレンスの「キツネ」では、ある晩マーチが銃を小脇にはさみ、夕焼けを背に立っていた時、目を下げると、突然、キツネが見えた。キツネは彼女を見上げていた。キツネはマーチを知っていて、マーチにもそれがわかった。キツネが「彼女の目を覗き込む」と、「彼女は魂を失った」。キツネは逃げていく時、「肩越しにちらっとマーチを見て、「なめらかに走り去った」。そのようなキツネにマーチは「取りつかれ」てしまった。キツネの視線は、デリダが言う「猫の視線」や、メルロ＝ポンティが言う「犬の凝視」とは違う。キツネに見られ、キツネが自分を知っていると思った時、マーチはキツネを受け入れたのである。

ダンモアの『ゴー・フォックス』では、ゲームのなかでゴー・フォックスという名のキツネが必死に泳いでいる時、「彼の大きな目がダニーをまっすぐに見つめた」。その時、ダニーの顔に「冷たい平手打ち」のようにしぶきがかかり、キツネが画面から飛び出してくる。キツネはゲームのなかの暴力から逃れてきたのである。ダニーは驚きながらも、そのキツネを受け入れた。「動物は我々と同じように苦しむ」(Lawlor, *TINS* p.73) のであり、苦しんでいる動物を救うために、「我々は動物を受け入れなければならない」(Ibid.) のだという。「動物に対する（すべての他者に対する）暴力への、より十分な反応はそのような受容にのみ基づいている」(Ibid.)。それゆえ、「最も暴力的でない反応が最も好意的な反応」(Ibid.) であり、「より十分な反応は友情のある反応」(Ibid.)

であると言える。ダニーのキツネに対する反応は「友情のある」ものだった。

マーチはキツネに苦しめられていたが、キツネに魅せられ、殺さなかった。彼女はキツネに対して「好意的」であったと言える。しかし、農場にやって来たヘンリーがキツネを射殺してしまう。殺されたキツネを見たマーチの顔は、蝋のように青ざめていた。しかし、死んでしまい、自分を見ることのないキツネは、彼女にとって「奇妙な獣」だった。板に釘で止められたキツネの皮は磔にされているように見え、マーチを不安にさせた。そして、キツネを殺したヘンリーをマーチは受け入れたが、それはヘンリーがマーチにとって、自分を魅了したキツネより強かったからである。ヘンリーは獲物を狙うキツネであり、マーチはその獲物であった。ヘンリーと結婚したマーチは、ヘンリーに捕獲されたと言える。狩りをする動物とその獲物という関係に「友情」や愛などの感情は入り込まない。

一方、ダニーはキツネと友だちになる。彼はキツネの空腹を満たすために、チーズサンドイッチを作ってあげたり、それを食べやすいように小さく切ってあげたりする。公園に行っても、彼はポケットのなかのキツネに気づいた犬から、キツネを守ってあげる。「社会的関係はしばしば動物によって形作られてきた」(**Bryant, *Social Creatures* p.11**)。ダニーは公園で他の人が連れていた犬とよく遊んでいたが、ゴー・フォックスと一緒に公園に行くことで、犬の野性的な面を見ることができた。現実の世界に飽きたキツネはゲームの世界に戻っていき、スクリーンのなかからダニーにウィンクする。ダニーは「頑張れ」、「行け、行け、行け」と小さな声で声援を送る。ダニーとキツネは友情で結ばれている。このようなキツネと人間の関係を存在させるために、ダンモアは児童文学という空間を必要としたのかもしれない。

このように、ロレンスが描いたキツネとダンモアが描いたキツネはまったく違うように見える。しかし、アリストテレスが『動物誌』のなかで動物の性格を分類し、「キツネのように、ずるくて、悪さをする」（アリストテレース『動物誌（上）』二八頁）ものがあると述べているように、キツネは「ずるく」、「悪さ」をするものの代表的なものである。ゴー・フォックスもそのような「ずるさ」を持っており、ヘンリーというキツネはさらに邪悪ささえ持っている。ロレンスもダンモアもキツネを物語のなかに描きながら、そのような性格を持つものに翻弄されながらも、魅了される人間を描いたのだと言えるであろう。

第三章　人間と馬

歴史のなかの馬

本村凌二が書いた『馬の世界史』という本がある。この本によると、馬が草原地帯を棲息の拠点としたのは「他の動物との生存を賭けた競争を避けた」（本村『馬の世界史』一六頁）からであった。それゆえ馬は「攻撃的でもないし、縄張り争いをすることも少ない」（同一七頁）のだという。そして、「逃走するほかに武器はないから、周りに対して注意深くなり、知的になり、好奇心も強く」（同）なった。また、「節約型とはいえ大型動物であるから、多量の食物が必要」（同）であり、「その確保と種の保存のために、群れをなして棲息する」（同）ので、「協調性や従順さも身につけることに」（同）なったという。

本村は、「騎馬に関する最初の馬書を残したのはギリシア人であった」（同一〇八頁）が、このような馬書のなかでも名高いのが、ソクラテスの弟子クセノフォンの『馬術論』だという。「クセノフォンが馬をあつかう場合の基本方針は、馬を自然に動かすということ」（同）なので、「彼は驚くほど馬の心理に気を配っている」（同）という。「馬の気分に対する思いやりがあちこちに見られるのは、感動的ですらある」（同）と本村は書いている。「歴史をふりかえるとき、人間と馬の出会いはたんなるエピソードですむことではない。それどころか、最大級の衝撃であった」(同六頁)と本村は言う。

馬に対して「思いやり」を見せなかったのが、トルストイ(Lev N. Tolstoi)の『ホルストメール』に出てくる軍人である。ホルストメールはぶちで生まれたゆえに人々から嫌われ、去勢された。しかし、軍人に買われ、走るのがとても速かったので、飼い主に愛された。飼い主はその馬を売ってくれと言われても、「これは馬じゃない、親友だ。金を山とつまれても譲りませんよ」(トルストイ『初期作品集下』二九七頁)と言って断った。しかし、飼い主は逃げていった愛人を、愛馬に乗って遠くまで追っていったため、馬は疲弊し、病気になり、売れてしまう。落ちぶれた元の飼い主は、借金をしにいった友人の家の納屋で、老いてしまったかつての愛馬に再会する。しかし彼は、以前ぶちの馬を持っていたことを思い出しても、その老いた馬が自分の愛馬だったことに気づかない。そして、老いた馬は食肉業者に売られ、殺されるという物語である。

『ホルストメール』には、老馬が自分の生い立ち、境遇を他の馬に語って聞かせる場面がある。それは馬に心があるとトルストイが考えているからである。「動物に精神的状態があると考えることは、一般に動物を道徳的に重要だと認める見解の一部である」(Lurz, *Animal Minds* p.17)。そして、「道徳性は広範囲の環境順応を助ける戦略」(Bekoff, *Wild Justice* p.3)であり、「多くの動物の社会で発達してきた」(Ibid.)。トルストイは一頭の馬の物語を書くことによって、人間は馬ほど道徳的に生きてはいないということを描いた。

オーウェル(George Orwell)の『動物農場』(*Animal Farm*, 1945)にも馬が出てくる。待遇が悪く反乱を起こした動物たちは、農場の主人を追い出し、自分たちで農場を運営していこうとする。しかし、モリー(Mollie)という「愚かで、かわいらしい、白い雌馬」(Orwell, *Animal Farm* p.3)は、砂糖とリボンに引かれて農場から姿を消し、人間の馬車を引く馬に戻ってしまう。それを見たハトたちは、「彼女は愉快に過ごしているように見えた」（Ibid. p.34）と報告する。しかし、忠実で働き者の馬であるボクサー（Boxer）とクローバー（Clover）は、「動物たちが以前のようにあまり希望を感じることができなくなった」（Ibid. p.54）時でも、「決して熱意を失わなかった」（Ibid.）と描写される。そして、他の動物たちはボクサーの「体力」（Ibid.）と、彼の「私がもっとしっかり働くよ！」（Ibid.）という「衰えることのない叫び」（Ibid.）に鼓舞されたのだった。

本村は「美しく高貴な姿を持つ馬は、それを御する者に誇りや勇気をもたらし、それを仰ぐ者に崇敬の念すらおこさせる生きものであった」（本村『馬の世界史』二六一頁）と言う。馬は人間の「最良の奴隷」（同）であったが、「躍動感にあふれ、美しさを損なうことがなかった」（同）。しかし、「現代人は歴史における馬の役割を忘却してしまった」（同二六二頁）のだから、「みずからの想像力の欠如」（同）を嘆くべきなのだと彼は言う。それが、「人間の頭脳知に甘んじ、それだけを自負する傲慢さからまぬがれること」（同）、また、「人間が自然の恩恵のなかで生かされていることへの自覚を深めること」（同）になるだという。馬の物語を読み、想像し、心動かされることも、馬という「気高く美しい動物」（同）に対する「歴史の負債」（同）を少しでも「返済」（同）することになるのではないだろうか。

ロレンスの「セント・モーア」

ロレンスの「セント・モーア」は「気高く美しい」馬と女性の物語である。ルイーズ（Louise (Lou) Witt）は「長いこと自分の思い通りにしてきた」（Lawrence, *WSP* p.41）が、二五歳になって彼女は「途方にくれていた」（Ibid.）。彼女は三ヶ月年上のヘンリー（Henry (Rico) Carrington）と結婚し、彼と「魅力的な夫婦」（Ibid.）になったのだが、彼はまだ他の女性と浮気をしていたからだ。ヘンリーの「大きな青い目」(Ibid.)は不安そうに、気後れするように彼女をちらりと見た。その様子は「主人から斜めに遠ざかる馬に似ていた」(Ibid.)。彼は「どれだけ完全に支配されているか」(Ibid.)を知っていた。

ルイーズはアメリカ人で、オーストラリア人のヘンリーとはローマで出会った。彼らが二二歳の時だった。ハンサムで優雅なヘンリーはイタリア人たちを魅了した。しかし、「若い気取り屋」(Ibid. p.42)によく見られるように、彼は「抜け目がなく、利口で、分別」(Ibid.)があり、「自分の将来を心配していた」(Ibid.)。そのようなヘンリーは、ルイーズの「賢い冷静さ、経験、「知識」」(Ibid.)に魅了された。二人は引かれ合い、カプリ島で恋人同士になった。

しかし、彼らは互いの神経がとてもいらだつような対応の仕方をし、ルイーズが病気になった。ルイーズの母親ビット夫人(Mrs Rachel Witt)が現れたが、「彼はビット夫人に我慢がならず、ビット夫人も彼に我慢がならなかった」(Ibid.)。ルイーズは療養所に入り、ヘンリーはパリに行った。その後、ヘンリーはメルボルンに行ったが、父が亡くなり、準男爵の称号とそこそこの収入を手に入れ、パリに帰ってきた。ルイーズもアメリカを訪れたが、落胆し、ヨーロッパにあこがれて帰ってきた。彼らはパリで再会し、結婚し、ルイーズはキャリントン夫人(Lady Carrington)になった。

二人はウエストミンスターに小さな家を借り、「イギリス社交界のある階層」(Ibid. p.43)に収まり始めた。ヘンリーは「ほとんど時代の最先端を行っている肖像画家」(Ibid.)になっていたが、ルイーズも時代の最先端を行っており、「人気者」(Ibid.)だった。ルイーズとヘンリーは「互いに奇妙な、心身を疲れさせるような影響力を持っていた」(Ibid.)。しかし、それがなぜなのか二人ともわかっていなかった。「彼らは夫婦であったので、一緒にいなければならなかった」(Ibid. p.44) が、二人の結婚は「正確には友情、プラトニックなもの」(Ibid.) になった。肉体関係がないということが彼らの「不安とくやしさの秘密の源」(Ibid.) であった。しかし、彼らはそれを受け入れようとはしなかった。ヘンリーは「凝視するような、不安そうな目で他の女性を見た」(Ibid.)。

ルイーズの結婚後しばらくして、ビット夫人がロンドンにやって来た。彼女は、メキシコ人を父に、ナバホ族のインディアンを母に持つアメリカ人の男と、二頭の馬を連れてきた。彼の出身地がアリゾナのフェニックスだったので、彼女は彼をフェニックスと呼んだ。彼女は朝、公園で乗馬をしたが、フェニックスが馬丁になった。ルイーズも自分の馬を買い、母のわきで乗馬をした。ルイーズはヘンリーに馬を買うことを勧めたが、ヘンリーは自分は馬に乗れないし、乗馬も好きではないと言って怒った。美しいアーチ形の鼻は曲がり、上唇が歯の上で持ち上がり、彼は「噛みつこうとしている犬」(Ibid. p.47) のようだった。しかし、噛みつこうとしないのがヘンリーだった。「リコは犬というよりも馬のようだった。今にも意地悪くなる馬だった」(Ibid.)。

ルイーズとセント・モーア

ルイーズはセインツベリ氏 (Mr Saintsbury) の厩で、一頭の馬を見せられる。セインツベリ氏が厩のドアを開けると、馬は頭を回し、戸口をじっと見つめた。その馬は美しい栗毛で、清潔な耳は短剣のようにピンと立っていた。馬の名はセント・モーアだとセインツベリ氏は言った。「彼は大きな、黒い、輝く目を持っていた。その目は鋭く、疑うように輝き、危険になりかねない動物であることを表す、緊張した、用心深い、静かな雰囲気があった」(Ibid. p.48)。ルイーズは「彼はおとなしいの?」(Ibid.) と聞いた。セインツベリ氏は「馬の扱い方を知っている者にはおとなしいが、そうじゃない者には少しいじめっ子だな」(Ibid.) と答えた。「公園で乗れるかしら」(Ibid.) とルイーズが聞くと、彼は「馬の扱い方を知っている紳士」(Ibid.) なら大丈夫だと言うので、彼女はその馬をヘンリーに買ってやることにした。「彼女はすでにセント・モーアに半ば恋をしていた」(Ibid.)。馬は「とても美しい赤みがかった金色」(Ibid.) をしており、体からは「暗い、目に見えない炎」(Ibid.) が出ているように見えた。

ルイーズは、セント・モーアの持ち主がこの馬を売る理由を尋ねた。セント・モーアは種馬になることが期待されていたのだという。「この馬は役に立たなかったんです。そんな馬がいるんです。どういうわけだか、雌馬を好きになるようには見えないんです」(Ibid. p.49) とセインツベリ氏は答えた。セント・モーアは力強かったが、馬車のながえの間にいることに我慢できなかったので、馬車馬にもならなかった。「この馬は立派な乗用馬で、動作が美しいし、乗るのにすばらしい馬です」(Ibid.) とセインツベリ氏は言った。ルイーズはセント・モーアが突然走り出したことがあるかと聞くと、セインツベリ氏は二度事故があったが、「よくあることだ」(Ibid.) と答えた。彼らが話をしている間、「馬は耳を後ろへ向けて、緊張して聞いているように見え、顔を背けていた」(Ibid.)。

ルイーズは馬に話しかけながら近づき、馬の脇腹に手を置き優しくなでた。そして、馬の肩、首をなでていくと、「馬の命の強烈な熱が自分に届いたのを感じて、彼女は驚いた」(Ibid. p.50)。ルイーズはセント・モーアを買って、自分のものにしたかった。セント・モーアは「別の世界」(Ibid.) から彼女を見ているようだった。「その馬の大きな輝く目は、悪霊が問いかけるように彼女を見、彼の裸の耳は超人的な頭の裸の線から短剣のように立ち、そして、彼の大きな体は力を持って赤く輝いていた」（Ibid. pp.50-51）。彼女は彼の「非人間的な問い」（Ibid. p.51）、「神秘的な脅威」（Ibid.）とは何なんだろうと思った。セント・モーアは「すばらしい悪霊」（Ibid.）だった。「彼女は彼を崇拝しなければならない」（Ibid.）。

その晩、ヘンリーはルイーズの気分を敏感に察し、「あなたは何かを考えている」（Ibid.）と言った。彼は「大きな、少し突き出た目」（Ibid.）で「顔をうかがうように、心配して、少しおびえるように」（Ibid.）彼女を素早く見た。「彼もまた、いくぶん馬のようだった」（Ibid.）が、彼は「一種の冷たい、危険な不信感で、絶えることなく震えていた」（Ibid.）。ルイーズは「彼はとても魅力的なの。私はあなたのために彼を買うの」（Ibid. p.52）とヘンリーに言った。彼は馬に「ある不安感」（Ibid.）を抱いていたが、ルイーズに連れられ、馬を見にいくと、その美しさに心を奪われてしまった。ヘンリーは馬が恐ろしく高価なので、買うことに反対したが、ルイーズは「母が助けてくれるでしょう。――彼に乗ると、あなたはとても立派に見えるわ」（Ibid.）と言った。セント・モーアにはウェールズ人の馬丁ルイス（Morgan Lewis）が「影のように」（Ibid. p.53）つき添っていた。馬を買うと、彼が一緒についてくるのだとルイーズは説明した。

ルイスは外でセント・モーアにブラシをかけていた。ルイーズが彼に「この馬はヘンリー卿と一緒だとどうかしら？」（Ibid.）と聞いた。髪はもじゃもじゃで、あごひげを生やしたルイスはヘンリーをじっと見つめたが、それは下生えから動物が見張っているようだった。ルイスは「途中で会うような人とでも大丈夫でしょう」（Ibid. p.54）と言った。その言葉を聞いて、ルイーズは「途中でセント・モーアに会うことを望んでいるの？」（Ibid.）とヘンリーに聞くと、彼は「ずっとだよ、お前！　マホメットはずっと行くんだよ、あの山まで。そうでなければ誰が思いきってするんだ」（Ibid.）と笑いながら言ったが、それは自尊心を傷つけられた者の皮肉だった。ルイーズは「まあ、セント・モーアは完全に理解するだろうと思うわ」（Ibid.）と「愛に取りつかれた女の優しい声」（Ibid.）で言った。

数日後、ヘンリーはセント・モーアに乗って、朝の乗馬に現れた。彼は少し神経質になっていた。ビット夫人は彼を自分とルイーズの間に入れてやった。ホテルで昼食を取っていた時、ヘンリーは「私はセント・モーアに乗るのが本当に好きだ。彼は本当に気高い動物だ」（Ibid. p.58）と言った。「セント・モーアにはとても崇高なものがある」（Ibid. p.59）とルイーズも思った。彼女はその崇高さに心打たれたのだった。ビット夫人も「確かに、彼と比べることができる男なんて見たことないわ」（Ibid.）と言って、イギリス貴族の悪口を言い出したので、ヘンリーは不機嫌になった。「彼女のなかには厄介な、明るい悪魔がいて、彼女はそれを思いのままに解き放つことができるようであった」（Ibid.）。

次の日、ルイーズとヘンリーがビット夫人と一緒に乗馬をするために公園に行った時、ビット夫人は彼女の「悪魔」を解き放った。彼女は他の者を無視するかのように、黙って馬に乗っていたが、突然、柵の方に馬を寄せ、セント・モーアの前に出た。セント・モーアは後ろ足で立ち上がった。そして、ビット夫人が急にギャロップで馬を走らせたので、セント・モーアは興奮して、彼女の後を追いだした。その後、セント・モーアは跳ね回り続け、柵の方に寄り、歩道の子供たちや見物人を怖がらせた。人々が叫び声を上げ、突然飛び退くので、馬はさらに神経過敏になり、勢いよく走り出した。ヘンリーが抑えようとしても、馬は後ろ足で立ち上がり、跳ね、「邪悪な悪魔に取りつかれた」（Ibid.）ように見えた。ヘンリーはますます怒り、その怒りを抑えることができなかった。「彼は自分の馬を憎んだ」（Ibid.）。フェニックスがセント・モーアの前にやって来た。ビット夫人がヘンリーに馬を下りるように命じたので、彼は馬から飛び降りた。自分の馬を下りたフェニックスが、自分の馬のくつわをヘンリーに渡した。フェニックは飛び跳ね始めたセント・モーアに乗り、静めようとした。フェニックスにはどんな感情もなく、「人間味のない意志の重さ」（Ibid.）で馬の上に乗っているように見えた。その間に、ヘンリーはフェニックスの馬によじ登り、安全な場所へ退いた。警官たちと騎馬警官がやって来たが、フェニックスが馬を静めた。ヘンリーは警察から「種馬は公共の安全にとって危険」（Ibid. p.60）なので、通りではセント・モーアに乗らないようにと要請された。

ビット夫人が「今朝は、私たちは閣下とあまり仲良くやれなかったわ」（Ibid.）と勝ち誇ったように言ったので、ヘンリーは「この馬は自分の連れをまったく好きじゃなかった」（Ibid.）と怒鳴り返した。ヘンリーはルイーズにセント・モーアを売り払って欲しかった。しかしルイーズは、「誰かが彼を買うかどうか疑わしいわ」（Ibid.）、「この馬の性格は知られているわ」（Ibid.）と言った。ヘンリーは、「それでは、この馬を贈り物にしろ――あなたの母への」（Ibid.）と悪意を込めて言うのだった。

ビット夫人、ヘンリー、そして、ルイーズとの間で、「言葉にして発せられない、無意識の、意志の戦い」（Ibid.）が常にあり、それでルイーズは次第に何も考えられなくなっていった。ビット夫人とヘンリーはいつか爆発することになっている「二つの爆弾」（Ibid.）のようだった。そのような「意志の戦い」からルイーズは逃げたかった。セント・モーアがその可能性を与えてくれる「一つのヒント」（Ibid. p.61）だった。「彼は力強くて、とても危険だった」（Ibid.）。彼の黒い目のなかのひとみは「暗い炎のなかの雲」（Ibid.）のように見えた。それは炎のなかに「他の種類の知恵」（Ibid.）があるようだった。セント・モーアの「恐ろしい目」（Ibid.）のなかに悪魔がいて、彼がいななくと、「私たちの世界よりもすばらしい世界」（Ibid.）の「こだま」（Ibid.）を聞いたように彼女には思えた。ルイーズは馬の目を「恐ろしい」と感じ、そこに「他の種類の知恵」があると思うが、それは「我々が馬を知ることができる以上に、馬は我々のことを知っているように見えるので、馬は我々の知識に対する非難としての地位を占めている」（Weil, *WASN* p.11）からである。

孤高のセント・モーア

ロンドンでのシーズンが終わった。ルイーズとヘンリーは八月にはスコットランドに行くことになっていたが、それまでウェールズの国境に接しているシュロプシャーにあるビット夫人の田舎屋に行くことになった。「リコとビット夫人は徹底的に敵同士だったが、互いに接触を避けることはできなかった」（Lawrence, *WSP* p.65）。まるで結婚しているのは彼らであるかのように、「彼らの闘争」（Ibid.）は情け容赦も無かった。しかし、ヘンリーはすぐさま社交界のつき合いを始め、車に乗ってチュークスベリ夫人（Lady Tewkesbury）のもとに午餐会に行ったり、バーンズ氏（Mr Burns）が自分の飛行機に乗ってチェスターから来たりした。すべてのことは非常にわくわくすることだった。それなのに「精神的にはとても疲れること」（Ibid.）だとルイーズは感じた。しかし、そのような状況のなかで、セント・モーアは「闇のなかのたき火」のように見えた。彼は牧草地のなかにいる雌馬をいつも追い回して悩まし、他の馬とは「明らかに殺そうとする意思」（Ibid.）を持って争った。「彼は一頭でいなければならなかった」（Ibid.）。

ある日、ヘンリーはセント・モーアをフローラ（Flora Manby）に見せるために、馬に乗ってコラバックに行こうとした。彼が彼女に馬のことを話したので、彼女が見たがったのだった。ルイスがセント・モーアともう一頭に鞍をつけて連れてきた。しかし、ヘンリーは「一人で行くよ」（Ibid. p.69）とルイスに言って、セント・モーアに乱暴に乗ると、馬は後ろ足で立った。ヘンリーは「やめろ！」（Ibid.）と怒鳴り、馬を門に向けた。村の通りに出ると、馬は歩道で飛び跳ねようとして、子供たちを怖がらせた。ヘンリーが怒り、馬を通りの真ん中へ引っ張っていこうとしたが、馬は言うことを聞かなかった。馬は飛び跳ね、じわじわと反対側の歩道の方に進んでいったので、歩行者たちは怖がって店のなかへ逃げ込んだ。セント・モーアのなかに「悪魔」（Ibid.）がいた。馬は曲がるべきところでないところで曲がったり、家具運搬自動車を見てパニックを起こしたりした。しかし、やっとの事で目的地に着いた時、ヘンリーは自分が征服者（Ibid. p.70）になったように感じた。フローラはセント・モーアを見ると「まあ、彼は美しいわ！　立派だわ！　一度乗ってみたいわ」（Ibid.）と言った。彼はコラバックに一泊するようにという招待を受け入れ、郵便局に電話をして、ルイーズにメッセージを持っていってもらうことにした。

ヘンリーが出かけていった後、ルイーズは庭に出た。彼女はヘンリーがいなくて何となく嬉しかった。フェニックスが黙って忙しそうに、タマネギが植えられている花壇で働いていた。ヘンリーは彼女にとって「無意味さの象徴」（Ibid. p.71）だった。彼からのメッセージを受け取り、昼食を終えると、彼女は再び庭に出たが、何もしないことが楽しかった。それが彼女の「新しい喜び」（Ibid. p.75）であり、「平和な怠惰」（Ibid.）だった。

ビット夫人はルイスの髪が伸びていることに気づき、彼の髪を自分で切ってやることにした。しかし、髪を切り終えた彼女がルイスの顎髭に手をつけようとしたので、それは自分でやると言って、彼は厩に行ってしまった。そのようなルイスをビット夫人は「動物のようだ」（Ibid.）と言うのだった。彼の目には「奇妙な知性」（Ibid. p.79）と「自分自身に対する自信」（Ibid.）があって、「女性をかなりよく見通すことができる」（Ibid.）と彼女は思っている。それに対しルイーズは、「あなたが精神だと考えるものを持ったあなたの男たちに、人はうんざりしていると思うわ」（Ibid.）と言い、「多少利口な人間がたくさんいるわ。そして、あまり利口ではないけれど、かなり立派な人間もたくさんいるわ。そして多くの者は愚かだわ」（Ibid.）と言った。そして彼女は、「心や利口さ、あるいは、立派さや清潔さの他に何かあると私には思えるの」（Ibid.）と言い、「たぶん、それが動物なのよ。セント・モーアのことを考えてみてよ！」（Ibid.）と言うのだった。ルイーズは「セント・モーアには恐ろしい神秘があるの」（Ibid. p.80）と言った。セント・モーアのなかで「偉大な命が燃えていて、それが決して死なないこと」（Ibid.）が彼女にとって神秘だった。彼女はセント・モーアが飼い慣らされていないから、愛しているのだった。「私は不思議さを再び取り戻したいの。そうでないと死んでしまうわ」（Ibid. p.82）と彼女は母に言った。

事故

次の日の朝、ヘンリーがセント・モーアに乗って帰ってきた。フローラと彼女の姉エルシー（Elsie Edwards）、そして、エルシーの夫フレデリック（Frederick Edwards）も馬に乗ってやって来た。フローラは一晩ここの宿に滞在し、次の日、皆でデヴィルズチェアに行くことになっているとルイーズに言った。次の朝、ルイスがセント・モーアを連れてくると、馬は落ち着かないように見えた。ルイーズがセント・モーアの様子を聞くと、ルイスは、「セント・モーアは人が多いのが好きではないのです。いったん出発してしまえば大丈夫でしょう」（Ibid. p.88）と言った。馬に乗った「見知らぬ者たち」（Ibid.）が村の道路の日陰へと移動していった。ヘンリーがやって来て、セント・モーアに乗ろうとしたが、馬は「まるで悪魔を見たかのように飛び退いた」（Ibid.）。彼は

「落ち着け、馬鹿者！」（Ibid.）と怒鳴った。ルイーズは怒ったヘンリーを咎め、セント・モーアを宥めようとした。彼女のなかに「ある怒り」（Ibid.）がわき上がった。「やはり、怪しいものがあるんだろうか？――リコは彼を傷つけはしないのに」（Ibid.）とルイーズは思った。彼女は「誰もあなたを傷つけたりしないわ、セント・モーア」（Ibid.）と少し怒りながらも諭すように言った。ルイスもウェールズ語で呟くように馬に話しかけていた。ヘンリーがゆっくり進み出て、馬のあぶみに足を掛けると、疑念に満ちた目の端でそれを見ていた馬はパニックを起こし、「巨大な肉体の力」（Ibid.）を解き放った。それを見ていたビット夫人が「たぶん、彼はそのアンズ色のシャツが好きではないのよ」（Ibid.）と言った。しかしヘンリーは、「着る前に彼に聞かなきゃならないのか？」（Ibid.）と顔を赤くしながら言った。馬が言うことを聞かないので、ヘンリーはルイスに馬を道路に連れてこさせ、やっとのことで馬に乗ることができた。ルイーズとビット夫人も急いで馬に乗り、後に続いた。

一行は景色を眺めながら進んでいたが、空は雲に覆われ、冷たい風が吹いてきた。誰もが、雨が降る前に昼食を取る農場に着き、無事に家に帰ることができるか心配になってきていた。フレデリックが新しいダンスの曲を口笛で吹いていた。ヘンリーがその曲を気に入り、覚えたいので、もう一度口笛で吹いてくれと頼んだ。フレデリックが口笛を吹き出した時、セント・モーアが暴れ出した。ヘンリーが「馬鹿者！」（Ibid. p.96）と怒鳴った。ルイーズは彼が馬から落ちるのではないかと恐れたが、彼は鞍の上に留まり、手綱を荒々しく引いて、馬に命令しようとしていた。しかし、セント・モーアは後ろ足で立つという「お気に入りの悪さ」（Ibid.）をした。ヘンリーが数ヤード馬を進めた時、馬がまた後ろ立ちになった。ヘンリーは「馬鹿者！」（Ibid.）と大声を上げ、馬を後ろに引いた。ルイーズが叫び声を上げたのと同時に、彼女は馬が倒れる音を聞いた。馬は腹を見せ、蹄が空中で光っていた。ヘンリーは横向きになりながらも、身もだえする馬の手綱を握りしめていた。フレデリックが馬のもとに急ぎ、馬の周りを回って、「馬を起こして、キャリントン！　馬を起こして！」（Ibid.）と叫んだが、馬が痙攣するように急に動いたので、フレデリックは顔を蹴飛ばされてしまい、顎に血が流れた。ルイスがやって来て、ヘンリーの手から手綱を取った。ヘンリーが気を失ってしまったので、ルイーズはブランディーを取りに行こうとして、自分の馬のポピー（Poppy）に乗ると、ポピーも突然飛び退いた。ルイーズが訝って当たりを見回すと、ヒースのなかに蛇が死んでいるのが見えた。農場に着いたルイーズはブランディーをもらい、男たちに怪我人を運んでくれるように頼んだ。

顔を蹴られたフレデリックは歯を二本なくし、ヘンリーはあばら骨を二本折り、片方の足首が砕けていた。「セント・モーアを撃ち殺して欲しい！」（Ibid. p.101）というのが、ヘンリーが農場で発した最初の言葉だった。「あの獣は悪魔だ」（Ibid.）と彼は言った。彼の言葉でルイーズの心は乱れた。「野生動物は絶えず、非常に自己統制されて」（Ibid. p.102）いて、「それ自身の孤独を維持し、多様な宇宙の真ん中で生きていく勇気」（Ibid.）を持っている。「セント・モーアはその勇気を持っていたのかしら？」（Ibid.）とルイーズは思った。それに反し、ヘンリーは「人類の無数の、陰謀を企んでいる者の一人だった」（Ibid.）。

彼女は二、三日、ヘンリーを農場のベッドに看護婦と共に残し、車で母のもとに行った。「すべてのものが奇妙にも変わってしまったように見えた」（Ibid.）。夏が終わり、「秋の青ざめた、冷たい感触が家の周りにあった」（Ibid.）。彼女は急にテキサスを思い出した。「青い空、平らな焼けた土、何マイルも続くひまわり」（Ibid.）。彼女は「アメリカの、より完全な静けさ」（Ibid.）を切望した。

彼女は、セント・モーアがいつも馬小屋にいなければならないことに耐えられなかった。セント・モーアは人間が自分を非難しているのに気づいていて、多少おとなしくなっているように見えた。しかし、「彼のなかの、何か頑固な、そして、不可解なものが彼の態度を軟化させてはいなかった」（Ibid. p.103）。彼女がセント・モーアに声を掛け、触ろうとすると、彼は離れた。「彼のなかに、奇妙な意地の悪い頑固さがあった。それが彼女を怒らせた」（Ibid.）。セント・モーアは離れた牧草地にいる雌馬の声を聞いている振りをしているかのように、頭を上げ、いなないた。その声は力強く、「生きている細胞膜で作った鐘のようだった」（Ibid.）。「彼は頭を傾け、聞いていた。彼の男の目は熱心に、誇らしげに遠くを見て、再びとても気高く見えた」（Ibid.）。しかし、彼は再び静かになった。「彼女は偉大な動物の悲しさを、彼から感じ取った」（Ibid.）。

セント・モーアは「気高く仕えるために生まれて、仕えるべき気高い人を空しく待っていた」（Ibid. p.104）のだということがルイーズにはわかった。「人間から気高さがなくなってしまった」（Ibid.）ということがあの馬にはわかったのだ。フェニックスがやって来て、「あなたはこの馬が怖くないんだ？」（Ibid.）と嘲るように聞いた。「今のところは怖くないわ」（Ibid.）とルイーズは彼をまともに見て、静かに答えた。彼女は彼に、この馬を怖がっているのか聞いてみると、彼は「私はどんな馬も怖がらない」（Ibid.）と答えた。そして彼は、セント・モーアは良い馬なので好きだという。彼女はセント・モーアをどうしたらいいのか彼に聞いてみた。「あなたとビット夫人はアメリカに帰ったらどうだ――あなたは西部に行ったことがない。西部に行け」（Ibid. p.105）と彼は言った。彼は一人でアメリカに帰るのが怖いので、彼女に自分を連れ帰って欲しいようだった。「ヘンリー卿は決して行かないわ」（Ibid. p.106）とルイーズが言うと、フェニックスは「ここにいさせろ」（Ibid.）とぶっきらぼうに、嘲る表情を顔に浮かべて言った。

午後にヴァイナー司祭（Dean Vyner）とヴァイナー夫人（Mrs Vyner）がルイーズを訪ねてやって来た。彼らはセント・モーアを射殺するようにルイーズに勧めた。ルイーズは母のいる化粧室に走っていって、「お母さん、彼らはセント・モーアを射殺したがっているわ」（Ibid. p.108）と言うと、ビット夫人は「わかってるわ」（Ibid.）と落ち着いて言った。彼らは階下に下りていき、お茶を飲みながらセント・モーアについて話をした。ビット夫人は「私の義理の息子があの馬を後ろに引っ張り、手綱で押しつけたのよ」（Ibid. p.110）と言った。ヴァイナー夫人が「あなたは自分の思いやりを間違った方向に向けています」（Ibid.）と言うと、「私はアメリカ女です。私はいつも被告人を守らなければならないのです。私はあの馬を守ります」（Ibid. p.111）と言うのだった。「私は親切心からやって来たのに」（Ibid.）と言うヴァイナー夫人に、ビット夫人は「ああ、わかっています。わかっています」（Ibid.）と言った。そして、彼女は彼らに「有り難う。さようなら！　さようなら、司祭様」（Ibid.）と言い、日曜日に説教を聞きにいきたいと言うのだった。

馬との逃走

ルイーズが雨のなかをさまよい、馬車置き場まで行くと、ルイスとフェニックスが座って話をしていた。フェニックスは、ヘンリーがセント・モーアをマンビー嬢に売ろうとしており、彼女がセント・モーアを去勢しても安全かどうかとある男に相談し、その男はその方がいいと言っていたということを話した。ルイスはセント・モーアが売られても一緒に行かないと言った。ルイーズがどうするのかとルイスに聞くと、彼は何も答えずにフェニックスを見た。フェニックスは、ルイスは自分とアメリカに行くかもしれないと言った。ルイーズは「あなたはセント・モーアを彼の運命に委ねるの？」（Ibid. p.116）とルイスに聞いた。「彼の運命はどうしようもない」（Ibid.）とルイスが言うのを聞いて、ルイーズは「かわいそうなセント・モーア！」と声を上げた。

ルイーズは屋内に入ると、ビット夫人にその話をした。それを聞いた夫人は、自分は自分の馬に乗り、ルイスはセント・モーアに乗って、夫人の友人がいるメリントンまで一緒に行き、そこから、アメリカにルイスとフェニックス、そして、セント・モーアを連れていく手配をすると言った。「あなたは自分で決めなさい」（Ibid. p.119）と夫人が言うと、ルイーズは自分も行くと言った。夫人は「昼食の後、すぐに出発するわ。この場所ではもう息をすることができないから」（Ibid.）と言うのだった。

防水ケープを着た夫人が自分の馬に乗り、やはり防水ケープを着たルイスがセント・モーアに乗り、出発して一時間ほどした後、フローラがセント・モーアを引き取りにやって来た。彼女はヘンリーの手紙とセント・モーアを買い取るために小切手を持ってきた。ルイーズは「母は友人たちに会いに馬に乗っていったわ。そして、ルイスがセント・モーアに乗って、彼女と行ったの。彼が道を知っているのよ」（Ibid.）と言い、母が帰ってくるまで、小切手は受け取れないと言った。「フローラは悔しく思った」（Ibid.）。二人の女は互いに憎み合っているのを知っていた。

ビット夫人は雨のなか、馬に乗り続けた。雨は夕方には止んで、黄色の光りが満ち広がった。ルイスが夫人の後に続いていたが、彼女はセント・モーアやルイスのことを少しも心配していなかった。「彼女はヨーロッパから、ヨーロッパ的なすべてのものから逃げたいという、ほとんどどう猛な願望を感じていた」（Ibid. p.120）。ビット夫人は五一歳だった。「彼女は本当に負かされたかった」（Ibid.）。今まで彼女は誰にも負けたことはなかった。「男たちは彼女の競争相手ではなかった」（Ibid.）。彼女の強さは精神的なものではなかった。「ある不思議な肉体的な発電機」（Ibid. p.121）が彼女のなかにあるかのようだった。彼女にとって「性は単なる付加物」（Ibid.）だった。彼女が気に掛けていたのは、「「生きている」男との間に流れる不思議な、強烈な、ダイナミックな共感」(Ibid.)だった。

ビット夫人はルイスと旅をし、話をするうちに彼に引かれるようになっていた。彼女はルイスに、驚かないでと言ってから、「もし私があなたと結婚したいとしたら、あなたは何と言う?」(Ibid. p.130)と聞いた。するとルイスは「あなたは本気じゃない」(Ibid.)と慌てて言った。夫人はなおも彼に質問してきた。ルイスは、夫人には女として「男に対する尊敬」(Ibid. p.132)がないと言った。それに対して夫人は、「私は自分が感じてきたどんな尊敬も失いそうだ」(Ibid.)と言うのだった。夫人は自分の言うことを聞かないルイスに腹を立て、「彼は女に命令することができると考えている!」(Ibid.)と思うが、「彼女は彼に恋をしていた」(Ibid.)。そして、ルイスも奇妙なことに、「彼女に恋をしていた」(Iibd.)。そのことが「彼の奇妙な、不可解な陽気さと、思いがけないおしゃべり」(Ibid.)から彼女にはわかっていた。

メリントンに着くと、ルイーズから手紙が数通来ていた。彼女の手紙には、ヘンリーにセント・モーアのことを話したこと、彼は感情を害された様子であったこと、フェニックスはルイーズたちにセント・モーアを連れてアリゾナに行って牧場を持ち、馬を育てて欲しいのだということなどが書かれていた。そして、ルイスがルイーズに送った、馬丁の仕事を辞めることを伝える手紙が同封されていた。ルイーズはルイスに、セント・モーアをロンドンに連れていき、そこで待つこと、はっきりした指示はビット夫人から受けることなどを書いた手紙を出していた。夫人はルイスに、数日したらロンドンに行くので、セント・モーアを今週中に連れていく手はずを整えることなどを指示し、「私はあなたにセント・モーアと一緒にアメリカに行って欲しいの。私たちとフェニックスと一緒に」(Ibid. p.139)と言った。ルイスが「あなたの馬は?」(Ibid.)と聞くと、馬はメリントンに置いていき、アサートン嬢(Miss Atherton)にあげると夫人は言った。

ルイーズは八月の終わりにロンドンに戻ってきた。ルイスがルイーズのもとにやって来て話をしている時、ローラ（Laura Ridley）が訪ねてきた。ルイーズはルイスを「セント・モーアを思い通りにできる人」（Ibid. p.144）だと紹介した。ローラは「ああ、あの馬！　あの恐ろしい馬！」（Ibid.）と言い、「あなたは怖くないの？」（Ibid.）とルイスに聞いた。「いいえ」（Ibid.）と彼が答えると、彼女は「あなたはいつも彼を支配できるの？」（Ibid.）と聞いた。ルイスは「たいていは。彼は私を知っています」（Ibid.）と答えた。ローラが馬を見たいというので、ルイーズは彼女をセント・モーアのいる厩に連れていった。ローラは馬を見ると、「ええ！　美しいじゃない。なんてすばらしい脚なんでしょう！」（Ibid. p.145）と言ったが、「彼は私には意地悪に見えるわ！」（Ibid. p.146）と言うのだった。ルイーズはセント・モーアの「血統」（Ibid.）や、彼が自分の「素質」（Ibid.）を見せることに「独特の敬愛」（Ibid.）と感じていた。彼女が気にかけているのは「馬自身」（Ibid.）であり、「彼の本当の性質だった」（Ibid.）。しかしローラは、「決して本当に完全に満足のいく動物を手に入れることはない」（Ibid.）というのは「奇妙」（Ibid.）だと言うのだった。「いつも何か悪いところがあるわ。そして、男たちにも。不思議議じゃない？」（Ibid.）と言うローラをルイーズはもてあまし、彼女が去っていった時、ルイーズは嬉しかった。

アメリカへ

ビット夫人は馬を連れていくための書類や許可を得るのに忙しかった。「彼女の目はまだ戦いで輝いていた」（Ibid. p.146）が、鼻のあたりに「黒ずんだやつれ」（Ibid.）が見えて、ルイーズは驚いた。とうとうすべての準備が終わり、彼らは貨物船が出航するという電報を待つだけになった。その電報が来た時、ビット夫人はそれが「死刑の宣告」（Ibid.）であるかのように、「まあまあ！」（Ibid.）と言った。ルイーズが理由を尋ねると、彼女は「私は体にエネルギーが少しも残っていないと感じるの」（Ibid.）と答えた。ルイーズは「いったん離れれば、また元気になるわ」（Ibid.）と彼女に言った。

とうとう彼女たちは出発した。列車の一等車両に乗り景色を眺めると、すでに秋になっていた。サウサンプトンは雨で、清潔な船に乗るまで、まるで混乱状態だった。彼女たちは清潔で若い船長に迎えられた。ルイーズは船長と昼食を取った。船長はとても礼儀正しく親切だったが、彼女は一人になりたいと思った。ビット夫人は海が嫌いで、乗船中、ほとんどの時間を寝台で過ごした。本も読まず、ただ横になり、過ぎていく空を見ていた。ルイスとフェニックスは手すりに寄りかかり、あらゆるものを見ているか、セント・モーアを見に下りていき、無線通信士のキャビンのドアのところでおしゃべりをしていた。ルイーズは船長に、彼らに何か仕事をさせてくれと頼んだ。

船は大西洋を渡り、ハバナに着いた。そして、メキシコ湾まで来ると、ルイーズは「すばらしい！」（Ibid. p.149）と感嘆した。湾は静かで、「人の住んでいない、時間を超越した場所」（Ibid.）に見えた。彼女は「宇宙の魅力」（Ibid.）にうっとりとした。彼女たちはそこで船を下り、列車に乗ってサンアントニオに向かった。テキサスの牧場に彼女たちが着いた時、平原は秋の色である黄色に染まり、その上に広大な空が広がっていた。ついに、「新しいもの、使い果たされていないもの」（Ibid.）がそこにあった。ルイーズの心は弾んだ。テキサス人は子供っぽく見えるが、自立していて、イギリスの男が人の重荷になろうとするのとは違っていた。

セント・モーアも無事到着したが、少し「当惑」（Ibid. p.150）していた。テキサス人はセント・モーアが「純血種で、美しい」(Ibid.)ので、心打たれて無口になった。牧場の男がセント・モーアの背中に柔らかい革を掛けて飛び乗り、野生のひまわりのなかを埃を上げながら走っていった。男は戻ってくると、滑るようにして降り、「この馬には素質がある。確かにある」(Ibid. p.151)と言った。セント・モーアはこの「荒っぽい扱い」(Ibid.)を喜んでいるようだった。ルイスは驚き、少し羨んでそれを見ていた。

ルイーズとビット夫人は二週間、牧場に滞在した。「すべてがとても不思議だった。とても粗野で、とても荒々しく、とても安楽で、とても人工的に文明化されていて、そして、とても無意味だった」(Ibid.)。まったく「現実の根」(Ibid.)がなく、「人は夢から夢に、幻想から幻想に動いていた」(Ibid.)。それがテキサスの生活だったが、ヨーロッパよりもずっと良かった。セント・モーアは、親方が持っている、脚が長くて黒いテキサスの雌馬のすぐ後ろに、「ほとんど奴隷のように」(Ibid. p.152)ついて回っていた。

まもなくルイーズは牧場での生活に耐えられなくなり、セント・モーアとルイスを置いて、母と車で出かけた。フェニックスは一緒に行きたがった。彼女たちはサンアントニオ、プルマンに行き、そして、エルパソまで行った。それから北に行き、ビット夫人の知人がいるサンタフェに行った。サンタフェには祭りがあり、人々で賑わっていた。ビット夫人は話さなくなり、フェニックスはおしゃべりになっていった。

サンタフェのホテルにしばらく滞在した。ルイーズが「私たち次は何をしましょうか、お母さん?」(Ibid. p.153)と聞くと、ビット夫人は「私に関する限り、次はないわ」(Ibid.)と答えた。そして、彼女は「死ぬために家に帰ってきたの」(Ibid.)と言った。ホテルは家ではないから他を探そうと言うルイーズに、夫人は「あなたにまかせるわ、ルイーズ。私は最後の決定をしたわ」(Ibid.)と言った。ルイーズが「それは何なの、お母さん」(Ibid.)と聞くと、彼女は「決して、決してもう決めないこと」(Ibid.)と言うのだった。ビット夫人は口を閉ざしてしまい、その日、ベッドから出ることを拒否した。ルイーズはフェニックスに相談し、売りに出ている小さな牧場を二人で見にいくことにした。

二本のマツの木を通り過ぎ、山の麓へと車が上っていくと、牧場の門に着いた。フェニックスが門を開き、なかに入り、車を進めていくと、開拓地が見え、豆が植えつけられていたが、黄色くなっていた。マツの木々を通り抜け、ゆっくり登っていくと、もう一つ開拓地があり、二頭の馬がじっと見つめていた。そして、数本のマツの木の下に、開拓地に面して、継ぎ当てをして直した屋根の小さな家があった。フェニックスは「ここは乾燥した場所に違いない。きっと水が手に入らなかったんだ」（Ibid. p.160）と言ったが、そこはルイーズが望んでいた場所だった。車が止まると、すぐに彼女は二つの家やそのあたりの景色を見て、「この場所だわ」（Ibid.）と独り言を言った。

その牧場は商人のニューイングランド人の妻が、大きなエネルギーを注ぎ込んだ場所だった。「彼女はそこを自分の家だと見なしていた」（Ibid. p.163）。遠くのすばらしい景色に彼女は魅せられた。丘の急流から台所に水を引くことができた時、「山の水を私に奉仕させるために飼い慣らした」（Ibid. p.167）と彼女は思った。しかし、ニワトリがいなくなったり、病気になったりした。馬が雷に打たれて死んだり、家の側のマツの木に雷が落ちたりした。そこは野生生物が、木や花でさえ、「毛を逆立て、身の毛もよだつような取っ組み合い」（Ibid. p.168）をしているような場所だった。「彼女の牧場への愛は、時々、ある嫌悪に変わった」（Ibid. p.170）。何年もして、彼女は牧場を去り、メキシコ人が牧場に留まって山羊の世話をしたが、利益にならなかった。商人は牧場をメキシコ人に貸した。彼は豆を植えたが、害虫にやられてしまった。そして、ルイーズが「攻撃に対する新しい血」（Ibid. p.171）としてやって来たのだった。

彼女はサンタフェに戻り、商人と弁護士に会い、一二〇〇ドルで牧場を買った。そして次の朝、借りた車をフェニックスに運転させ、ビット夫人と牧場に行った。彼女はルイーズに「どういう考えでここに来たの？」（Ibid. p.173）と聞いた。ルイーズは「人々に関して言うと、私は本当に心を痛めたの」（Ibid.）と言い、「私は一人になりたいの、お母さん。あなたとここで」（Ibid.）と言うのだった。彼女は、馬の世話や車の運転をしてもらうためにフェニックスも一緒だと言った。そして彼女は、ここの景色には男たちよりも、「もっと実在的なもの」（Ibid. p.175）があり、「それが私を落ち着かせて、支えてくれるの」（Ibid.）と言った。「それは野性的なものので、時には私を傷つけ、疲れさせるでしょう。わかっています。でも、それは大きなもので、男より大きく、人々より大きく、宗教より大きなものなの」（Ibid.）と彼女は言った。そして彼女は、アメリカの奥深くにある「野生の精神」（Ibid.）が自分を「必要」（Ibid.）としており、それが自分を「安っぽさ」（Ibid.）から救いだすのだと言った。ビット夫人は立ち上がり、遠くを見た。トルコ石色の、山の尾根が地平線の下に半ば沈んでいた。ビット夫人は牧場の値段を聞くと、「そういうことを考えると、それは安いわね」（Ibid.）と言った。

馬と農場

この物語はルイーズが牧場を買い、ビット夫人と見にいくところで終わっている。「若い女性の騎手は少年に関する、あるいは、男らしさに関する自分たちの「問題」を、馬を支配しようと試みることによって乗り越えようとする」（Shepard, *Thinking Animals* p.193）のだという。ルイーズは「長いこと自分の思い通りにしてきた」。しかし、夫のヘンリーは自分の思い通りにならなかった。そのような彼女が野性的なセント・モーアという馬に出会い、魅了され、その馬を買った。しかし、彼女は自分でその馬に乗るのではなく、夫に与えた。ルイーズは自分が「馬を支配しようと試みる」ことをせず、夫ヘンリーが馬を支配できるかどうかを見ようとしたのである。ルイスがセント・モーアを御するように、ヘンリーがセント・モーアを御することができていたら、彼女のヘンリーに対する見方は変わっていたであろう。セント・モーアを御することのできない夫に、ルイーズを御する資格などない。

ルイーズにとって、セント・モーアは種馬であることが大切であった。セント・モーアは、男らしくない男であるヘンリーを罰してくれる、雄々しい馬であった。それゆえ、ヘンリーが怪我の原因となったセント・モーアを売ろうとしているのを彼女が知った時、彼女は夫ではなく馬を選んだのだ。セント・モーアはイギリスでは危険だと思われていたのに、テキサスの男は難なく乗りこなした。セント・モーアが彼らの「荒っぽい扱い」を喜んでいるように見えたので、ルイスは少し羨ましく思ったが、ルイーズの思いはどうだったのであろう。セント・モーアがテキサスの雌馬に「ほとんど奴隷のように」ついて回っているのを彼女が見た時、彼女はセント・モーアにヘンリーと同質のものを感じたのではないだろうか。それゆえ、彼女は牧場にいることに耐えられなくなり、セント・モーアとルイスを牧場に置いて、母とフェニックスと一緒に出かけたのだ。この後、ルイーズは興味を失ったかのように、セント・モーアのことを口にしなくなる。代わって話題になるのが牧場である。

物語のなかで、売りに出されている牧場が、どういう経緯で売りに出されることになったのかが詳しく述べられる。商人の妻の多大な努力にもかかわらず、自然は彼女を疲弊させ、彼女は牧場を出ていった。ルイーズがこの牧場を手に入れたいと思ったのは、そこの自然が美しかったからというばかりではなく、そこがそのような経緯を持っていたからではなかっただろうか。そこにはルイーズが戦うべき相手がはっきりと存在していた。彼女はフェニックスを従えて、自然と牧場に立ち向かっていくであろうこと思わせて物語は終わる。ルイーズは一頭の馬に出会い、この馬を守るためにイギリスを出た。それは自分の行くべき道を見つけるための旅であった。動物は「我々に影響を及ぼ」すばかりではなく、我々の人生をも変えることができるということを、この物語は教えてくれるのである。

第四章　人間と犬

動物と道徳

アリストテレスは、「動物の中で熟慮することのできるものはヒトだけである。また、記憶があり、教育を受けることのできる動物もたくさんあるが、任意に思い出すことのできるものはヒトの他にはない」（アリストテレース『動物誌（上）』二八頁）と言った。アリストテレスは、人間は他の動物とは違う、特別な生きものなのだと考えていたが、現代ではそのように考える人はいないであろう。

「動物の知性と動物の感情についての研究」（Bekoff, *Wild Justice* p.x）が「進化生物学や認識行動学から、心理学、人類学、哲学、歴史、そして、宗教学に及ぶ分野」（Ibid.）で行われており、「日々増えている新しい情報は、人間と動物の間の、理解されてきた境界線を破壊しつつある」（Ibid.）。そして、「動物は何を考え、何をし、何を感じることができるのか、あるいは、できないのかに関する、時代遅れで不寛容なステレオタイプの改訂」（Ibid.）が強いられている。

「人間と他の哺乳類は著しく類似した神経系を持っている」（Ibid. p.xi）。また、「多様な種に、様々な認識と感情の能力を求めて」（Ibid.）、「種の差というのは本質的な差ではなく、程度の差であるという考え」（Ibid.）が支持されているので、生物学では「道徳性は進化した特性であり、ちょうど我々が持っているように、「彼ら」（他の動物）も持っている」（Ibid.）という「結論」（Ibid.）に至る。「動物は利他的に行動するばかりではなく、共感、寛容、信頼、相互依存関係、そして、もっと多くの能力を持っている」（Ibid. p.3）。動物が見せるこれらの「態度」（Ibid.）は「我々が道徳と呼ぶものの核心を形作っている」（Ibid.）のである。

道徳的に振る舞う動物が出てくる物語で代表的なものは、スーエル（Anna Sewell）の『黒馬物語』（*Black Beauty*, 1877）である。この物語の語り手は馬のブラック・ビューティーである。ブラック・ビューティーは自分に課せられた仕事を懸命にし、仲間の馬に共感し、人間に対しては寛容な態度で接し、自分の世話をしてくれる人間を信頼している。このような物語を読むことで、人間は人間に対してばかりではなく、動物に対しても道徳的に接しなければいけないということを学ぶのである。

馬よりももっと身近な動物で、我々に道徳を考えさせてくれる動物は犬であろう。動物行動学者のローレンツ（Konrad Zacharias Lorenz）は、犬は歴史的に「ハンターとしての能力で人間に役立って」（ローレンツ『人イヌにあう』九頁）きたと言う。また彼は、「本当の意味で家畜化ということばが似つかわしい家畜はイヌ以外にはない」（同一〇—一一頁）のだと言う。アリストテレスが、犬の性格は「健気で情が深く人にこびる」（アリストテレース『動物誌（上）』二八頁）と言っているが、犬が「人にこびる」ように見えるのは、我々が犬を家畜化したことに起因している。なぜなら、「犬を飼い慣らすことは、犬が我々に助けを期待することができたということを意味した」（Fogle, *The Dog's Mind* p.5）からである。

ローレンツが「イヌのすべての魅力は、その友誼《ゆうぎ》の厚さと、彼が人間と結ぶ精神的な連帯の強さにある」（ローレンツ『人イヌにあう』一〇頁）と言っているが、マードックの『緑の騎士』にはそのような魅力的な犬が登場する。この犬はブラック・ビューティーのように語らないが、人間と動物の道徳的関係を教えてくれる重要な登場人物となっている。

手放された犬

『緑の騎士』は二人の女性、ジョーン（Joan Blacket）とルイーズ（Louise Anderson）、が犬のことを話している場面で始まる。二人は寄宿学校時代からの友人で、互いにほとんど成人した子供を持っていたが、今は互いに独り身だった。ルイーズが「おいで、おいで」（Murdoch, GK p.1）と言うと、犬は二人のもとに跳ねるようにして戻ってきた。その犬は青い目をし、黒と白が混じった長い銀白色の毛をしたすばらしいコリーで、名はアナックス（Anax）といった。「この犬とかかわると辛い目に遭うわよ」（Ibid.）とジョーンが言うと、ルイーズもそうなると思っていたが、「いいえ、彼は私たちのところにすっかり落ち着いたわ。前の主人のことは忘れたわ」（Ibid.）と答えた。するとジョーンは、「犬は忘れないわ。彼は逃げるわ」と言うのだった。

アナックスの前の飼い主は、ルイーズの癌で亡くなった夫テディー（Teddy Anderson）の友人ベラミー（Bellamy James）だった。彼は「人生の旅」（Ibid.）の道半ばで、世捨て人になり、「宗教的な人間」（Ibid.）になろうと決心した。彼は宗教的な生活を完全に始めたわけではなかったが、アルコールや犬を飼うといった「現世の喜び」（Ibid. p.2）を放棄し、アネックスをルイーズの家族に預けた。人間は生きるために「意味」（Gaita, *The Philosopher's Dog* p.38）を必要とし、「幸せを探し求める以上に、必死になってそれを探し求める」（Ibid.）。ベラミーは犬を飼うという「幸せ」を放棄し、宗教が与えてくれるであろう「意味」を「必死になって」求めている。

ジョーンが「ベラミーは馬鹿だわ」(Murdoch, GK p.2) と言うと、ルイーズもそう思っていたが、「彼は親切で、気前のいい人だわ」(Ibid.) と言った。するとジョーンは、「直ぐに、彼は「善人」だってあなたは言い出すわ！」(Ibid.) と言った。ベラミーには「自殺衝動」(Ibid.) があるとジョーンは考えている。ベラミーはイーストロンドンで貧しい暮らしをしていて、ルイーズと子供たちが訪れた海辺のコッテージも売ってしまうという。ルイーズが長くしたリードにアナックスを繋ぐと、彼は前の飼い主が「悪賢い、独善的に判断しがちな目」(Ibid.) と呼んだ目で彼女を見上げた。

ジョーンにはハービー (Harvey Blacket) という名の一人息子がいて、彼が五歳の時、彼の父は彼のもとを去っていった。それからハービーは母と暮らしていたが、彼が一五歳の時、ジョーンはわずかな小遣いとともに、彼を小さなフラットに置いて、パリに行ってしまった。そして、ルイーズは彼の自称「里親」(Ibid. p.3) になった。ハービーは奨学金を得て大学に行き、イタリアで四ヶ月勉強するための奨学金も得た。ルイーズの亡くなった夫のケンブリッジ時代の友人クレメント (Clement Graffe) とルーカス (Lucas Graffe) が、彼の全寮制学校の費用を出してやった。ルイーズには一九歳のアリーシア (Alethea Anderson)、一八歳のソフィア (Sophia Anderson)、そして、美術学校に入る準備をしているモイラ (Moira Anderson) という三人の娘たちがいた。彼女たちのギリシア風の名前は、伝統的な教育を受けた父がつけたものだが、アリーシアはアーレフ (Aleph)、ソフィアはセフトン (Sefton)、そして、一番下のモイラはモイ (Moy) と自分たちのことを呼ぶようになった。モイは絵を描くのが好きで、画家になる才能があると皆に思われていた。

ハービーにはガールフレンドがいなかった。彼はいつも男友達とつき合っていて、今、つき合っている相手はクレメントとベラミーだった。「男たちが彼といちゃつくの。彼はとてもかわいいから、かわいがるのよ」（Ibid. p.11）とジョーンは言った。ハービーがルイーズの娘たちと一緒に育ったので、彼は「すべての女性はタブーで、みんな自分の姉妹だ」（Ibid.）と思うようになったのだと彼女は考えている。「ハービーは森を切り開いて進む王子であるべきだわ。でもできないのよ。お城のなかにいるのよ！」（Ibid.）とジョーンが言うと、ルイーズは「なんてばかげているの！」（Ibid.）と呟いた。今はアレックスが彼女を引っ張っていたので、首輪が犬の喉を締めつけているのを彼女は感じることができた。

ベラミーという男

ベラミーの両親は貧しい福音主義者だったが、それほど貧しかったわけでもなく、それほど根本主義でもなかった。彼の両親はベラミーのように親切で、よかれと思ったことをする人間だった。彼は一人っ子で、幸せな子供時代を送った。しかし、彼が三〇歳を過ぎた時、電気技師だった父が事故で亡くなると、彼の母は彼女の生地であるニュージーランドに帰ることに決めた。彼女が亡くなったという知らせは、ずっと後になって、遠い従兄弟からもたらされた。ベラミーは両親を亡くし、深く悲しんだが、「かなり理性的なやり方で、その痛みを処理することができた」（Ibid. p.23）。彼はしばしばニュージーランドにいる母のことを思い、訪ねたいと願っていたが、間に合わなかった。彼は後悔したが、痛恨というほどの心の痛みはなかった。「たいてい、誰もベラミーに迷惑をかけなかった」（Ibid.）。

ベラミーは学校で一生懸命に勉強し、奨学金を得て、ケンブリッジで歴史を勉強した。しかし二年後、彼はバーミングハムで社会学を学ぶためにケンブリッジを去った。彼は突然、「ケンブリッジに耐えられなくなった」（Ibid.）のだった。「彼は何かに——たぶん人生に——もっと近づきたかった」（Ibid.）。しかし、「人生は彼を拒否し続けた」（Ibid.）。彼は社会学の学位を取り地方自治体に入り、最初は事務官になり、それからソーシャルワーカーになった。後に、彼は第六学年カレッジで社会学と宗教学を教えた。それから彼は無職になり、仕事を見つけられないように見えた。そして、彼はカトリック教徒になった。当時、父はもう亡くなっていたが、そのことは母をぞっとさせた

ベラミーの風変わりな人生のなかに通っている「一本の糸」（Ibid.）は「宗教的な探求」（Ibid.）だった。彼は聖職者になろうと思い、神学校に入ることも計画した。しかし、彼は統合制中等学校の教師になり、現代史を教えた。まもなくその職も失い、ソーシャルワーカーに戻ろうとしているように見えた時、彼が探し求めていた「何か」（Ibid.）が彼に「打ち勝った」（Ibid.）。彼は「世の中を諦め」（Ibid.）、「禁域修道院の修道士」（Ibid. p.24）になることに決めた。彼は修道院と連絡をとり、その修道院を数回訪問もし、まもなくそこの見習い僧になることが許可されることを願っていた。彼はその修道院のダミアン神父（Father Damian Butler）と手紙のやりとりをしていた。「人間は、ことばによって、粗雑ではあるが容易に理解できる通信の手段をもった」（ローレンツ『人イヌにあう』二一〇頁）のであるが、ベラミーは言葉によって意思疎通を行うことができないアナックスとの関係よりも、神父との言葉の関係を重んじたのだった。

ベラミーがケンブリッジを去ったのは、二歳年下のマグナス（Magnus Blake）に恋をしたからだった。彼は「厄介な、結論のでない経験」（Murdoch, GK p.44）の後、「同性を愛することは差し支えない」（Ibid.）が、マグナスとの愛は「純潔になされなければならない」（Ibid.）と決めた。彼はこれをマグナスに説明したが、彼は

「ベラミーの考えは狂っている」（Ibid.）と思った。彼らは激しく口論をした。ベラミーは興奮し、少年の近くにいることが耐えられなくなり、突然彼との関係を断ち切った。それは学期の終わりだったので、彼はケンブリッジを去り、戻らなかった。マグナスから手紙が来たが、ベラミーは封も切らずに送り返した。

ベラミーは「突然の無慈悲」（Ibid.）の責任を自分に負わせた。「もし彼がもっと勇敢で、よりすぐれていたら、彼は退屈にそのことを論じ、マグナスに自分のことをうんざりさせることができたかもしれなかった」（Ibid.）。しかし、ベラミーはそのようなことをする勇気がなかった。彼はこの話を、自分をカトリック教徒に改宗させたフォスター神父（Father Dave Foster）にし、後にダミアン神父にもした。「彼がそれを話したとき、話すことでそれは変化し投薬され、そして、利己的で不合理な罪の例、ずっと昔に克服された若者らしい問題の例として彼に返された」（Ibid.）。

ベラミーはこの話をもう一人、ルーカスにした。そして、ルーカスだけがベラミーのもう一つの「秘密」（Ibid.）を知っていた。三年後、ベラミーがバーミングハムを去り、ケンブリッジに戻った後、彼はひどい鬱病になった。ある日、彼は下宿のドアから、マグナスが歩いて去っていくのを見た。彼は振り返り、歩き続けた。ベラミーはドアを閉めた。マグナスはベラミーにまた会って欲しいと思ったのだが、「彼は口論が永遠に終わったことを知らなかった」（Ibid.）。ベラミーは次の朝、ケンブリッジを去った。

ベラミーは継続教育カレッジの仕事を辞め、キャムデンタウンの大きなフラットを売り、一部屋のフラットに移った。彼はほとんどすべて身の回りの物を売ったり、ただでやってしまい、犬も手放してしまった。「それは戻ることのない精神的な道の歩みだった」（Ibid. p.45）。しかし、彼は「もう一人の、青い目をした金髪の少年」（Ibid.）であるハービーのことを思うようになった。ベラミー、クレメント、ハービーの三人で一四世紀の橋を見にいった時、彼らは橋の欄干の幅のことで口論になった。ハービーがその上を歩くのは簡単だと言ったので、ベラミーが「やってみろよ」（Ibid.）と挑発すると、ハービーは無謀にも橋の欄干に飛び乗り、その上を歩き出した。しかし、彼は飛び降りる時、足に怪我をしてしまった。「それは完全にベラミーの責任だった」（Ibid.）。橋での出来事で、はじめてベラミーはハービーとマグナスを結びつけて考えるようになった。ハービーは峡谷に落ちてしまったかもしれなかったとベラミーは思い、彼の足が良くなるようにと祈った。

モイという少女

アナックスがいたので、ベラミーはもうルイーズの家に行くことができなかった。「アナックスは二度と彼に会ったり、彼の声を聞いたりしてはいけなかった。彼は忘れることができるようにならなければならなかった」（Ibid. pp.45-46）。ベラミーはアナックスが夜、彼のベッドで、彼の動きに辛抱強く合わせながら寝ているのを思い出し、寂しく思った。朝になると、アナックスはベラミーが目を覚ましたのに気づいた。ベラミーがアナックスを抱くと、彼はベラミーの顔を嘗めた。ダミアン神父は「犬を手放すな」（Ibid. p.46）と言った。「犬は常に打ち解けた触れ合いと支えを提供することをいとわない」（Coren, *The Modern Dog* p.231）のだという。それゆえ、犬は「人生で、思いやりのある人間を持つことが提供するのと同じ恩恵を提供する」（Ibid.）。神父はそのことを知っていたかのようである。ベラミーがアナックスを手放した時、彼の目は「完全な無垢、完全な愛」（Murdoch, *GK* p.46）のように見えた。「犬は神の生き写しであり、我々より優れている」（Ibid.）とベラミーは思った。

「こころのかよう友情がイヌにとってはすべてである」（ローレンツ『ソロモンの指輪』一六二頁）のに、ベラミーはアナックスが欲している友情を与えようとしていない。ベラミーがアナックスの目を「悪賢い、独善的に判断しがちな目」だと思ったり、「犬は神の生き写し」だと思ったするのは、彼がアナックス対して友情を持つことを避けているからである。なぜなら、友情とは「少なからぬ義務を伴うもの」（同）だからだ。アナックスに対して友情を持ったら、義務感からアナックスを手放せなくなることをベラミーは感じ取っているようである。

アナックスはモイの部屋で寝ていた。アナックスは自分のバスケットのなかで丸くなり、モイが跪き、彼をなでていた。アナックスは「とても悲しそうに見える、奇妙なライトブルーの目」（Murdoch, GK p.109）で彼女を見た。「彼は決して忘れないかしら。決して忘れないかしら」（Ibid.）とモイが思っていると、アナックスはまるで彼女の思いがわかっているかのように、すべすべした頭からふさふさした毛に戻っていく彼女の手に、長い鼻面を突き出し優しく押しつけた。アナックスが「打ち解けた触れ合いと支え」を提供したい相手は自分ではないことをモイは感じ取っていた。

モイはカタツムリなどの小さな生きものを助けてあげるような少女だった。家のなかでも、なくなったものを見つけ出すのは彼女だった。しかし、こういうことは無益で悪いことなのかもしれなかった。人間に拾われた石たちは家のなかにいるのがいやで、戸外で雨に濡れたり、他の石たちと一緒にいられないことを寂しく思っているかもしれないのだ。彼女に拾われたことで、石たちは「光栄だ」（Ibid.）と感じなければならないのか。彼女は波に洗われて丸くなった小石をなでている時や、フリントの光るインテリアをじっと見ている時、「奇妙な不安」（Ibid.）を感じることがあった。

今、モイがアナックスを預かっている。不当だとか、故意にではないけれど、アナックスは最愛の人から離されているので、「彼を囚人にしている」（Ibid.）と彼女は思った。モイはアナックスに対して「責任」（Ibid.）を感じていた。もしアナックスが逃げ出し、ベラミーを探し出そうとしたら、彼は迷子になってしまい、会えなくなってしまうだろうと彼女は思った。彼女はアナックスの脇腹に自分の顔を押しつけ、「ごめんなさい」（Ibid.）と呟いた。

ある日、モイは彼女の学校の美術教師フィッツハーバート先生（Miss Fitzherbert）の友人であるフォックス先生（Miss Fox）に会いに、美術学校に出かけた。フィッツハーバート先生がモイのためにこの訪問を設定してくれたのだった。モイは誰にも言わずに家を抜け出した。会合は小さな、みすぼらしい事務所で行われたが、フォックス先生は明らかに忙しく、絶えず他の人が邪魔をした。フォックス先生は友人を喜ばすために、モイに会うことに同意したことは明らかだった。彼女はモイが持ってきた絵をおざなりに見て、それについて何のコメントもしなかった。彼女は、もしモイが美術学校に行きたいのなら、「単に自然の退屈なコピーではなく、本当に独創的で、際立ち、そして、不思議なもの」（Ibid. pp.173-74）を持って現れるべきだと言った。そして先生は、芸術の勉強と練習は難しく、努力を要し、「かなりの才能」（Ibid. p.174）が必要なのはもちろんのこと、「無制限の献身」（Ibid.）が必要だと言った。彼女は応募者が何百といるので、美術学校に入るのは非常に難しいということをつけ加えた。モイは目に涙が浮かんでくるのを感じて、フォックス先生にお礼を言うと、大急ぎで立ち去った。

モイはわざと「熟達した」（Ibid.）、「伝統的な」（Ibid.）絵を選んでフォックス先生に見せたのだった。「彼女は自分がとてもばかだったということがわかった」（Ibid.）。真っ直ぐに家に帰る気がしなくて、しばらくでたらめに歩いていた彼女は、テムズ川の側に出た。川は潮が引いていて、狭くなった川が緩やかに流れていた。モイが階段のところまで来て下を見ると、階段下の波打ち際にいくつか石があった。彼女は階段を下り、表面が濡れている石の上を注意深く歩いた。ハンドバッグと画集を堤防の石の壁に持たせ掛けるように置いて、彼女は石を調べ始めた。石は格好が悪かったり、泥の色をしていたりして、つまらなかった。しかし、彼女は拾った石に「個人的な義務」（Ibid.）を感じて、いくつかポケットに入れた。彼女はべとべとした泥の上を歩き、川の端まで行き、手を水に浸して川に「挨拶」（Ibid.）した。まだ泣きたい気分で、じっと立ってぼんやりとしたもやを見ながら、彼女は気持ちを落ち着かせようとしていた。

その時、少し離れたところで、水が激しく跳ねる音がするのにモイは気づいた。彼女がもやを通して見ると、「恐ろしい戦い」（Ibid.）が川で行われているように見えた。動物たちが戦っているのを見るのが嫌いだったモイは、やめさせるために争っている鳥たちのところに急いだ。白鳥が何かの生きものを攻撃していた。「彼はあれを溺れさせようとしている」（Ibid. p.175）と彼女は思い、ぞっとした。黒い小さな生きものが水面に出てくると、白鳥がまた猛烈に突っつき、沈めていた。その間、白鳥は恐ろしいほどどう猛で、大きなシューという音を発していた。

モイは「直ぐにやめて！　かまわないで！　やめて、意地悪な鳥ね！」（Ibid.）と叫んで、白鳥に石を投げたが当たらなかった。彼女はもう一度、「やめて、お願いだからやめて！」（Ibid.）と叫んだが、白鳥はなおもシューという音を発しながら、大きな白い胸を、黒い、もがいている生きものの上に押しつけ続けた。モイは水のなかに踏み込み、腕を振りながら叫んだ。しかし、泥から足を持ち上げようとした時、彼女はよろけ、つまずいてしまった。冷たい水が跳ね、彼女にかかった。争いの場面をちらりとみると、白鳥が攻撃していたのは小さな黒いカモだった。その瞬間、カモは自由になって飛び上がり、羽を広げ、「奇妙な、恐怖の叫び声」（Ibid.）を上げ、もやのなかに飛び去った。

彼女がバランスを取り、体を安定させた時、白鳥が彼女の上に乗りかかった。白鳥はカモにしたように彼女を下に押しつけたので、モイはバランスを失い後ろに滑ってしまった。白鳥の重く曲がった胸、蛇のような灰色の毛の首、そして怒った顔には目がぎらぎらと光っているのが見えた。彼女は恐ろしい重さを感じ、もがき、叫び声を上げようとした。その瞬間、白鳥は彼女から離れ、翼で激しい水音を立てながら川面を急ぎ、もやの静けさのなかへと飛び立った。

モイはゆっくりと岸に戻ったが、石の上で滑って転び、四つん這いになってしまった。彼女は震えながら立ち上がり、小さなうめき声を出した。彼女のコートは泥と水で重たくなっていた。コートを脱ぎ、スカートから水を絞りだそうとした。彼女は自分が泣いているのがわかった。涙を流しながら、彼女は自分が白鳥を傷つけなかったことを願った。彼女はコートを着て、うなだれながら階段を登ったが、自分のハンドバッグと画集のことを思い出し、また階段を降りた。泥だらけの手からしずくが絵の上に落ちた。階段を上って歩き始めたが、道行く人々が彼女をじろじろ見て振り返った。こんな姿ではバスに乗ることもできないと思い、彼女は泣き続けた。濡れたコートが重かった。

モイは勇気を出してバスに乗り、家に帰ってきた。ルイーズは彼女の様子に驚き、すぐに風呂に入るように言い、モイを二階へと連れていった。モイは白鳥と戦った理由を話しながら、また泣き始めた。彼女が着替えをし、風呂から出てきて、皆に自分の冒険の話をしていた時、アナックスがいないことに気づいた。「アナックスはどこなの。彼にも聞いて欲しいのよ！」（Ibid. p.177）とモイが言うと、セフトンが「たぶん自分の部屋にいるのよ」（Ibid.）と言って、探しにいった。しかし、アナックスはいなかった。するとアーレフが「彼はキッチンにいたわ」（Ibid.）と言った。アナックスの朝食を忘れていたので、セフトンが作っていたのだという。それを聞いたモイは飛び上がり「アナックス、アナックス！」（Ibid.）と呼びながら、皆と一緒にキッチンに急いだが、アナックスはいなかった。庭にいるのかもしれないと探しが、そこにもアナックスはいなかった。

彼らは家のなかをすみずみ探したが、アナックスを見つけることができなかった。とうとうアーレフが「モイがちょうど帰ってきた時、彼は外に出たに違いないわ」（Ibid.）と言った。ドアを開けたままにしておいたのだと言う。そしてセフトンが、「ベラミーの前のフラットに行こうとしているのよ」（Ibid.）と言った。ルイーズが「いいえ、近くでうろついているだけよ」（Ibid.）と言うので、彼らは道路に出て、アナックスの名を呼びながら探したが、見つけることができず、惨めな様子で家に帰ってきた。「とにかく」（Ibid.）、「彼は首輪をつけているわ」（Ibid.）とルイーズが言った時、セフトンが「悲痛な叫び声」（Ibid. p.178）を上げた。アレックスが庭で穴を掘り、首輪を汚したので、洗うためにはずしたのだと彼女は言った。彼らが嘆き悲しみ、どうしたらよいか思案している時、モイがいないことに気づいた。彼女は自分の部屋に行き、泣いているのだろうと皆は思ったが、彼女はどこにもいなかった。「彼女もまた消えてしまった」（Ibid.）。

アナックスの逃亡と帰還

「多くの動物は彼らの感情の構造の一部になる記憶を持っている」（Roberts, *Animal Minds* p.225）。アナックスはベラミーとの記憶ゆえに、ルイーズの家を逃げ出す日を待っていた。アナックスは自分を連れて帰るためにベラミーがやって来ないということがわかると、「逃亡」（Murdoch, *GK* p.182）するという考えに取りつかれるようになった。「彼は静かでとても用心深かった」（Ibid.）。モイが自分を理解してくれているのをわかっていたが、時に、彼女を咎めるように見ずにはいられなかった。他の家族も彼はそれなりに好きだったが、彼らは「よそ者」（Ibid.）だった。時には、アナックスは「幸せ」（Ibid.）だという振りをした。ほんのしばらく忘れてしまって、幸せだと感じたが、そのすぐ後で彼は「深い悲しみ」（Ibid.）を思い出した。「自分が愛し、自分の命を捧げた人を奪われる」（Ibid.）どんな理由も、彼は思い浮かべることができなかった。自分の主人が自分を「拒否」（Ibid.）したり、自分のことを「価値がない」（Ibid.）と思ったということも、彼は信じることができなかった。ほんの最近、自分が戻れないのなら、「主人」（Ibid.）を探すのは自分だということにアナックスは気づいた。自分の主人が「どこかで困っていて、もしかしたら捕われてもいて、待っていて、恵まれていなくて、慰められていないかもしれない」（Ibid.）のだ。アナックスがこのように思うのは、「イヌが人間の感情の表現を理解する度合いは、ほとんど奇蹟といっていいくらいである」（ローレンツ『人イヌにあう』二一三頁）からだ。アナックスには計画など何もなかったが、「自由になればすぐに導かれるだろういうことを彼は知っていた」（Murdoch, *GK* p.183）。

水をしたたらせ、泣きながら立っているモイの姿を家族が見た時、大騒ぎが起こった。皆が彼女を風呂に入れるために二階へ上がっていった時、アナックスは玄関のドアが開けたままになっているのを見た。彼は一瞬躊躇したが、外へ飛び出し、右に曲がり、迷路のような道路を走っていった。動物は「言語、テクスト、あるいは、抽象的な思考への接近方法をたぶん持たない本能的な存在」（Weil, *WASN* p.23）である。アナックスを突き動かしているのは動物の本能であるが、マードックはそれを様々に呼ぶ。

アナックスは自分の「コンピューターの案内」(Murdoch, *GK* p.184) に従いながら、最初の目標であるケンジントンガーデンに着いた。ラウンドポンドで冷たい濁った水を飲んだが、朝食を食べておらず、彼は空腹だった。自分が首輪をしていないことに気づいていて、「彼は服を着ていなくて、安全でないように感じた」(Ibid.)。犬が遊んでいたのでちょっと止まって、彼らと遊ぶ振りをしたが、「アナックスは他の犬はあまり好きではなく、みんな劣った種だと思っていた」(Ibid. p.185)。近くで庭師が枯れ葉を燃やしていた。その強い臭いと冷たい霧の臭いが混じり合っていた。アナックスはくんくんと臭いを嗅ぎ、長い草のなかで立ち止まった。突然、彼に道を教えていた「妖精」(Ibid.) が失敗したように見えた。女性が近づいてきて、彼に話しかけ、なでたので、彼はぼんやりとしながら尻尾を振った。長い灰色の鼻をゆっくりを動かしながら、彼はあちこち歩き回った。

ルイーズは彼女に会いにやって来たクレメントに、アナックスが逃げ出し、モイが後を追って走っていったことを伝え、助けを求めた。彼はベラミーがアナックスを散歩に連れていっていた道を思い出し、車で走り回った。モイとアナックスは無事に家に戻っているかもしれないと思ったクレメントが公衆電話ボックスを探している時、彼はモイを見かけたと思い、ブレーキを踏んだ。車から飛び降り、人にぶつかりながら走っていくと、それは確かにモイだった。彼女も彼を見て駆け寄ってきた。モイが「アナックスを見つけたの?」(Ibid. p.189) とクレメントに聞くと、彼は「いいや」(Ibid.) と答えた。そして、セフトンとアーレフがもう見つけたかもしれないとモイに言い、彼女に家に帰るように促した。しかしモイは、「彼はベラミーの家に戻っているに違いないわ。ベラミーが住んでいたところに」(Ibid.) と言って、一緒に帰ることを承諾しなかった。クレメントがベラミーの家まで車で行くことを約束したので、モイは彼の車に渋々乗り込んだ。

アナックスはその時、完全に迷子になっていた。「磁気を帯びた電波」(Ibid. p.190) が止んでしまい、彼が持っていた「断固とした確かさ」（Ibid.）が消えてしまった。「彼は疲れ、空腹で、今では怖くなっていた」（Ibid.）。日が沈み始め、街灯がついた。彼は迷子になったことが恥ずかしくて、どこかに行こうとしている振りをした。雨が少し降ってきた。いつも夜は安全に寝ていたのに、今晩はまださまよっていて、家もない。彼はすべてのものが怖くなり、走り始めた。彼は今や主人もなく、名前もない犬だった。絶望的になって、彼は明るい店のある通りを走り抜け、大きな家とたくさんの木がある暗い通りに走り込んだ。とうとう彼は立ち止まり、息がつまり、ハアハアした。歩道は濡れていて、冷たかった。彼は頭を下げ、ふさふさした尻尾を下げ、ゆっくりと歩き続けた。

その時、傘を差した男が彼の方にやって来た。アナックスは頭を上げ、息を吸い込んだ。男がアナックスの側を通り過ぎた時、アナックスが男のズボンの臭いを嗅いだ。男が立ち止まると、アナックスは顔を上げ、男を見たので、男は前屈みになりアナックスをなでた。アナックスは尻尾を振った。男は犬が主人と一緒にいたこと、名前もアナックスであることを思い出した。そして男は、自分の車で家に連れていってあげるとアナックスに言った。アナックスは男の車に飛び乗ると、助手席に落ち着き、ロンドンの中心部をゆっくりと走る車のなかで眠りに落ちた。

クレメントとモイはベラミーがかつて住んでいたフラットに行って、呼び鈴を鳴らしてみたが、返事がなかった。モイは一晩中フラットのドアのところにいたかった。しかし、クレメントは彼女を説得して家に連れ帰った。モイが家に帰ると、皆は「喜びの叫び声」（Ibid. p.191）をあげた。彼らはキッチンのドアを開けたままにし、玄関のドアも半開きにしたままにしておいた。誰もがアレックスの捜索に疲れ、黙りこくっていた時、突然、素早く、静かに、アナックスが入ってきた。彼は玄関から入り、キッチンへ突進し、セフトンが作ったままにしてあった自分の食事の入ったボールへと急いだ。ルイーズの目に「安堵の涙」（Ibid. p.192）が溢れ、モイがアナックスの脇に跪いた。クレメントがドアを閉めに玄関に行くと、戸口の階段に男が立っていた。「私も入っていいですか？」（Ibid. p.193）と男が言った。その男は、クレメントを殺そうとしたルーカスが見られたと思い、野球のバットで殴ったミア（Peter Mir）だった。ミアが彼らの家の外でぶらついていた時、彼はアナックスと出会っていたのだった。彼らは興奮しながら、その日に起こった「奇蹟」（Ibid.）と「その説明」（Ibid.）の話をした。アナックスはしばらくの間「悪賢い、青い目」（Ibid. p.194）でそれを見ていたが、モイに優しくなでてもらいながら深い眠りに落ちた。

自分の精神的な苦しみを神父に打ち明け、アドバイスを求めてきたベラミーは、神父との面会を求める手紙を出した。「あなたの静かで聖人のような顔は、きっと必要な知恵と勇気を私に与えてくれるでしょう」（Ibid. p.265）と彼は書いた。手紙の返事が来たが、それは意外にも、神父が修道院を出たことを知らせるものだった。彼は修道院を出て、聖職を離れただけでなく、信仰も失ったと書いてきた。そしてその手紙には、ベラミーは生来の「求道者」（Ibid. p.266）なので、「自分自身の道を見つけ出すことができるでしょう」（Ibid.）、「今、私が自分でやらなければならないように」（Ibid.）と書かれていた。また、「自分自身、幸せになりなさい。そして、他の人たちを幸せにしなさい」（Ibid.）、「友人たちの近くの小さなフラットに戻りなさい」（Ibid.）、「正気のしるしとして、あなたの犬のところに戻りなさい！」（Ibid.）と書いてあった。そして追伸には、神父はベラミーの「実在しない信仰」（Ibid.）や「世俗のことを諦めたいという不可能な願望」（Ibid.）に「感銘し、感動して、啓発されさえした」（Ibid.）と書かれており、「あなたは私があなたに教えることができると考えていましたが、ことによるとあなたなのです、私に教えたのは」（Ibid.）と書かれていた。

ベラミーは神父の言葉に従い、預けてあった犬を迎えにいくことにした。彼はモイに手紙を書いた。その手紙で彼は、「私とアナックスが離れたことは、私たち二人にとって間違いであり、無益な悲しみでした」(Ibid. p.374）と書き、自分が「人里離れた不毛の地」(Ibid. p.375）にいる間、アナックスの世話をしてくれたので、「あなた方皆にとても感謝しています」(Ibid. p.374）と書いた。

ベラミーがイーミル（Emil）の運転する車でアナックスを迎えにきた。モイがドアを開け、ベラミーが入ってくると、ソファーの上で丸くなっていたアナックスは、吠えると言うより叫び声を上げて飛び上がり、ベラミーのもとに駆け寄った。アナックスがベラミーに飛びついたので、ベラミーは押し倒されそうになった。ベラミーは床に座り、それから横になって、うめき声を上げ動き回っている犬の体を抱きしめた。モイは二人を置いて、二階の自分の部屋に行った。階下から「歓喜の長い、甲高い、うめくような叫び声」(Ibid. p.376）が聞こえてきた。ベラミーとアナックスが家を出て車に乗り、走り去っていった時、モイは泣いた。

ベラミーとアナックスとモイ

クリスマスが終わり、一月になっていた。ベラミーは今、海の近くのコッテージにいた。最初は、アナックスと二人で住もうとした。しかし、家の様子を見にいった時、コッテージは泥棒にも入られておらず無事だったが、寒く、寂しかったので、彼はクレメント、ルイーズ、モイ、イーミルに一緒に来るようにさそった。画商のイーミルは仕事でまだ来ていなかったが、一日おきに手紙をよこした。ベラミーはダミアン神父の手紙を持っていった。彼はベッドの上に手紙を並べた。アナックスがベッドの上にいて、手紙の上に少し乗っていた。「脇にどきなさい、アナックス」（Ibid. p.463）とベラミーは言って、手紙を読んだ。「出かけて、隣人を助けなさい」（Ibid. p.464）。「いつも祈りなさい。家にいて、自分自身の魂の外に神を探さないように」（Ibid.）。手紙を下に置いた時、ベラミーの目には涙が浮かんだ。彼はそれを手で拭き取った。「夢は終わった」（Ibid. p.465）とベラミーは思った。彼は「愛しい助言者」（Ibid.）から離れ、悲しかった。「自分はしっかりとした、正しい意志を持っているのだろうか」（Ibid.）とベラミーは自問した。彼は今はイーミルを愛していた。イーミルも彼を愛していた。

ベラミーはアナックスを連れて散歩にでた。坂の上まで来て入り江を見下ろした時、アナックスが砂浜にいて、砕ける波に向かって突進し、また戻ってきながら、半狂乱になって吠えているのを見た。アナックスはアザラシに吠えているのかとベラミーは思ったが、そうではなく、人のようなものが白波の立つ海にいた。大きな波が来て、それが視界から消えた時、アナックスが次に来た砕ける波に飛び出した。ベラミーも叫びながら走り、波打ち際まで来たが、何も見えなかったので、オーバーを脱ぎ海に入っていった。しかし、引き波が強く、立っていることしかできなくなり、引き返そうとし始めた時、大きな波が彼の上で砕けた。

ベラミーはバランスを崩し、後ろ向きに倒れて海水で息が詰まり、死を経験した。次の瞬間、彼は自分がまだ生きているのがわかったが、自分の近くに何かがあるのが見えた。彼はその方に手を伸ばし掴むと、それは「人間の腕」（Ibid. p.468）だった。彼はその腕を離さないようにしたまま、荒れ狂ったように腹ばいになって、なんとか立ち上がることができた。彼は烈しく打ちつける波から「重い袋」（Ibid.）のような子供を引きずりあげた。「アナックスは子供を救おうとして溺れた」（Ibid.）と彼は思い、涙が流れた。彼は人が溺れた時にやることになっていることを思い出し、肺から水を出し、口に息を吹き込んだ。彼が少年だと思っていたのはモイだった。モイがかすかにうめき声を上げ、目を開けた。彼は立ち上がり、海を見たがアナックスは見えなかった。

ベラミーの「苦悶の叫び声」（Ibid. p.469）を風が引き裂き、カモメの甲高い声がそれを吹き飛ばした時、彼はアナックスが泡立つ波のなかを泳ぎ、激しく流れる浅瀬から浜まで走ってきて、それから真っ直ぐに立って、体を揺り動かすのを見た。ベラミーは再びモイの側に跪き、座ろうとしている彼女を自分の膝で支えた。彼が「モイ、モイ」（Ibid.）と呼びかけると彼女は震え、小さな声を出して深く息をしたが、息が詰まりあえいだ。そして彼女は、「ごめんなさい」（Ibid.）と囁いた。ベラミーが何か暖かいものを感じたが、それはアナックスが彼の手を嘗めていたのだった。犬は「先天的な、先祖から受け継いだ深い信頼」（Bekoff, *WDH* p.71）を人間に対して持っている。アナックスがベラミーの手を嘗めるという行為も、そのような信頼の現れのようである。我々は「他の人間に対して責任を取るのと同じぐらい真剣に」（Ibid.）、犬に対しても責任を取らなくてはならない。

ベラミーはモイに家に帰ることを促しながら、なぜ泳ごうとしたのかを聞いた。するとモイは、「アザラシだったの、私が――」（Ibid. p.469）と言ったが、言葉を続けず「とても不思議だったわ、水は暖かかった」（Ibid.）と言った。ベラミーは「私にはそうじゃなかった！」（Ibid.）と言って、砂の上に脱いであったコートを彼女が着る手伝いをした。そして彼は、「アナックスが吠えたんだ。本当に彼があなたを助けたんだ」（Ibid.）と言ってアナックスを見ると、アナックスは前を走っていき、てっぺんが平らな岩に登って座った。ベラニーは「見てごらん、モイ。彼は本当に古代エジプトから出てきたみたいだ！」（Ibid.）と言った。

ベラミーは歩きながら、ここであったことは話さないでおこう、仕事を見つけよう、そして「幸せについて、彼は正しかった」（Ibid, p.471）と思った。ダミアン神父が言ったことは「完全になれないと考えて、惨めになるな」（Ibid.）ということなのだ。そして彼は、「モイの世話をしよう。彼女が美術学校に入るのをイーミルが助けてくれるだろう。ひょっとしたら彼女を養子にできるだろう」(Ibid. p.472)と思った。モイは一八歳になったら、インドに行って住むことを考えていると彼に言った。彼は「イーミルと私はインドで幸せになるだろうか」(Ibid.)と思い、「仏教徒になるかもしれない」(Ibid.)と想像し、「時が来たらその問題に対処しよう」(Ibid.)と思うのだった。コッテージの煙突が見え、火がつけられたのがわかった。モイたちがずぶ濡れになっているのを彼らは知ったに違いなかった。「アナックスがニュースを持って、前を走っているよ」(Ibid.)と言うベラミーの言葉で物語は終わる。

アーレフはルーカスと出奔し、セフトンはハービーと結婚することになっていた。母のルイーズもクレメントと結婚することになり、モイは家族のなかで一人になっていた。しかし、アナックスを通してモイはベラミーと繋がることができた。それはアナックスがベラミーとモイに、「こころのかよう友情」を示しているからである。アナックスが二人に示す友情が、ベラミーとモイを繋いでいる。ローレンツが言うように、「私のイヌが私が彼らを愛する以上に私を愛してくれるという明らかな事実は否定しがたいもの」(ローレンツ『人イヌにあう』二二六頁)なのである。

ダミアン神父はベラミーへの手紙のなかで「あなたの犬のところに戻りなさい」と書いた。「ヨブ記」の三九章で、神は様々な動物を例にあげ、「動物たちは神から知恵をさずかり人間の支配がやすやすと及ばない自立した生活を送っている」(メルロ＝ポンティ『知覚の哲学』二九五頁)ことを説いている。ダミアン神父は動物たちが持つ知恵を理解していた。しかし、動物は知恵を持っているばかりではない。「動物は、生の力、動くものの力、目的を与えられているが予見不可能な力を代表し表象している」(レステル『現代思想』二二九頁)。アレックスの「生の力」、「予見不可能な力」が、迷えるベラミーとモイを救い出した。ベラミーはアナックスを手放すべきではなかった。そして、彼がダミアン神父の助言に従って、アナックスを取り戻したことは正しいことだった。「我々の行動、我々の生活、そして我々の運命は、ある程度、動物の影によって導かれている」（Noske, *Social Creatures* p.21）のであり、「我々の人間性は、いわば動物の基盤の上に、生き生きとしたものが加えられて築き上げられている」（Ibid. p.24）のである。

『緑の騎士』にはいろいろなテーマが読み取れるが、このように犬を中心に読んでいくと、この作品は人間と動物の道徳的関係とはどのようなものであるのかを教えてくれる作品であることがわかる。

第二部　ロレンス、マードック、ダンモア、ゲイル

第一章　ロレンスの作品に見られるパルレシアとシニシズム

真理と勇気

フーコーは一九八四年二月にコレージュ・ド・フランスで講演を行ったが、そのテーマは前年に引き続き、「パルレシア、真理を語ること」（Foucault, *The Courage of Truth* p.1）であった。パルレシア(1)（parrhesia）とは手元の辞典では、ギリシア語が元になったラテン語で、「率直であること、あるいは、言論の自由（**Frankness or freedom of speech**）」（*OED* Vol. XI p.252）という意味である。しかし、フーコーはパルレシアを「真理を語ることの様式」（Foucault, *The Courage of Truth* p.2）だと考える。

フーコーは、「すべての古代の道徳、そして、ギリシアとローマの文化において、人は自分自身について真理を語るべきだという原則が非常に重要だということに気づくことは容易である」（Ibid. p.4）と言う。そしてフーコーは、「自分自身について真理を語るという慣例の形」（Ibid.）の分析を「『汝自身を知れ』のソクラテスの公理」（Ibid.）と関係づけて分析するという傾向が絶えずあると言う。

ソクラテスは、真の知恵とは自分が無知であることを自覚することだ説き、それを若者たちに伝えようとした。しかし、彼の言動はアテナイ市民に受け入れられず、告発され、処刑された。ソクラテスを見ればわかるように、パルレシアスト（parrhesiast）とは「真理を語ることによって、自分自身と自分の他者との関係を危険にさらす勇気のある人」（Ibid. p.14）である。すなわち、パルレシアは「ある形の勇気を必然的に含む」（Ibid. p.11）のである。「パルレシアは、民主主義において、それを利用したいと思う者の側に勇気を要求し、その勇気は尊重されないかもしれないのだから、危険に見える」（Ibid. p.37）とフーコーは言う。

パルレシアストとしてのロレンス

ロレンスは一九一五年二月にオットリン（Ottolin Morrell）を通じてラッセル（Bertrand Russell）と知り合った。ロレンスはラッセルの興味を引きたくて、哲学を書き始める。ロレンスはその年の七月一九日にオットリンに宛てて、自分が哲学を書き直していることを知らせ、「自分が何を知っているか、何が真実かということについて確信している」（Lawrence, *Letters* II p.367）ので、「最終的には何も怖くはありません」（Ibid.）と書いている。

ソクラテスは自分が無知であることを知っていたのに反し、ロレンスは自分が真理を知っていると「確信」していた。真理を認識するということに関しては、ロレンスはソクラテスとは違うが、ロレンスもまたソクラテスと同様、「真理を語ることによって、自分自身と自分の他者との関係を危険にさらす勇気のある人」であったと言える。

ハイデッガー（Martin Heidegger）が言うように、人間には「真理への意志」（ハイデッガー『ニーチェⅡ』四二頁）がある。真理とは「すべての営み、すべての願望と贈与、経験と建設、苦悩と克服において、それが主宰することを人間が要求するところのもの」（同）なのである。しかし、ロレンスは真理を「願望」するのではなく、「確信」していると言う。彼は自分が真理だと信じているものを語ろうとするのであるが、そのようなことはソクラテスの例を見てみても、「危険」であった。

ロレンスはラッセルと一緒に講演会を開くことを計画していたが、彼は一九一五年七月八日頃、ラッセルが送ってきた「社会改革の哲学」という題の講演の梗概に走り書きをしてしまった。ロレンスはそのことをラッセルに告げて、

　あなたの作品中に走り書きをしてしまったことを怒らないでください。でも、あなたの言っていることは、みな社会批評で、社会改造ではありません。もし、社会改造にしたいと思うなら、他の要素に飛び込まなければなりません。……

　第一にあなたは、我々すべてのなかの基本的な衝動から始めて「真理」に移るということを認め、認識し、覚悟しなければなりません。基本的な情熱もです。人間の最も基本的な情熱。運動の総体、目的の一致、建設における統一のための。これが建設の本質です。後はすべて批判、破壊です。

　どうか、この論文を準備してください、神の愛のために。でも、もっと深遠に、もっと哲学的にしてください。通俗的なものにしないでください、通俗的なものには。……

　とりわけ、私の走り書きに怒らないでください。でも、とりわけ、どうかこの講演をやってください。私は宗教について講演を、あるいは、説教をしなければなりません。自らを現さなければなりません。

（Lawrence, *Letters* II p.361）

と書いている。ロレンスは、ラッセルの梗概が自分の望んでいたようなものでなかったのが不満であった。この件に関し、ラッセルはオットリンに宛てた手紙のなかで、「ロレンスは、予見していたように、私の講演の梗概にむかついたようだ」(Russell, *Letters* p.43) と不快感を示している。そしてラッセルは、ロレンスの真理は「単に彼の想像力を真理と間違えたいという衝動のように思えます」(Ibid.) と書き、ロレンスの言うことに納得がいかないことをオットリンに伝えている。

自分の言っていることが正しいと信じているロレンスは、七月一四日頃、ラッセルに宛てて、

あなたは講演を書いていますか。私は哲学を書くのをやめました。でも、私の心のなかでは一生懸命続けています。秋には自分の声を拾い上げて、離すのではなく、あなたのに繋げるでしょう。私の哲学は間違っていました。あまりにもキリスト教的でした。古代ギリシアの人々が私の魂を浄化してくれました。私は神に関することはすべて捨てなければなりません。

あなたは民主主義をすべて捨てなければなりません。あなたは「人民」を信じてはなりません。ある階級は他のよりもよくはありません。「知恵」あるいは「真理」の実例があるに違いありません。労働者階級は労働者階級のままにしておきなさい。それが真理です。(Lawrence, *Letters* II p.364)

と書く。

ラッセルは一九一二年一月に出版した『哲学入門』で、「哲学的知識は科学的知識と本質的にはかわらない。科学ではなく哲学に対してだけ開かれた特別な知恵の源など存在せず、哲学の成果は、科学が得たものと根本的

に異なるわけではない」（ラッセル『哲学入門』一八二頁）と述べている。また、ラッセルは「私は民主主義を確固として信じている」（Russell, *Portraits* p.112）と「記憶による肖像画」（'Portraits From Memory,' 1953）のなかで書いているが、真理と民主主義に対するロレンスとラッセルの見解の相違は決定的であった。ロレンスはラッセルの不興を買い、結局、講演会はラッセル一人で行われ、成功裏に終わる。

ロレンスは、自分を認めてくれなかったラッセルやオットリンへの腹いせに、彼らを戯画化した小説『恋する女たち』（*Women in Love*, 1920）を書いた。そのような彼から、友人たちは去っていった。そしてロレンスは、自分の反民主主義の思想を、いわゆる指導性小説三部作、すなわち、『アロンの杖』（*Aaron's Rod*, 1922）、『カンガルー』（*Kagaroo*, 1923）、『羽鱗の蛇』（*The Plumed Serpent*, 1926）のなかで表そうとする。しかし、メキシコでロレンスは重い病気になり、医者にかかると、結核と診断された。彼は嫌っていたヨーロッパに戻ってくる。そして彼は、『チャタレー卿夫人の恋人』（*Lady Chatterley's Lover*, 1928）を書くのである。それが彼の最後の小説になった。

優しさへの勇気

フーコーは、「古代の文化、そして、それゆえキリスト教よりかなり前、自分自身について真理を語ることは、数人の人々が関係する活動、他の人々との活動、そしてさらにはっきり言うと、一人の他者との活動、二人のための実践であった」（Foucault, *The Courage of Truth* p.5）と言う。「二人のための実践」としてのパルレシアが描かれているのが、『チャタレー卿夫人の恋人』であった。ロレンスはこの小説のなかで「優しさへの勇気」を唱える。

メラーズ（Oliver Mellors）が「私は世界を信じないし、お金も信じない。進歩も信じないし、文明の未来も信じない。――もし、人間に未来があるなら、今よりもとても大きな変化があるはずだ」（Lawrence, *LCL* p.277）とコンスタンス（Constance Chatterley）に言う。コンスタンスが「本当の未来はどんなものになるはずなの？」（Ibid.）と聞くと、彼は「神のみぞ知るだ」（Ibid.）と答える。そのようなメラーズにコンスタンスは、「他の男が持っていなくて、あなたが持っているものを教えてあげるわ。それが未来を作るのよ」（Ibid.）と言う。教えてくれと言うメラーズにコンスタンスは、「それはあなた自身の優しさへの勇気なのよ」[2]（Ibid.）と言う。コンスタンスにとって、メラーズが彼女の性器に触れ、かわいいと言うことは優しさなのである。すると、メラーズは思い当たり、「私はそれを男たちに対して知っていた。私は彼らと肉体的に接触していなければならなかった」（Ibid.）と言う。そして、「自然な肉体の優しさ。それが最高なんだ。男たちの間でさえ。適切で、男らしいやり方で。それほど猿みたいではなく、彼らを男らしくするんだ。ああ！　それが優しさなんだ」（Ibid.）と言う。

この言葉について批評家スピルカ（Mark Spilka）が、「優しさが勇気を必要とするというのは印象的な点である。それは優しさが恐怖心を喚起するということ、優しい感情がどういうわけか恐ろしく、表現するのが難しいということを意味するのだ。そのような恐怖は珍しくない」（Spilka, *Renewing the Normative* p.71）と述べている。確かに彼が言うように、優しさは「恐怖心を喚起する」。例えば、軍隊などでは、強く、闘争的であることが求められる。そのような場において、優しさは気弱さに通じ、優しさを「表現」したら戦場では死ぬことになるかもしれない。しかし、優しい感情が「どういうわけか恐ろし」いものであるので、それを表現するのに「勇気を必要とする」のではない。優しさが「恐怖心を喚起する」のは、それが力を持っているからである。それは太陽の光のようである。太陽が生きものに対して恵みを与えると同時に、暴力的な力をも発するように、優しさは人を生かしもするし、殺しもする。それゆえ、それを表現しようとする時、「勇気を必要とする」のである。

ロレンスは「今日では、性の行為そのものよりも、性を十分に、意識的に認識することのほうがもっと重要なのである」(Lawrence, *LCL* p.308)と言ったが、勇気を持って他者に触れ、他者の「自然な肉体の優しさ」を「認識すること」が人間の「未来」に通じると彼は考えた。性的な接触が人間を救うと説いた『チャタレー卿夫人の恋人』は発禁処分になったが、ロレンスの真理を述べようとする勇気は、『チャタレー卿夫人の恋人』の後で書いた『アポカリプス』でも見ることができる。

冷笑家としてのロレンス

「私は世界を信じないし、お金も信じない。進歩も信じないし、文明の未来も信じない」と言うメラーズは、社会に対して悲観的であり、冷笑的である。フーコーは、「シニシズムは古代の哲学において、いわば割れた鏡であろう」(Foucault, *The Courage of Truth* p.232)と言う。すなわち、「その鏡によって、あらゆる哲学者が自分自身を認識できるのであり、認識しなければならない」(Ibid.)からである。しかし、「哲学者はこの鏡のなかに、しかめ面、暴力的で、醜く、見苦しい奇形に似た何かを見る」(Ibid.)のだという。

またフーコーは、「シニシズムとは逆の効果を持った折衷主義である」(Ibid.)と言う。折衷主義とは「一つの時代の、異なった哲学の最も一般的で、最も伝統的な特性を結びつける思考、言説、哲学の選択の形」(Ibid.)であり、「すべての人に受け入れられることが可能である」(Ibid.)。そして彼は、シニシズムは「同時代の哲学に見出される、最も基本的な特性のいくつかを取り上げる」（Ibid. pp.232-33）ので折衷主義なのであるが、「この特性の再利用を、哲学的一致を確立するにはほど遠い、衝撃的な実施に変え、むしろ哲学的実施における奇妙さ、外面性、そして、敵意や戦争さえも作り出すので、逆の効果を持っている」（Ibid. p.233）と言う。

フーコーは、「冷笑家の真理への勇気は、人々が受け入れているもの、あるいは、信念のレベルで受け入れていると主張するものの、まさにその出現を彼らに非難させ、軽蔑させ、そして、侮辱させることから成り立っている」（Ibid. p.234）と言う。それゆえ、「それは、思考においては受け入れ、尊重しているもの、そして同時に、自分たちの実生活では拒否し、軽蔑しているもののイメージを彼らに提示した時、彼らの怒りに直面することを必然的に含む」（Ibid.）のである。このような「冷笑家の真理への勇気」をロレンスは死の直前まで持ち続けた。先ほど触れた『アポカリプス』で重要なのは、最終章である。なぜロレンスがこのような最終章を書いたのかは、彼がラッセルに宛てて書いた手紙を見るとわかる。ロレンスは、

> あなたの国家についての講演では、現存している民主主義、新興の思想を批判しなければなりません。それは我々の敵です。現在の段階は今、崩壊状態にあります。我々が急いでしなければならないことは、この新興の民主党が政権の座につくことを妨げることです。政権を労働者階級に与えるという考えは間違っています。
>
> （Lawrence, *Letters* II p.365）

と書いた。ラッセルにとって「労働者階級」は「思考においては受け入れ、尊重しているもの」であった。彼は政治の民主化を目指したフェビアン協会（Febian Society）のメンバーであり、フェビアン協会や独立労働党が協

力して一九〇六年結成した労働党に、第一次世界大戦後、入党し、一九二二年と二三年に労働党から下院議員に立候補して、落選している。ラッセルが自ら立候補したのは、実際は彼が労働者を「拒否し、軽蔑して」いたからではなかったのか。ロレンスの言葉はラッセルが自分の心に秘めていたもの、すなわち、労働者階級への危惧をあぶり出した。それがラッセルを怒らせたのである。

『アポカリプス』で、ロレンスは箇条書きで哲学的に論じていく。

一　誰も真の個人ではなく、個人になりえない。たとえできたとしても、集団の人間はごく小さな個体としての存在のみを持つ。……

二　国家、あるいは、集合的全体として社会と呼ばれているものは個人の心理学を持つことができない。……

三　国家はキリスト教徒になることはできない。どの国家も権力である。……

四　どの市民も世界的権力の一単位である。人は純粋なキリスト教徒と純粋な個人になることを望むことができる。しかし、人は政治的国家、すなわち、共同体の一員でなければならないので、現世的な権力の単位になることを強制される。

五　市民として、集合的存在として、人は権力感覚を満足させようとする。……民主主義においては、脅しが必然的に権力に取って代わる。脅しは権力の否定的な形である。……

六　自分の個人的自我のみを尊重し、集合的自我を無視するということを個人の理想とすることは、結局は命取りになる。……民主主義の人間は、団結と抵抗、「愛」の団結力と個人の「自由」の抵抗力によって生き

> ている。愛に完全に屈するということは吸収されてしまうということである。それは個人の死である。なぜなら、個人は自分自身を保っていかなければならないからだ。さもないと、個人は「自由」で個人的であることをやめてしまうのだ。その結果、驚き、うろたえることには、我々は、我々の時代が証明したことを、個人は愛することができないということを知るのである。個人は愛することができない。これを公理としよう。……キリスト教徒は愛する勇気がない。なぜなら愛はキリスト教の、民主主義の、現代のもの、個人的なものを殺すからだ。個人は愛することができない。（Lawrence, *Apocalypse* pp.146-48）

ロレンスは個人と集団、国家と宗教、民主主義、自我、自由、愛など現代の様々な問題を取り上げるという折衷的な技法を用い論じていき、「個人は愛することができない」と結論づける。現代人は自分が自由であり、民主主義者であり、人々を愛していると信じている。しかし、「自由」、「民主主義」、「愛」は一種の社会的慣例として人々が信じ、受け入れているだけなのかもしれない。ロレンスは、「人々が受け入れているもの、あるいは、信念のレベルで受け入れていると主張するもの」を徹底的に否定しようとしている。彼の主張は「奇妙」に聞こえる。そしてそこには、それらに対する彼の「敵意」さえ感じられる。

ロレンスは、宣戦布告をするかのように、「我々は誤った立場を放棄しなければならない。キリスト教徒としての、個人としての、そして、民主主義者としての、誤った立場を放棄しよう」（Ibid. p.148）と人々に呼びかけ、

> 私の目が私の一部であるように、私は太陽の一部である。私が大地の一部であることを私の足は完全に知っ

ている。そして、私の血は海の一部である。私の精神が私の国家の一部であるように、私の魂は、偉大な人間の魂の有機的な一部である。私自身のまさに自我において、私は私の家族の一部である。私の精神を除いて、一人で、絶対である私はいない。そして我々は、精神がそれ自体では存在しないことを知るであろう。それは海面の太陽の輝きにすぎない。（Ibid. p.149）

と言って、我々の精神の存在をも否定してしまう。ハイデッガーが「ヒューマニズムとは、すなわち、人間が人間的なものであるようにと、……人間の本質から外れたものではあらぬようにと、思いを致し、気遣うことにほかならない」（ハイデッガー『「ヒューマニズム」について』三〇頁）と言っているが、ロレンスは「人間の本質から外れたもの」を故意に提示し、「人間的なもの」を完全に否定することで、「とても大きな変化」を起こそうとしているかのようである。

そしてロレンスは、『アポカリプス』を次のように終える。

だから私の個人主義は実のところ幻想である。私は偉大な完全なものの一部であり、決して逃げることはできない。しかし、私は私の繋がりを否定し、壊し、一つのかけらになることができる。その時、私はひどく不幸である。

我々が欲しているのは、我々の偽りの、非有機的な関係、特に金銭に関係したものを破壊し、生き生きとした有機的な関係を宇宙、太陽、そして大地と共に、人類と国民と家族と共に再び作り出すことである。太陽と共に始めよ。そうすれば他のことはゆっくりと、ゆっくりと生じるであろう。（Lawrence, *Apocalypse* p.149）

メラーズは、「私は世界を信じないし、お金も信じない。進歩も信じないし、文明の未来も信じない」と言ったが、『アポカリプス』でロレンスは、すべての「繋がり」を否定し、「一つのかけら」になり、「私はひどく不幸である」と言う。冷笑家としてのロレンスがここにいる。

しかし、ロレンスは単なる冷笑家ではないだろう。それは、彼が「太陽」を信じているからである。この時、ロレンスが思い描いていたのは、彼が短編小説「太陽」（'Sun,' 1926）で、病んだ女が療養に行き、陽光のなかに横たわる次の場面に見られる太陽であったろう。それはこのように描写されている。

彼女は太陽の光が彼女の骨にまで、いや、もっと奥深く、彼女の感情や思考にまでしみ込んでいくのを感じることができた。彼女の感情の陰鬱な緊張が緩み始めた。彼女の思考の冷たい固まりが溶け始めた。彼女はすっかり暖かく感じ始めた。うつぶせになり、彼女は肩を、腰を、腿の裏を、かかとまでも日光のなかで溶けるままにさせた。そして彼女は、自分に起こっていることに驚いて、失神したように横たわっていた。彼女の疲れた、冷えた心が溶けて、そして、溶けながら、蒸発していった。（Lawrence, CSS II pp.530-31）

太陽は病んだ女の「感情や思考」を溶かし、彼女の肉体を再生させた。『チャタレー卿夫人の恋人』で、コンスタンスがメラーズの肉体の暖かさに癒されたのと同じである。『チャタレー卿夫人の恋人』、『アポカリプス』はパルレシアスト、冷笑家としてのロレンスがよく表れている作品であるが、これらの作品がシニシズムだけで終わっていないところに、ロレンスのロレンスらしさがあるのかもしれない。

注

（1）「パルレシア」の表記は山川偉也『哲学者ディオゲネス　世界市民の原像』（講談社学術文庫、講談社、二〇〇八年）に拠る。

（2）「それはあなた自身の優しさへの勇気なのよ」と筆者が訳した原文は"It's the courage of your own tenderness."である。これを伊藤整は「それは、あなた自身の、優しさという勇気よ」（伊藤整訳　伊藤礼補訳『完訳　チャタレイ夫人の恋人』新潮文庫、新潮社、平成八年、五一三頁）と訳した。また、武藤浩史は「それはあなたの優しさが持つ勇気なの」（武藤浩史訳『チャタレー夫人の恋人』ちくま文庫、筑摩書房、二〇〇四年、五五三頁）と訳した。'courage' の英語の定義は 'the ability to do something that frightens one'（*Oxford Dictionary of English* Second Edition）である。すなわち、勇気とは人をおびえさせることを行う能力であり、勇気には向けられる対象がある。それゆえ、筆者は"It's the courage of your own tenderness."を「それはあなた自身の優しさへの勇気なのよ」と訳した。（ちなみに、『新英和大辞典第六版』（研究社）の 'courage' の項には「have [lack] the courage of one's (own) convictions [opinions] 所信［自説］を断行する勇気がある［ない］」という例が載っている。この例にならって"It's the courage of your own tenderness."を訳すと、「それはあなた自身が優しくなる勇気なのよ」となるだろう。）

第二章　マードックの『何か特別なもの』

マードック唯一の短編

マードックの『何か特別なもの』は一九五七年に、ロンドンのマクミラン社から短編集のなかの一編として出版された。しかし、この作品が単行本として出版されたのはマードックが亡くなった一九九九年である。そして、二〇〇〇年には挿絵つきの本が出版された。日本では、一九五九年に英潮社から日本語の注釈がついた英語のテキストとして出版され、一九七二年には、集英社から出版された『現代の世界文学　イギリス短篇二四』のなかに丸谷才一訳が収められている。この作品はマードックの唯一の短編であるが、彼女の評伝を書いたコンラディ（Peter J. Conradi）はこの小説を「詳細で冷静な自然主義という点ではジョイス（James Joyce）を思い起こさせるが、熱情的で思いがけないということは純粋にマードックである」（Conradi, *Iris Murdoch* p.446）と述べている。

ジョイスが『ダブリナーズ』（*The Dubliners*, 1914）でダブリンに住む人々を描いたように、『何か特別なもの』の舞台はダブリンであり、主人公はそこに住む若い女性イボンヌ（Yvonne Geary）である。そして、ジョイスが人々の暮らしを詳細に、冷静に描いたとの同じように、マードックも町並みや人々を詳細に、冷静に描いている。イボンヌは結婚に夢を抱いており、母の勧める結婚相手サム（Sam Goldman）を「特別ではない」（Murdoch, *SS* p.2）と言って拒否するような女性である。しかし、かなり悲惨なサムとのデートから帰宅した後、彼女が下した決断は思いがけないものである。

コンラディがマードックらしい作品だと言っている『何か特別なもの』を、丸谷は「すばらしい出来」（丸谷『文学のレッスン』四〇頁）だと絶賛してる。彼はこの作品の「手法に感心」（同四二頁）し、「おれも書かなきゃいけない」と思うのだと言う。丸谷がこのように言う理由を探ってみたい。

母と娘

物語は、イボンヌの母ギアリ夫人（Mrs Geary）が「なぜ今彼を捕まえないの？」（Murdoch, *SS* p.1）とイボンヌに言う言葉で始まる。彼女は母が経営する店のなかで椅子に座り、恋人サムがやって来るのを待っている。イボンヌが「私は彼が欲しくないの。彼と結婚したくないの。彼は特別じゃないの」（Ibid.）と言うと、伯父のオブライエン氏（Mr O'Brien）は「彼は安定した仕事を持った立派な若者だし、お前と結婚したがっている。それに、お前はもうそんなに若くないんだ。それともお前は一生、お前の母さんの世話になって暮らすのかい」（Ibid.）と説教をする。

ギアリ夫人は、学校でイボンヌの下級生だった二人の名を出し、彼女たちが結婚して三年になったと言うと、彼女は「私はあの二人とは違うの」（Ibid. p.5）と言う。オブライエン氏が、イボンヌはいつも読んでいる女性雑誌に影響されているんだと言うと、ギアリ夫人は彼女がいつも小説を読んでいることに文句を言う。オブライエン氏は「彼は神の選民の一人だ」（Ibid.）、「それで十分特別じゃないのか？」と言った。すると、ギアリ夫人が「そのことをまた言い出さないでよ」（Ibid.）、「彼は子供たちをアイルランド教会に連れてくるわ」（Ibid. p.6）と言った。

オブライエン氏は、愛して結婚できるまで待つのなら、一〇年待って、「ばかげた相手」（Ibid. p.7）と結婚することになるとイボンヌに忠告した。ギアリ夫人が「彼女はまだイングランドの若者に執着しているのよ」（Ibid.）と言うと、イボンヌは「してないわ」（Ibid. p.8）と反論した。オブライエン氏もギアリ夫人もイングランド人のことを良く思っていなかった。しかしイボンヌは、「彼は私に花を買ってくれたわ」（Ibid.）と言って、まだ彼に未練を抱いている様子を見せる。ギアリ夫人は「彼は粋な青年だったわ」（Ibid.）と言うものの、「彼はもういないのよ。近いうちにサムがあなたに何を持ってくるかわかるまで待ちなさい」（Ibid.）と言うのだった。

オブライエン氏はギアリ夫人がダイヤモンドの指輪のことを言っているのだとわかり、「あの男は私たちと同じぐらい貧乏だよ」（Ibid）と言うと、イボンヌは「私たちほど貧乏な人はいないわ」（Ibid.）と言うのだった。ギアリ夫人は「あの人たちが貧乏なんてことないわ」（Ibid. p.9）、「ただそのふりをして、自分たちの仲間にお金を取られないようにしているのよ」（Ibid.）と言った。そして、二人の女性の名前を出し、彼女たちがダイヤモンドの指輪を見せられ、ユダヤ人と婚約したことを告げ、「それが習慣だってわかるわ」（Ibid. p.10）と言った。オブライエン氏もギアリ夫人に「きっとあなたが正しいのだと思うよ」（Ibid.）と言い、イボンヌもダイヤの指輪が「少なくとも変化になるわ」（Ibid.）と言った。ギアリ夫人が「ひょっとしたら、彼はまさに今晩、持ってくるわ！」と言うと、イボンヌは「私は思わないわ！」と言い返した。毎年、クリスマスカードを売りにくるリンチ氏（Mr Lynch）がやって来て、イボンヌとギアリ夫人が奥の部屋で、カードを見ながら話をしている時、店にいたオブライエン氏がサムが来たと知らせた。

サムは背が低く、太っていて、ハンサムとは言えない男だった。彼は一番良いスーツを着て、薄い黄色の絹のネクタイをしていた。ギアリ夫人がサムをリンチ氏に紹介した。イボンヌは「私たちクリスマスカードを選んでいるの」(Ibid. p.16) とサムに言い、リンチ氏に他のカードも見せてもらった。イボンヌが「私はこれが一番好きだわ」(Ibid.)、「見て、サム、あれかわいいじゃない?」(Ibid. p.17) と言って、金色の枠がついたカードを持ち上げると、ギアリ夫人は「あなた方二人は直ぐに出かけた方がいいわ」(Ibid.)、「クリスマスのものでサムをわずらわせるのはやめなさい」(Ibid.) と言った。サムは「私は気にしません」(Ibid.) と言い、「私はいつもクリスマスをあなたがたと同じように祝いますよ、ギアリ夫人。私はそれを一種の紋章だと思っています」(Ibid.) と言うのだった。

バーでの騒ぎ

イボンヌとサムはギアリ夫人に見送られ店を出た。イボンヌはサムの腕を取らずに歩いた。サムは海辺を歩くことを提案したが、イボンヌが「あそこは風が強いし、この靴では岩の上を歩けないわ」(Ibid. p.18) と言った。そこで彼らは町に行くことにしたが、その時、海の方から郵便船の汽笛が聞こえた。サムが船が出ていくのを見たがったので、彼らが船の近くまで行くと、船はゆっくりと埠頭から離れ始めたところだった。イボンヌは「私は百回郵便船が出るのを見てきたわ」(Ibid. p.21)、「いつかあれに乗るの」(Ibid.) と言った。それを聞いたサムが「それなら、あなたはイングランドに行きたいんですか?」(Ibid.) と言ったので、イボンヌは大げさに軽蔑するような表情で彼を見て、「魂を持ったアイルランド人で、イングランドに行きたくない人がいるの？」（Ibid.）と言い返した。

その後、二人はキンブルの店に新しくできたラウンジバーに行った。そこは一階がキンブル食料雑貨店で、地下が普通のバーになっており、上階がラウンジバーになっていた。ラウンジバーでサムは、あまり良くないものを薬屋で頼むかのように、低い声でバーテンに注文した。部屋のなかでは、二、三組のカップルが薄暗い光りの下で囁くように話していた。サムが飲み物を持ってイボンヌのもとに帰ってくると、彼女は「あなたは、ここはパブではなく、教会だと思っているんでしょう！」（Iibd. p.24）と言った。サムは「しぃー！」（Ibid.）と言って、彼女を制止したが、二、三人の客が睨んだ。サムはソファーに座っている彼女の横に座ったが、彼女を怒らせずに、できるだけ近くに座ろうとして、ハリネズミのように身を丸め、じわじわと彼女に近づいてきた。彼はグラスをテーブルの上に置き、話し出す言葉を難儀して探しているようだった。彼の青白いずんぐりした手がイボンヌのやせて日焼けした手を優しくなでていた。彼女の手はいつものように大儀そうにそこに置かれたいた。サムはイボンヌを引き寄せ、抱きしめたが、彼女は身を堅くしていた。バーテンがグラスを鳴らすと、部屋の誰もが飛び上がった。

イボンヌは「ここにいると心臓病になりそうだわ」（Ibid. p.25）、「まるでたくさんの死人がパーティーをしているみたい」（Ibid.）と言い、下のバーに行きたがった。サムは「レディーは下へは行かないよ」（Ibid.）と言って反対し、以前行った店にコーヒーを飲みに行こうと言った。しかし彼女は、「あそこはばかばかしいところだったわ」（Ibid. p.26）、「私はとにかく下に行くわ。あなたは好きなようにすればいい」（Ibid.）と大きな声で言うと立ち上がり、ドアの方へ断固とした様子で歩いていった。サムはきまり悪さで赤くなり、飛び上がると、急いで飲み物をひと飲みして、彼女の後について行った。

彼らは鉄の階段を下りていったが、半分ほど行ったところで、イボンヌは躊躇した。「あなたが先の方がいいわ」（Ibid.）と彼女が言ったので、サムはよろけながら彼女の側を通り過ぎて、バーの黒いドアを押し開けた。彼もバーに入ったことがなかった。ピアノのたたきつけるような曲が、人の声のやかましさに吸い込まれているバーにイボンヌが入っていくと、中央の丸いバーで飲んでいた男たちが彼女をじろじろ見た。最初、女性はいないように見えたが、暗いアルコーブに一人か二人の女性が潜んでいた。彼女が勝ち誇ったように、「ここに女性がいるわ！」（Ibid. p.27）と叫んだので、サムは「いい女性たちじゃないよ」（Ibid.）と言った。

サムが人をかき分けバーに行って、やっとウイスキーを買ってくると、イボンヌは「ここは上よりずっといいじゃない？」（Ibid. p.28）と叫んだ。彼女が「とても騒がしい、酔っぱらいの光景の一部」（Ibid.）になっているのを楽しんでいると、騒ぎが始まった。誰かが怒った声で叫び、腕を振り回していた。パブの主人は「また手を挙げたら、お前を通りに出す！」（Ibid. p.29）とさらに大きな声で叫んだ。人々が騒ぎを見ようと集まってきた。サムは「急いで行った方がいい」（Ibid.）と言ったが、彼女は「ああ、だまってよ！」（Ibid.）と言うと、目を輝かせて騒ぎを見ていた。

酔っぱらいは背の高い若い男で、何かを言おうとしていたが、言えないでいた。すると男は、喧嘩相手に腹を突かれ、バランスを取ろうとして身をよじったので、イボンヌと向かい合ってしまった。若い男は彼女に「花はみんな散ってしまったと思ったが、ここに蕾のバラがある」（Ibid. p.30）と言った。それを聞いた女が、「親切な紳士にいい返事をしてあげなよ」（Ibid.）とイボンヌに言った。酔っぱらいは「若いレディーをほっとけよ」（Ibid. pp.30-33）、「彼女はお前と同類じゃない」（Ibid. p.33）と言って、女が髪に差していた赤いカーネーションをむしり取ると、イボンヌのコートの胸に突き刺した。イボンヌは驚いて飛び退くと、大きな拍手が起こった。すると、花を取られた女は酔っぱらいの顔を平手打ちした。「猿のような腕」（Ibid.）をした女の連れが、イボンヌの胸から花を取り戻し、彼女を押したので、イボンヌは壁へと飛ばされた。人々はよく見ようと椅子の上に登ったので、「にやにやした、ひげを剃っていない顔が列になって、もやのなかから彼女をじっと見下ろしていた」（Ibid.）。イボンヌは真っ赤になり、タイルに釘づけにされたかのように壁に寄りかかり、動けないでいた。その時、サムが彼女の手を取り、素早くバーの外に連れ出した。重いドアが閉まる前に、女が「二階の方が安全だよ、だんな」（Ibid.）と叫ぶ声が聞こえた。

イボンヌは歩道に出ると、もぎるようにしてサムの手から自分の手を引き離し、ノウサギのように走り出した。やっとのことでサムがイボンヌに追いつき、大丈夫かと聞くと、彼女は疲れた声で、「ああ、黙っててよ。こんなことはもう十分。市電のところまで行きましょう」（Ibid. p.37）と叫んだ。サムが「まだ行かないで。私があんなことを忘れさせてあげるよ。あんなことがあったままで君が行ってしまったら、君は私を絶対に許してくれないだろう」（Ibid.）と言った。すると、イボンヌは「あんなの重要なことじゃないのよ」（Ibid.）と言い、「特にすてきな晩」（Ibid. p.38）になるかもしれないと思っていたのに、「みんなが私を馬鹿にした」（Ibid.）からとだ答えた。サムはまだ最終電車ではないから、「特別な晩」（Ibid.）になると言い、「あなたに見せなければならない特別なものがある」（Ibid.）と言って、彼女をどこかに連れていこうとした。

何か特別なもの

イボンヌは歩くのに疲れ、どこに行くのかとサムに聞いた時、彼は柵の切れ目を指さし、「ここから庭のなかに入れるよ」（Ibid. p.39）と言った。彼女はそこが公開されていない場所だとわかり、入ることを拒んだ。しかし、サムは穴に足を入れると、屈んで向こう側に入り、彼女を引っ張り入れた。彼女は湿った藪のなかにいるのに気づき、「ここは怖いわ。ストッキングが破れているわ！」（Ibid. p.40）と小さな声で叫んだ。サムは彼女の手を取り、抱くようにして彼女を芝生の上に置いた。湿ったスポンジのような表面を数歩行くと、今度は足下に砂利の小道を感じ、二人は月で明るく照らされた水辺に出た。はっきりとした満月に近い月が湖から見えた。

二人は手をつないで、黒い鏡のような湖を見ていたが、イボンヌは神経質そうにあたりを見回し、「こんな風にしてここにいるのいやだわ。誰かに見つかるわ。お願いだから戻りましょう」（Ibid. pp.40-41）と言った。サムは勝ち誇った優しい声で、宥めるように「私があなたの世話をしてあげるよ。いつもあなたの世話をしてあげるよ。ただあなたにすてきなものを見せてあげたかったんだよ」（Ibid.）と言った。彼が数歩進んだので、彼女がついて行き、彼の顔を見上げると、彼は「ここだよ」（Ibid. p.41）と言った。彼女が「どこなの？」（Ibid.）と聞くと、彼は「ここだよ、見て――」（Ibid.）と言って暗い影の方に手を伸ばした。イボンヌは暗闇に怪物のようなものを見たので、後ずさりした。それは、湖の側の小道に横切るようにして倒れている木だった。その木のてっぺんの枝は湖面に触れていた。イボンヌが「あれは何なの？」（Ibid.）と不快そうに聞くと、サムは「倒木だよ」（Ibid.）と言って、「何の種類か知らない」（Ibid.）とつけ加えた。「彼女は彼の二つの目が、反射した月の明かりのなかで、ほとんど暗闇のなかの猫のように輝いているのを見た」（Ibid. pp.41-42）。

イボンヌが「でも、あなたは私に何か見せてくれるって」（Iibd. p.42）と言うと、サムは「そうだよ。これだよ。かわいそうな木だよ」（Ibid.）と答えた。それを聞くとイボンヌは一瞬物が言えなくなった。市電に乗るのを引き止め、一マイルも歩かせ、ストッキングも破いたのに、彼が自分に見せたかったものが、「この汚い、腐った、ウジのわいた古い木」（Ibid.）だったことに、彼女は息を詰まらせながら怒り出した。彼女の声は高くなり、「月に照らされたサムの顔」（Ibid.）に狂ったように殴りかかった。サムは落ち着いて、「見てごらんよ、イボンヌ。ちょっと落ち着いて見てごらん。とてもきれいだよ。確かに、木がこのように、葉が緑のままで地面に倒れるのは悲しいことなんだけど」（Ibid.）と言って、「でも私のところに来てごらんよ。私たち、この枝のなかで二羽の鳥になるんだよ」（Ibid.）と言った。彼は「彼女の意志」（Ibid.）に逆らって、背の高い扇のように小道を横切って横たわり、カサカサと音を立てている葉なかに彼女を引き寄せた。そして、サムは彼女の頬に優しくキスをした。

イボンヌは彼の抱擁から自由になると、よろけながら後ずさりし、首から葉の茂った枝をはたいて落とした。そして彼女は、「あなたが私に見せたかったのはこれだったの？　こんなの何でもないわ。私は嫌いよ。私はあなたのいやな木なんか嫌いよ。それに土や毛虫や甲虫がドレスのなかに入っちゃうじゃない」（Ibid. p.45）と言って泣き出した。サムも葉のなかから出ると彼女の脇に悲しそうに立って、彼女の手を取ろうとした。彼はその倒木が「わくわくさせる」（Ibid.）ような物ではないが、「美しいと思った」（Ibid.）のだと言う。イボンヌは「私は嫌いよ」（Ibid.）と言うと、泣きじゃくりながら走り出した。

サムは彼女を追って走りながら、「このことで私を責めないで、イボンヌ。悪気はなかったんだ」（Ibid.）と謝った。イボンヌが「ああ、黙ってよ！」と言っても、サムがなおも謝るので、彼女は「泣き言を言うのはやめてよ！」（Ibid. p.46）と言い返した。サムがイボンヌの後について行きながら、彼女の腕に触り、許しを請うていた時、市電がよろめきながらやって来るのが見えた。彼女は彼を見ることもせずに市電に乗ると、上の階に行く階段を素早く上っていった。歩道に残されたサムは、見捨てられたといったように両手を高く上げていた。

市電に乗るとイボンヌはもう泣かなかった。彼女は家に戻ると、バッグのなかをかき回し、鍵を出して、店のなかに入った。彼女がよく知っている「木と古い紙の臭い」（Ibid.）がした。彼女の後ろでは、終バスと終電が音をたてて進み、彼女の前の暗い空間では、もう寝ている母の寝息が聞こえるはずだった。しかし、「店のなかはとても静かだった。そして、棚の上の物は小さな耳を傾けている動物のように、用心深く静かだった」（Ibid. pp.46-47）。彼女は一五分近くもそこに静かに立っていた。

イボンヌが忍び足で奥の部屋に入っていくと、暗闇のなかで服を脱ぎ始めた。母はいつものようにベッドの真ん中に寝ていた。イボンヌがベッドのなかに入ろうと縁に膝をのせた時、母が目を覚ました。母はデートの様子を聞いた。イボンヌは「特別なことはなかったわ」（Ibid. p.47）と答えた。母がさらに聞いても、イボンヌは何もなかったと答えたので、母は怒り出し、もう寝ようと言うと、イボンヌは「私はサムと結婚するわ」（Ibid. p.48）と言った。母が「それでは、彼はお前を説得したんだね」（Ibid.）と言うと、彼女はそうではないが、「私は決めたの」（Ibid.）と言った。母は今日決めた理由を聞きたがったが、彼女は「何にもないの、何にもないの」（Ibid.）と答えた。母が怒り出したので、イボンヌは「悲しいことなの」（Ibid. p.51）とつけ加えた。「ああ、悲しいことなの！」（Ibid.）と彼女は言うと、それ以上何も言わなかった。イボンヌは母に聞かれないように、枕に深く顔を埋めて、泣き始めようとしていた。「長い夜が待っていた」（Ibid.）という言葉で物語は終わる。

イボンヌの涙とガブリエルの涙

イボンヌが悲しみに浸りながら終わるこの物語は、ジョイスの『ダブリナーズ』の最後の物語「死者たち」（'The Dead'）を思い起こさせる。「死者たち」は新年のダンスパーティーが始まる場面で始まる。パーティーの賑やかな様子が描かれ、物語は進んでいくが、パーティーが終りに近くなった頃、ガブリエル（Gabriel）の妻グレッタ（Gretta）が昔知っていた歌を耳にする。二人がホテルに帰ると、グレッタは泣き出してしまう。ガブリエルがその訳を聞くと、グレッタはかつてその歌を歌っていた人のことを考えていたのだという。彼女が祖母と暮らしていた時、彼女はその人と一緒に散歩に出かけていたのだが、彼は一七歳で死んだという。ガブリエルが彼の死の理由を聞くと、修道院に行くことになったグレッタが出発する前日、彼は彼女に会いたくて、祖母の家にやって来たのだという。彼は病気だったので、彼女は彼に帰るように懇願するが、彼は生きていたくないと言って、壁の端にある木の下に立ち続けた。結局、彼は帰っていったが、彼女が修道院に行って一週間後に、彼は死んでしまったのだという。彼女は息が詰まるほど泣きじゃくり、ベッドに身を投げ、顔を布団に埋めて、むせび泣いた。ガブリエルは思わず彼女の手を少し長く握ると、「彼女の深い悲しみ」（Joyce, *Dubliners* p.203）に割り込むのをためらい、彼女の手を優しく置き、静かに窓のところに行く。彼は眠ってしまった彼女の寝顔を見ながら、妻の少女の頃の美しさを思う。彼の心に「奇妙な、親しみのある哀れみ」（Ibid.）がわき起こった。寒気を感じたガブリエルはベッドに行き、注意深くグレッタの脇に横たわった。彼の脇に横たわっている彼女は、最後に見た「恋人の目のイメージ」（Ibid. p.204）を長い間、心に閉じ込めていたのだと彼は思う。そして、「寛容の涙がガブリエルの目に満ちた」（Ibid.）。彼はどんな女性にもそのように感じたことはなかった。しかし、「そのような感情は愛に違いないことを彼は知っていた」（Ibid.）。若者が雨のしたたる木の下に立ち尽くしている姿を想像すると、彼の目にさらに涙が溢れた。「生きている者と死んだ者」（Ibid. p.205）の上に静かに降り積もっていく雪の音を聞きながら、「彼の魂はゆっくりと消えていった」（Ibid.）。

「死者たち」ではグレッタが死んだ恋人を思い出して泣き、彼女の話を聞いたガブリエルも泣く。イボンヌの涙は、グレッタの涙ではなく、ガブリエルの涙と同質のものであろう。昔の恋人が歌っていた歌を聞いたグレッタは感傷的になり、少女のように泣きじゃくり、寝てしまう。そのようなグレッタは、相手のことを考えずに、一人ロマンティックな思いに浸るサムと同じように、独りよがりである。サムに冷淡な態度を取っていたイボンヌが、最後に彼との結婚を決意するのは、ガブリエルがグレッタに感じた「奇妙な、親しみのある哀れみ」をサムに感じたからであろう。ガブリエルは「寛容の涙」を流すが、イボンヌが流す涙もサムに対する「寛容」が潜んでいるのではないだろうか。サムが言った「悲しい」木の話に共感し、泣こうとするイボンヌに、サムへの愛が始まったことを読者は感じ取るのである。

風俗小説として『何か特別なもの』

丸谷は、「イギリスの小説は世態人情を描くことをもってその本筋とする。つまり、風俗小説という性格がその根幹となっていて、たとえ寓話的な処理の場合でも、幻想的、抒情的な作品の場合でも、滅多にこの性格を失うことはない」（丸谷『現代の世界文学』四〇六頁）と述べている。『何か特別なもの』もダブリンの町の様子、若者のデートの様子、人情が描かれた風俗小説である。

そして丸谷は、風俗小説には「精神風俗を含めた広義の風俗への、喜劇的視点と心の優しさとがなければならない」（同）と言っている。「死者たち」では、ガブリエルはグレッタの顔が「もはや美しくない」（Joice, *Dubliners* p.204）とは言いたくはなかったが、彼女の恋人が「死をものともせずに求めた顔ではもはやない」（Ibid.）のを知っていた。このガブリエルの視点に、丸谷の言う「喜劇的視点」がある。そして、グレッタの話を聞いたガブリエルが、雨のなか木の下に立つ若者を思い、涙を流す姿に、彼の「心の優しさ」が現れている。『何か特別なもの』では、物語は最初から最後まで喜劇的に描かれている。サムは終始イボンヌに優しいが、イボンヌはサムに対して反抗的で、高慢でさえある。しかし、そのような彼女が、サムとのデートでの出来事を何も母に話さず、彼との結婚を決めたことを母に話すところに、イボンヌの「心の優しさ」がある。

丸谷が感心しているマードックの「手法」とは、彼女が登場人物の心情を説明せずに、言動のみでそれを読者に想像させている点であろう。「死者たち」では、ガブリエルの目に「寛容の涙」が溢れるが、「そのような感情は愛に違いないことを彼は知っていた」というように、涙の理由が記される。一方、マードックはイボンヌの涙の理由を記述しない。イボンヌはただ「悲しいことなの」と言って、泣き始めることが記される。それゆえ、読者はイボンヌの涙の理由を様々に解釈する自由が与えられるのである。彼女の涙はサムへの愛ゆえなのかもしれないし、サムと結婚しなければ、自分はこの家を去ることができないという「悲しい」現実ゆえなのかもしれないのである。

また、物語を思いがけない展開にするのもマードックの手法の一つである。サムに恋しているとは思えないイボンヌが、サムを置いて一人で帰宅した後、店のなかで町の市電やバスの音を聞き、暗闇のなかの母の寝息を思い、しばし佇んでいる。その時のイボンヌの思いは何も説明されず、彼女はサムと結婚する決心をしたことを母に告げる。これは、阿刀田の言う「どんでん返し」である。阿刀田は「どんでん返しの美学は、ひっくり返ったとたんに……一条の光りが射し込む、その光りの中に、それまでには見えなかったもう一つの人生が、もう一つの人間性が鮮烈に映る、そこにこそあるのではないか」（阿刀田『短編小説のレシピ』二三〇頁）と言っている。

イボンヌが期待していた、サムからの「何か特別なもの」が一本の倒木であったという事実。ロマンティックな気分に浸るサムに怒って、一人で市電に乗り帰ってしまったイボンヌであったが、最後にはサムを受け入れ、結婚しようとする。「特別」な人が現れるのを待っていたイボンヌは、太った、ハンサムではないサムに魅力を感じていない。しかし、一本の倒木を見て悲しいと感じ、葉の茂る枝のなかで寄り添う二人を二羽の鳥に見立てる彼の感性に、イボンヌは反発しながらも引かれたのかもしれない。サムとのデートが悲惨な結果になり、イボンヌは彼と別れるだろうと読者が予測した時に、彼との結婚を決心するという「どんでん返し」に、読者は彼女の「もう一つの人間性」を垣間見るのである。このようなところにも丸谷がこの作品を絶賛する理由があるのではないだろうか。

第三章 マードックにおける偶然の哲学

偶然とは何か

マードックの小説第一作目『網のなか』(*Under the Net*, 1954)は、「偶然が嫌い」(Murdoch, *UN* p.24)なジェイク(Jake Donaghue)を巡って物語が展開する。「偶然」はマードックの小説を考察する時、キーワードの一つとなる言葉であり、たびたび考察されてきた。(1) マードックは「偶然は幻想を破壊し、想像のための道を開く」(Murdoch, *EM* p.293)と言っている。そして彼女は、「現実は定められた統一体ではない。このことを理解すること、偶然を尊重することが、幻想に抵抗するものとしての想像にきわめて重要なのである」(Ibid. p.284)と言う。彼女が「偶然」や「想像」を重視するのは、「偶然は常に、すでに獲得されたものを粉砕する」(Burbridge, *HSC* p.190)からであり、「想像というのは感性というより、理解の一面である」(Hengehold, *The Body Problematic* p.29)からである。また、「想像力という能力以上に自由なものは何もない」(ドゥルーズ『ヒューム』九〇頁)と考える者もいるように、想像力を持つことは自由に繋がる。

偶然を重視するマードックは、ローティー(Richard Rorty)の言うように、「カントに反抗している」(Rorty, *CIS* p.193)西欧の道徳哲学者の一人である。ローティーが言う、「カントに反抗している」とは、「道徳的な熟考は必然的に、一般的な好ましい「非経験的な」信念からの推論という形を取るに違いないというカントの基本的な前提」（Ibid.）に意義を唱えているということである。「信念は現実に一致しない」（Ibid. p.10）ので、「「非経験的な」信念」から、現実世界で有効となる道徳性を導き出すことはできない。

カントは「何ものも盲目的偶然によっては生起しない……という命題は、一つのア・プリオリな自然法則である」（カント『純粋理性批判上』四四九—五〇頁）と言っているが、そのようなカントをマードックは、カントにおいて「偶然性は時間を超越した未知のものという、一般的な抽象的な考えによって、そして精神的、経験的な自我を含めて、知覚できる世界を支配する機械的な因果関係によって表される」（Murdoch, *MGM* p.370）と説明する。

また、「可能性と現実性の統一は偶然性である」（Hegel, *HSL* p.545）と言うヘーゲルにおいて、「偶然性」は「二つの面」（Ibid.）を持っているが、論を進めていくうちに彼は、「それゆえ、現実的なものは可能なことと規定されるので、偶然的なものは必然的である」（Ibid. p.546）と言う。マードックはヘーゲルの偶然性を、「対抗する対象物が主体の理解できる部分であると次第にわかってくるつれて、偶然性は理想的な全体性へと次第に消滅していく」（Murdoch, *MGM* p.370）と説明する。すなわち、ヘーゲルにおいては「必然性は……必然性という形に高められた偶然性にすぎない」（Žižek, *Less Than Nothing*, p.471）のであり、「偶然性とは必然性の契機」（野内『偶然を生きる思想』一一五頁）なのである。

しかし、ウィトゲンシュタイン（Lutwig Wittgenstein）は「論理学の研究はすべての規則性の調査である。そして、論理学の範囲を超えたところでは、すべては偶然である」（Wittgenstein, *TLP* 6.3）と言った。「いわゆる帰納法はどんな場合でも論理的な法則にはなりえない」（Ibid. 6.31）ので、「太陽が明日昇るだろうというのは、一つの仮説である」(Ibid. 6.36311) と彼は言う。彼にとって、「今まで太陽が昇ってきたということから、明日もまた太陽が昇るであろうということを推論するプロセスは、繰り返されてきた慣習によってわれわれの心に植えつけられた心理的傾向性をもつのみ」(山田『ウィトゲンシュタイン』一八七頁) なのである。我々は「古い真理がもはや持ちこたえられない」(Burbridge, *HSC* p.192) 時代へ入ったと言える。

メルロ＝ポンティが、「現代は、おそらく他のいかなる時代にも増して偶然性を経験してきたし、今も経験している」(メルロー＝ポンティ『シーニュ二』一四九頁) というのは「一つの哲学的定式」(同) であると言っている。そして彼は、「進歩には形而上学的必然性は必要ではありません。言いうるのはただ、経験が結局は誤った解決を取り除き、袋小路から抜け出すに到るということはきわめてありうることだということだけです」(同) と言う。彼が言う「進歩」とは、「人間に関する哲学的探求がこの五〇年間に遂げた進歩」(同一二六頁) である。マードックが物語のなかで偶然を描くのは、登場人物たちに様々な事を経験させるためである。

また、野内が「偶然体験はさまざまな余波を残すが、その一つに自己発見がある。偶然を生きるとは他者を媒介として自己を発見することである」(野内『偶然を生きる思想』二〇七頁) と言っている。『網のなか』のジェイクは「偶然体験」を通して「自己を発見」した例である。そして九鬼は、「道徳が単に架空のものではなく、力として現実に妥当するためには、与えられた偶然を跳躍板として内面性へ向かって高踏するものでなくてはならぬ」(九鬼『偶然性の問題』二二四頁) と言っている。「偶然を跳躍板として内面性へ向かって高踏」したのが、『善き見習い』(*The Good Apprentice*, 1985) のエドワード (Edward Baltram) である。

跳躍板としての偶然――『善き見習い』

エドワードは密かにドラッグを入れたサンドイッチを友人のマーク（Mark Wilsden）に食べさせた。マークはトリップ状態になった後、寝てしまった。その時、たまたまサラ（Sarah Plowmain）が誘いの電話をかけてきて、エドワードは彼女の部屋へ出かけた。彼が留守をしていた間に、寝ていたはずのマークが窓から転落し、死んでしまった。警察が呼ばれ、事情を聞かれたエドワードは、マークの求めに応じて彼にドラッグを与えたが、外の空気が吸いたくなって一〇分間、彼を一人にしたと答えた。

エドワードはなぜマークにドラッグを与えたのであろうか。竹内は「科学的な分析対象として捉えるかぎり、人間の行動には説明や予測できない部分が残り、それは外からは偶然としか捉えられないが、本人にとっては内面的必然性に従うものであり、またそれが本人の「主体性」あるいは「自由」を表すものであると思う」（竹内『偶然とは何か』一五七―五八頁）と述べている。そして竹内は、「現在では、少なくとも人間行動の中には各人の主体的な判断と決意に基づいて行動する自由があり、それは科学的客観的分野においては偶然としてしか現れないということにとどめよう」（同一五九頁）と述べる。エドワードが「主体的な判断と決意に基づいて」マークにドラッグを与えたのだとしても、そのようなことをする「自由」は彼にはなかったはずである。

マークの母は、自分の息子はドラッグを嫌悪していたので、自発的に使うことはないと断言し、エドワードが「息子を殺した」（Murdoch, *GA* p.7）と非難した。ウィトゲンシュタインが「われわれは原因に反応する」（ウィトゲンシュタイン『原因と結果』一一頁）と言っている。そして彼は「何かを「原因」と呼ぶことは、指さして

「こいつのせいだ！」と言うことに似ている」（同一一一―一一二頁）と言う。マークの母は息子の死の原因がエドワードにあると思い、「こいつのせいだ！」と責めているのである。また、ウィトゲンシュタインは「もしわれわれが結果を求めていないならば、われわれは、本能的に原因を取り除く」（同一一二頁）と述べている。寝ているマークを一人にしてしまったエドワードは、その結果を想像する「本能的」能力も失われていた。

義父ハリー（Harry Cuno）は「これはお前の人生では小さな出来事だ。ほとんどお前と何の関係もない。後でわかるだろう。人生はすべて偶然だ」（Murdoch, *GA* p.17）と言って、「個人的な地獄」（Ibid. p.8）に落ちたエドワードを慰める。ハリーはエドワードが嘘をついていることを知らなかったが、たとえ知っていても、彼は同じように「人生はすべて偶然だ」と言うであろう。しかし、エドワードはそう思えない。なぜなら、「偶然性は主観的な判断によって左右される」（野内『偶然を生きる思想』一三二頁）からである。「偶然性の認知度は人によって大きな違いがある」（同）のであり、「「偶然」とは誰かの「心の動き」との相関で使われる言葉」（中島『エゴイスト入門』六八頁）なのである。マークの母の非難を受けて、エドワードは事故が偶然であると考えることなどできない。

ハリーが「人生はすべて偶然だ」と言うのは、自分も事故で父を失っているからである。ハリーの父親は風の穏やかな日、一人でヨットに乗って出かけ、スコットランドの沖合で溺死した。父は泳ぎが得意だったので、父の死は自殺ではないとハリーは思っていた。ハリーは「人生はすべて偶然だ」と思うことで、父の死を納得したいのである。ハリーとエドワードは愛する者の死という同じ体験をしたのであるが、「同じ出来事に遭遇しても、Aにとって偶然であっても、Bにとっては偶然ではない」（同六八頁）。愛する者を失い、なおかつ真実を話すことができないエドワードは、罪悪感で苦しむことになる。

エドワードと対照的な人物として登場するのが彼の義兄スチュアート（Stuart Cuno）である。スチュアートは、マークが死んで落ち込んでいるエドワードの部屋に行き、彼と話をしようとする。マークの母がエドワードを非難する手紙を送ってきていたが、スチュアートはエドワードに手紙を読むべきだと言ったり、彼女に手紙を書くべきだと言う。スチュアートが何を言っても、エドワードは聞き入れようとせず、出ていけと言う。スチュアートはエドワードの本棚から聖書を取り出し、ベッド脇の椅子にそれを置いて、部屋を出ていった。

スチュアートは自分の部屋で物思いに耽った。彼は、「私はエドワードを赦すべきだったのだろうか」（Murdoch, *GA* p.52）と独り言を言った。「人生とは救済だ」（Ibid.）ということ、そして、「神のいない世界で、聖職者として一人で生きていくことが自分の運命だ」（Ibid.）ということに、スチュアートはずいぶん前から気づいていた。彼は「簡素と秩序、静かで単調な個人的な生活」（Ibid. p.53）を必要とした。「彼は科学技術や、人間の言語が衰退することや、魂が失われることを恐れた」（Ibid.）。しかし、それが彼を「禁欲主義」（Ibid.）へと向かわせたのではない。「彼は世界を愛したかったが、わなに陥りたくなかった」（Ibid.）。「もつれることなしに愛すること」（Ibid.）は、彼にとって「禁欲」（Ibid.）を意味した。彼にとって「瞑想は避難所であり、静寂であり、浄化であり、滋養を与えることであり、潔白に戻ることだった」（Ibid. p.54）。しかし、「祈りは苦闘であり、熟考であり、自己を考察することだった」（Ibid.）。彼は「超自然的存在」（Ibid.）はいないということを知っていたし、「自分の絶対者」（Ibid.）と「何らかの概念」（Ibid.）を結びつけるつもりはなかった。もし、何かが彼の「師」（Ibid.）であるなら、それは個人的な関係であったり、対等な関係であってはならなかった。彼はすべての「迷信」（Ibid. p.55）を捨てていたが、今もなお「しるし」（Ibid.）を待っていた。このようなスチュアートは、「『非経験的な』信念」から「道徳的な熟考」が可能だと思っているカント的な人間である。

スチュアートが出ていった後、エドワードは死んだマークに話しかけながら、聖書を放り投げたり、衣服を蹴飛ばしたりした。その時、「死者はあなたに話しかけることを望むか?」(Ibid. p.49)と書かれた降霊術の会のカードを偶然に見つけた。彼は「運命的なカード」(Ibid.)をじっと見つめた。このカードは、サラがエドワードの帰り際に、彼のコートのポケットに入れたものだろうということは容易に想像がついた。しかし、彼はそれを「跳躍板」にして、自分が入り込んでいる「袋小路」から抜け出そうとしたのである。

ケイド夫人(Mrs Quaid)の降霊術の会で実の父の声を聞いたと信じたエドワードは、父ジェシー(Jesse Baltram)に会いにいこうと思った。しかし、その手段が見つからないまま、父に会いたいという思いも薄れ始めていた頃、父の住まいであるシーガードへの招待の手紙が偶然やって来た。しかしそれは、エドワードの叔父トマス(Thomas McCaskerville)がジェシーの現在の妻メイ(May Baltram)に手紙を書き、意気消沈しているエドワードを招待するように示唆したゆえに送られてきたのだということが後にわかる。メイがエドワードに手紙を書いた原因はトマスの手紙であったが、実際に彼女が手紙を書くという確証はない。しかし、エドワードのもとに手紙は来た。これはヘーゲルの言う、「可能性と現実性の統一」としての「偶然性」と言えるであろう。

エドワードは父ジェシーに会うためにシーガードに行った。しかし、そこに父はいなかった。彼は父の帰りを待つことにする。ある日、メイと娘のベティナ(Bettina Baltram)が町へ必要なものを買いに車で出かけた。エドワードが野菜畑にいると、娘のイロナ(Ilona Baltram)が川へ通じる小道を歩いているのを見つけた。彼が到着してから初めて、シーガードで一人になれるチャンスが巡ってきた。彼は急いで家に戻ると部屋の探索を始めた。彼は塔に通じるドアを見つけ、その鍵を探し、らせん階段を上がっていき、寝室のベッドに寝ていた父を見つけた。エドワードとジェシーが話をしている時、メイが部屋に飛び込んできた。彼らはジェシーの介護について言い争いをする。

エドワードは考えごとをしたくて、マッキントッシュを着て一人で出かけていき、土手の上まで来て、ゆっくりと道端の草を蹴飛ばしながら歩いていると、以前見かけた少女を見つけた。彼は用心深く濡れた草の上にしゃがみ込み、彼女を観察した。彼女は海を見ていたが、いなくなってしまった。彼は前のめりになりながら土手を駆け下りた。彼は駆けていこうと思ったが、深呼吸をしてから、ゆっくりと歩きはじめた。すると、小さな駅舎が見え、「鉄道小屋」（Ibid. p.215）と書かれた板が門に掛かっていた。その小屋で彼は、マークの姉ブローニー（Brownie Wilsden）に会う。彼は一瞬麻痺したようになった後、「私があのマリファナを彼に与えたんです。彼は知らなかったんです」（Ibid. pp.219-20）と言って、あの日のことを話した。ブローニーは小屋を出ていった。エドワードは偶然、ブローニーに会い、それを「跳躍板」にし、事故の原因を告白することができたのである。

エドワードが川辺でジェシーと話をした時、ジェシーは「たぶん、心は主人を必要とするんだ」（Ibid. p.233）と言った。エドワードはその言葉を素直に聞いている。ウィトゲンシュタインが「われわれが、実際、他者に何らかの誤りを犯したことを認めさせることができるのは、その人が、これが本当に自分の感じの表現であることを承認する場合のみである」（ウィトゲンシュタイン『原因と結果』八六―八七頁）と言っている。エドワードは様々な偶然を経験することで、想像力が養われ、ジェシーの言う言葉を承認することができた。

エドワードはブローニーに会いに出かけていくが、地図で昨日の場所へ行く最適の方法を見つけようとしているうちに時間が経ってしまった。急いで歩いているうちに、突然、彼は体の具合が悪くなった。熱があるように感じられ、頭痛もして「すべてが変に見えた」（Murdoch, *GA* p.306）。霧がかかっていたが、それが自分の目のせいなのか彼にはわからなかった。川があり、彼は橋の側にいた。「彼は川を渡りたいという欲望を感じた」

（Ibid.）。水面は「黒ずんだ鏡」（Ibid.）のように透き通っていた。エドワードが下に生えているアシを見ると、「彼はジェシーを見た」（Ibid.）。しかし、彼はそれを「幻覚」（Ibid. p.307）だと思ってしまう。彼は川に沈んでいる父を偶然に見つけたのに、その偶然を生かすことができなかった。

エドワードがシーガードに戻り、昼食の後、ジェシーの部屋に行くと、ジェシーがいなかった。イロナとメイが、彼はたぶんロンドンに行ったのだと言った。エドワードはジェシーを捜したが、見つからなかった。エドワードはロンドンに戻りたくなって、ジェシーを探すつもりで、イロナにロンドンに帰ることを伝え、シーガードを後にした。

エドワードはロンドンでジェシーを探し回った。エドワードはケイド夫人のところに行くが、夫人は今週は降霊術の会はないと言った。彼女は具合が悪く、寝椅子に寝てしまう。部屋のテレビがついていて、彼は椅子に座ってテレビの画面を見始めた。そして、彼はそこにジェシーを見た。ジェシーは川の土手に向かって歩いていた。そして、彼は土手で立ち止まり、水のなかを見た。それから彼は振り返り、エドワードに微笑みかけた。そこでエドワードは目が覚めた。テレビ画面には何も映っていなかった。

エドワードはジェシーを見た川に行き、土手に跪いて、頭を水の上に突き出した。跪きながら上流に動いていくと、彼はジェシーを見つけた。ハイデッガーが「運命は彼に向かって落ちてくる……こともあるし、落ちて来ないこともある。このように偶然的なこと……というのはすべて、われわれにとってはただ、われわれがこれを待ちつづけた場合にのみ、また、待つことができる場合にのみ、いつか起こるかもしれないということになり、また実際起こる、というだけのものである」（ハイデッガー『形而上学の根本概念』五五三頁）と言っている。ジェシーはエドワードに発見されるのをそこで「待ちつづけ」ていたかのようである。ジェシーの発見はまるで運命であるかのように、エドワードに「落ちてき」た。

エドワードはきこりがやって来るのを見た。ジェシーの遺体を川で見つけたことをきこりに伝えると、彼は「それでは、おぼれ死んだのか? 彼がいなくなったと聞いた時、そうかもしれないと思ったよ」(Murdoch, *GA* p.436) と言い、「本当に彼らしいよ。それが彼の選んだ死に方なんだろう」(Ibid.) と言った。エドワードは自分に言い聞かせるように「あれは事故だった」(Ibid.) と言うのだった。ハリーが父の死を事故だと思ったように、エドワードはジェシーの死を事故だと思う。死を偶然だと思えるようになったエドワードがここにいる。

エドワードを慰めるためにトマスの家で催されたディナーパーティーで、スチュアートは、「人々の生活のなかで善への愛を保ち、善が最も重要なものだと示す何か」(Ibid. p.31) が必要であると言った。しかし、スチュアートの言葉は理解されず、彼は皆から笑われてしまう。それは、彼の言葉が「「非経験的な」信念」から出てきたものだと皆にわかったからである。それゆえ、ジェシーがシーガードの台所でスチュアートを見た時、彼は「死人がいる」(Ibid. p.292) と言ったのだ。スチュアートはすべての「迷信」を捨てていたものの、「しるし」を待っていたが、ジェシーの言葉は一種の「しるし」となったのではないだろうか。すなわち、スチュアートは自分が思考の世界のみで生きていたことを悟ったのである。彼が教員養成の大学に行くことに決めたのは、経験を積んでいこうという彼の意志の表れである。エドワードもスチュアートも偶然を経験し、「自己を発見」することができたのであるが、エドワードの場合はそればかりではなかった。彼は、「偶然を跳躍板として内面性へ向かって高踏」し、「善への愛」を学ぶことができたのである。

偶然の専制から逃れる――『地球へのメッセージ』

竹内が「人間の想像力は偶然というものの理解を可能にし、また偶然は想像力を刺激するのであって、それによって人生はより豊かなものとなるのである」（竹内『偶然とは何か』一八五頁）と言っている。前述したように、マードックは「偶然は幻想を破壊し、想像のための道を開く」と言ったが、マードックも竹内も、偶然と想像に相関関係があると考えている。また、竹内は「個人的欲望の満足の世界にだけ閉じこもってしまうことは、個人を支配する「偶然」に完全に支配されてしまうことを意味する。どのように期待値を計算して「合理的」に行動しても、「運」「不運」をまぬがれることができない」（同一六七頁）と言う。しかし、「幸い人間は、個人の感覚的欲望の世界だけに閉じ込められているわけではない。人間は想像力や感受性を持ち、現在の感覚の世界を超えて、外の世界を想像したり、あるいは他の人の心に共感したりすることができる。それは現実の世界における「偶然の専制」から逃れる方法である」（同）と彼は言う。

『地球へのメッセージ』（*The Message to the Planet*, 1989）の数学者マーカス（Marcus Vallar）は「個人的欲望の満足の世界」に閉じこもっていた。彼は外の世界へと出ていき、「他の人の心に共感」するようになるが、彼の想像力は彼の最後を悲劇的なものにする。

この物語は ギルダス（Gildas Herne）のフラットで、彼とルーデンズ（Alfred Ludens）、そして、ジャック（Jack Sheerwater）が話をしている場面から始まる。彼らの会話のなかで、仲間の一人であるパトリック（Patrick Fenman）が病気であり、彼はマーカスに「呪い」（Murdoch, *MP* p.3）をかけられたので、死ぬと信じていることが語られる。マーカスはケンブリッジ大学の「偉大な数学者で天才」（Ibid.）だった。しかし彼は「燃え尽きた」（Ibid.）と言われるようになった。その後、彼はチェスのチャンピオンになったり、物理学や数学の論理に関心を示さないで、哲学に興味をそそられたりした。彼は「他の手段によって天才になる方法」（Ibid.）を探していた。マーカスは若い頃の幾何学への興味を通して、視覚芸術との類似点を発見し、関連がある技法を学ぶことを望み、ジャックとルーデンズの前に現れた。しかしある日、マーカスは彼らの前から姿を消したのだった。

時が過ぎ、ルーデンズは博士号を取得し、教職に就いた。マーカスを探していたルーデンズとジャックは、マーカスが再び一人でロンドンに住んでいるのを発見した。彼はサンスクリット語と日本語を学んでいた。マーカスは絵を描いていないと言ったが、彼には学びたいと望んだものは、何でも習得しようとする「すさまじいエネルギー、集中力」（Ibid. p.12）があった。ジャックたちはもはや、マーカスという「不思議な現象」（Ibid.）の見物人になっていたが、ルーデンズは彼に固執しており、マーカスの「思想」（Ibid.）に熱烈な関心を持った。マーカスがまるで「深遠で、根本的な知識」（Ibid. p13）への「あるマスターキー」（Ibid.）を持っているかのように、ルーデンズのマーカスへの興味は「強迫観念」（Ibid.）にまでなっていた。ある日、ルーデンズがマーカスのもとにやって来ると、下宿の女主人マッカン（Helen McCann）が泣いていて、マーカスがロンドンを離れ、隠退し、田舎に住むことになったと伝えた。マーカスはまたしても彼らの前から消えたのだった。

ある晩、ルーデンズの家で彼とギルダスが酒を飲みながら話をしていた時、ギルダスがマーカスの居所を見つけたと言い出した。彼は、たまたま新聞に載った上院の名士たちの記事のなかに、マーカスが口にしていた人物の名を目にしたのだった。ギルダスは電話帳でその人物の名を調べ、電話をし、やっとのことでマーカスがその人物の別荘にいることを聞き出すことができた。ギルダスはマーカスの居場所をルーデンズに教えるかどうか迷ったが、結局、彼に教えた。

ギルダスが帰った後、ルーデンズはマーカスと彼の娘のことを思い出した。ルーデンズは田舎に行ったマーカスの住所を手に入れ、彼が借りている田舎家に訪ねたことがあった。彼は一四歳の娘イリーナ（Irina Vallar）と住んでいた。マーカスはしばらく哲学を研究した後、メタ言語学と彼が呼んだ絵を始めたが、当時、再び哲学に戻ろうとしていた。彼はルーデンズに、必要なものは「新しい概念、あるいは、たぶん概念のまったくない一種の深遠な思考」（Ibid. p.54）であって、この「思考の様式」（Ibid.）は「科学技術からの唯一可能な回避の手段」（Ibid.）であると言った。また、マーカスは「究極の道徳性は表面的な現象であることを悟らなければならない」（Ibid.）と言った。ルーデンズがさらに知りたがると、マーカスは話を中断し、「何かが欠けている――欠けているんだ――見えるんだが、雲に覆われているんだ」（Ibid.）とつぶやいた。

マーカスは「究極の道徳性は表面的な現象である」と言っているが、現象とは観察されうる事実であるから、道徳性は人間の行為に現れると彼は言っているにすぎない。マーカスの言葉は、聖書の「子たちよ、言葉や口先だけではなく、行いをもって誠実に愛し合おう」（「ヨハネの手紙一」三章一八節）を思い出させる。先に引用したように、竹内は「科学的な分析対象として捉えるかぎり、人間の行動には説明や予測できない部分が残」ると言う。偶然であることが多い人間の行動から「究極の道徳性」を見つけだすことは困難である。また、竹内は「内面的必然性は芸術、とくに文学の対象となる。芸術は時に人間が「不合理」な行動をするか、しなければならないということを示す。しかし、それは科学的説明とは別個のものである」（竹内『偶然とは何か』一五八頁）と言っている。この言葉から、マードックが文学のなかで道徳性を問題にしようとした理由がよくわかるであろう。

死の淵にいたパトリックを回復させた後、マーカスは娘と精神病院内の家に住むようになる。そこに「精神の安らぎを求め」（Murdoch, *MP* p.309）、「地球の単純なもの、木、花、石を崇拝する」（Ibid.）、「ストーンピープル」（Ibid.）と呼ばれる人々が集まるようになり、彼の家の前の芝生に花や果物などの捧げものを置くようになっていた。人々が集まると、マーカスは白いローブを着て人々の前に立つのだった。彼は「他の人の心に共感」したと言えるが、ある日、使いが来て、ルーデンズが駆けつけるとイリーナは彼に、マーカスは一晩中起きていて、うめきながら、自分のことを「価値がない、罪人だ、冒涜者だ、壊れた器だ」（Ibid. p.376）などと言っていたと伝え、泣き出した。マーカスはルーデンズに「私がしていること、人々に会ったり、そういうことをやめなければならないと思うんだ」（Ibid. p.377）と言う。

マーカスはいつものように家から現れるが、「会合はこれで終りだ」（Ibid. p.383）と皆に宣言した。群衆は騒々しくなり、パトリックとルーデンズはマーカスを家に入れようとした。マーカスが「私は価値がない。邪悪な考えを持っている。恐怖と共に生きている。あなたがたは私を大目に見てくれなければならない。赦さなければならない。私のために祈らなければならない！」（Ibid. pp.383-84）と響き渡る声で叫ぶと、人々はマーカスを嘲り、やじりだし、石を投げ始めた。

マーカスの「究極の道徳性は表面的な現象である」という言葉は、思考の世界に生きていたマーカスが、「「非経験的な」信念からの推論」によって導き出したものだった。しかし、彼は自分が神のように振る舞っていることに恐怖心を抱くようになり、それを皆の前で公言した。マーカスの取った行動が、彼が考えていた「究極の道徳性」の表れであったのに、彼はそれに気づいてはいない。

夏至の日、ルーデンズが彼の家を訪れると、マーカスは台所で死んでいた。ガスオーブンの扉が開いていたが、やって来た医者は、台所は換気が良いのでマーカスはガスで死んだのではないと言った。マーカスはメモを残しており、そこには「私は自分の意志で死ぬ」（Ibid. p.471）と書かれていた。マーカスは死ぬことで「偶然の専制」から逃れようとしたのだ。

マーカスの死因は「心臓麻痺」（Ibid. p.496）ということになった。しかしマージリアン博士（Dr Marzillian）は、「彼は心理学的知識を実行に移し、それで死んだんだと思う」（Ibid. p.497）と言った。竹内は、「古代の人々は、宇宙に秩序が存在することを発見し、したがって必然性がものごとを支配することを認めたが、同時に人間が理解できないことも起こることを認めざるをえなかった。しかしそれを些細な乱れとして無視してしまうことができない場合は、それを何か不可解な「必然性」の表れとして、「神意」「因縁」「運命」などと解釈したのである」（竹内『偶然とは何か』二二頁）と言う。そして彼は「それはある意味では偶然を別種の「必然」と見なすものであり、「偶然」の存在を否定するものであった。純粋の「偶然」、つまり何ら理由なくして発生したり起こったりするものやことの存在を受け入れることは、人間にとって難しいことなのである」（同）と言う。科学的知識を信じる博士は、マーカスの死を「何か不可解な「必然性」の表れ」だと考えている。博士は「純粋の「偶然」」の「存在」を受け入れることができない人間の一人である。

物語の最後で、ギルダスが「すべてのことは偶然だ。それがメッセージだ」（Murdoch, *MP* p.562）と言っている。ギルダスの言葉のように、マーカスは最後まで偶然の出来事に翻弄され続けた。彼は偶然を「跳躍板」とすることができなかったが、それができたのは娘のイリーナであろう。彼女はマーカスが世話になっていたクレイヴァーデン卿（Lord Claverden）の息子と恋仲になった。マーカスが亡くなると、ルーデンズに嘘をついて彼のもとを去っていった。彼らの結婚に反対していたクレイヴァーデン卿も亡くなり、二人は正式に婚約することができた。

偶然を生きる

竹内が「偶然は一人一人の人間にとっても未知の未来を作り出す。それは「暗黒の未来」ではなく、「魅惑に満ちた驚異の未来」であると期待してよいのである」（竹内『偶然とは何か』二二〇頁）と言っている。イリーナとクレイヴァーデン卿の息子にとって、偶然は「魅惑に満ちた驚異の未来」を作り出すものであった。このように「偶然性は不可能性が可能性へ接する接点」（九鬼『偶然性の問題』二二五頁）になるのである。そして、ウィトゲンシュタインが「われわれの世界は、異なる可能性によって取り囲まれるならば、まるで異なったように見える」（ウィトゲンシュタイン『原因と結果』一九頁）と言っている。婚約者と共にいるイリーナは今、「まるで異なった」世界を見ている。

ハリーが言った「人生はすべて偶然だ」という言葉や、ギルダスが言った「すべてのことは偶然だ」という言葉には諦めの感情が潜んでいる。それは彼らが、「未知の未来」である偶然に不安を抱いているからであり、また、それが「暗黒の未来」になるかもしれないと恐れているからである。しかし、人生において偶然の出来事を避けることはできない。そうであるなら、「偶然は必然に対する邪魔物ではなく、世界を作り出す本質的な要素である」（竹内啓『偶然とは何か』二二〇頁）と思い、生きていくことが重要なのではないだろうか。

マードックは、「我々は孤立した、自由な選択者ではない」（Murdoch, *EM* p.293）と言う。そして彼女は、「我々の現在の自由のイメージは夢のような能力を助長している。我々が必要としているものは、道徳的生活の困難さと複雑さ、そして、人の不可解さに対する新たな認識力である」(Ibid.)と言う。彼女は登場人物に様々な偶然を経験させ、彼らの行動を描くことで、読者に道徳というものを考えさせようとする。その時、彼女がよりどころとしているのはウィトゲンシュタインである。ウィトゲンシュタインは「偉大な西欧の哲学者たちの考えには……学問的な意味で二つの種類の問題……があった」(ウィトゲンシュタイン『原因と結果』八三頁)と言う。すなわち、「本質的で、偉大で、普遍的な問題と、非本質的で、いわば偶然的な問題である」(同)。彼の考えは、「いかなる偉大で、本質的な問題も存在しない」(同)ということであり、「論理学の範囲を超えたところでは、すべては偶然である」ということである。ウィトゲンシュタインの言葉を後ろ盾にして、マードックは物語のなかで偶然を多発させ、それに翻弄される人々を描き続けた。それが彼女の哲学的探求だったのではないだろうか。

注

(1) 例えば、バクナー(Sakia Bachner)は『アイリス・マードックの『網のなか』における偶然』(*Contingency in Iris Murdoch's Under the Net*)で、「偶然」について詳細に論じ、「ジェイクの偶然に対する態度が変わった結果、彼は自分の人生の偶然と必然のバランスを保つことに成功する」(Bachner, *CUN* p.25)のであり、「最も重要な変化は、彼が自分の作家としての仕事に新たに自信を持ち始め、書き始めることである」(Ibid.)という結論を出す。しかし、「偶然と必然のバランスを保つ」ことなどできるのであろうか。精神科医の木村が、人間とは「偶然と必然の戯れ」(木村『偶然性の精神病理』八三頁)に「玩ばれている存在」(同)なのではないかと言っている。「偶然が嫌い」だったジェイクは、そのような「戯れ」（同）を受け入れることができるようになったと言った方がいいであろう。

第四章　ダンモアの『暗黒のゼナー』

ロレンスとゼナー

イングランド南西部のコーンウォールにある村ゼナーはロレンスが『恋する女たち』（*Women in Love*, 1920）を書いた場所として有名である。彼は一九一六年二月二五日、北コーンウォールからコテリアンスキー（S. S. Koteliansky）に宛てて、

私たちは来週の月曜日にここを発ってゼナーに行きます。……

ゼナーはコーンウォールの沿岸をランズエンドの方へずっと行ったところにある、美しい場所です。とても荒涼としていて、へんぴで、美しいのです。一週間、宿にいて、それから家具つきの家を手に入れようと思っています。そこに、あなたは会いにこなければなりません。……

私は不思議な感覚を持って、ゼナーに行きます。まるでそこがある程度、約束の地であるかのようです。領土的にではなく、心のです。まるで新しい天国や新しい地がそこに起こるように感じるのです。（Lawrence, *Letters* II p.554）

と書いている。ゼナーは彼にとって希望に満ちた場所であった。妻フリーダと共にゼナーに住み始めたロレンスは、同年四月二六日にガートラー（Mark Gertler）に宛てた手紙のなかで、「私は健康状態がずっと良くなりました。何ヶ月も健康でなかったので、先週は本当に申し分なく感じました。だからとても嬉しいのです。そして、小説を書き始めました」（Ibid. p.599）と書く。ロレンスが書き始めた小説とは、『虹』（*The Rainbow*, 1915）の続編となる小説『恋する女たち』であった。

ロレンスは、五月三〇日にフォースター（Edward Morgan Forster）に宛てた手紙のなかで、「この本のなかで、私はついに自由です」（Ibid. p.612）、また、「私は征服したと感じています。何をだかわかりませんが、すべてをです。ほとんどすべての人が私から手を引きました。オットリンさえ、とても冷たいのです」（Ibid.）と書く。ロレンスは『恋する女たち』を書くことで、『虹』の発禁処分やラッセルとの不和という不幸な出来事を乗り越えようとしていた。そして、彼は一〇月末にはピンカー（J. P. Pinker）に、『恋する女たち』は最終章を残して、ほぼ書き終えたことを伝えている。しかし、この小説はロレンス自身が「それは恐ろしく、残酷で、そして、すばらしい小説です。あなたはそれをひどく嫌うでしょうし、誰もそれを出版しようとしないでしょう」（Ibid. p.669）と書くような内容になった。

ロレンスが警察の家宅捜索を受け、妻と共にコーンウォールを去るように命じられたのは、一七年一〇月一二日の朝のことであった。それから八〇年近く経って、ダンモアはこの時期のゼナーを舞台にして『暗黒のゼナー』を書いた。この物語の中心人物はそこに住む一人の若い女性クレア（Clare Coyne）である。ダンモアは彼女を主人公にし、彼女を巡る人々を描くなかで、ロレンスを描いている。ロレンスにとって、忌まわしい出来事が起こったゼナーを舞台にして、ダンモアは何を書いたのであろうか。

少女とロレンス

物語は五月にしては熱い土曜日の午後、クレア、ペギー（Peggy）、ハナ（Hannah Treveal）の三人が浜辺で遊んでいる場面で始まる。彼女たちは将校になることになったジョン・ウィリアム（John William Treveal）が帰ってくることを話している。ジョン・ウィリアムはハナの兄で、クレアの従兄弟だった。ジョン・ウィリアムからロンドンで投函された手紙が来たのだが、いつフランスから戻ったのか、休暇がいつまでなのか、また、いつ訓練キャンプに出頭しなければならないのかは書かれていなかった。電報をくれればいいのにと言うペギーに、クレアは「彼は電報はよこさないわ。サラおばさんがどうなるか考えてみてよ」（Dunmore, *ZD* p.2）と言う。最近、電報は家族へ不幸を知らせるものになっており、精神的に不安定になっているジョンの母サラ（Sarah Treveal）のことを思えば、彼が電報をよこすはずはないとクレアは考えている。少女たちは海岸警備兵を気にしながら、服を脱ぎ、水遊びを始める。ひとしきり遊び、服を着た後、パトロールする船が岬を回ってくる。ドイツ軍の潜水艦が潜んでいないかどうかを警備しているのである。

ジョン・ウィリアムはクレアが朝の散歩に海岸に行った時、彼女のもとにやって来た。彼は酒に酔っているようで、家に四八時間しかいられないので「寝るのは時間の無駄だ」（Ibid. p.97）と言った。彼らは岩の側に座って話をした。ジョン・ウィリアムの髪がとても短かったので、クレアが「残念だわ」（Ibid. p.98）と言うと、「あそこで私たちにつくノミを見たら、そんなことは言わないだろう」（Ibid.）などと言うのだった。クレアは、ジョン・ウィリアムに似合わない「粗雑さとつまらなさ」（Ibid. p.99）に苛立つ。

クレアとロレンスが出会ったのは、彼女が写生をしている時だった。彼女の父フランシス（Francis Coyne）はセントアイヴィス周辺の植物の分布を調べており、本を書きたいと思っていた。クレアは散歩中、ロレンスと知り合い、彼の肖像画を描く。彼女はジョン・ウィリアムと出かけたコンサートでもロレンスに出会い、彼と話をする。ロレンスは、ジョン・ウィリアムと一緒にクレアを家まで送っていった後、歩いて自分の家まで帰ると言う。ジョン・ウィリアムはロレンスについて、彼の家まで歩いていった。クレアはロレンスにお茶に招待され、彼の家を訪ねたりして二人は親交を深める。

ジョン・ウィリアムは町を去る前日、夜遅くにクレアを密かに家から連れ出し、海岸へ行って一夜を共に過ごした。それから数週間後、クレアが庭で洗濯をしている時、ハナがジョン・ウィリアムがキャンプで死んだという知らせを持ってくる。フランシスが彼の死の真相を確かめるためにキャンプに行く。父の留守中、町でジョン・ウィリアムの死を耳にしたロレンスが、クレアの家を訪ねる。ロレンスは、困惑するクレアを考慮することもなく、家に入り込み、彼女に話をする。二人が話をしていると、フランシスが帰ってくる。ロレンスはそそくさと帰っていくが、フランシスはロレンスが家の台所にいたことを不快に思う。父はジョン・ウィリアムが自殺したことをクレアに話す。

この物語の最終章は一〇月の朝、ロレンス夫妻のもとに四人の男が家宅捜索をしにやって来た話である。彼らは、ロレンスのような「教育を受けた男」（Ibid. p.306）が、なぜ辺鄙なところに住んでいるのかを疑い、何か証拠を探そうとした。彼らはロレンス夫妻が留守であった前日にもやって来て、手紙や原稿を押収していった。そして、土曜日までにコーンウォールを去ること、その後、禁止されていない地域に住むこと、そして警察に報告することという命令書をロレンスのもとに置いていった。

ショックを受けているロレンス夫妻のもとに、フリーダの知っている男の子が一通の手紙を持ってやって来る。その手紙の外側には「私的な手紙」(Ibid. p.309) なので返すと書かれていた。それはクレアがロレンスに宛てて書いた手紙で、そこには自分が妊娠していること、父と住み続けること、ロレンスと同じように自分で生計を立てることを希望していることなどが書かれていた。彼女はすでに、絵が売れると考えている画廊の女性と会っていた。そして、書いたスケッチを同封するので、肖像画を描いてもらいたい友人がいたら、自分のことを言ってくれないかと書かれていた。

クレアが同封してきたスケッチは父のものであった。ロレンスは以前、クレアが描いてくれた自分の肖像画と彼女の父の肖像画をテーブルの上に並べた。クレアが描いたロレンスの肖像画は、父の肖像画ほど自信がなかった。彼女がロレンスを描いてから数ヶ月しか経っていないのに、彼女の絵は上達していた。ロレンスは、クレアの作品に興味を示すかもしれないロンドンの友人に手紙を書き、返事を待っていたので、まだクレアの手紙に返事を書いていなかった。

ロレンスが金持ちの友人がたくさんいるシンシア夫人(Lady Cynthia Asquith)の名を出して、「ああいう女性たちはいつも自分の子供たちを「崇めている」」(Ibid. p.312) から、「彼らの何人かが自分の肖像画を描いてもらいたいに違いない」(Ibid.) と言うと、フリーダは「彼女にあなたを最初に助けさせなさい!」(Ibid.)、「あなたは友達がたくさんいるわ。でも、あなた自身の本も出版してもらえない!」(Ibid.) と言うのだった。

当時、ロレンスは新しい小説を書き上げていた。「いいものだ」(Ibid. p.312) と彼は思っていたが、それも発禁処分になるだろう。「戦争は永遠に続くはずはない」(Ibid.) ので、ピアノやローズウッドのテーブル、そしてフリーダの小物を置いていこうとロレンスは思った。彼は農場の人々との交流を思い出していた。「ここは彼がかつて、彼の理想のコミュニティー、彼のラナニムが建設できると考えた場所だった。今となっては、ゼナーにラナニムは決してできないだろう」(Ibid. p.313) とダンモアは書く。友人のジャック (Jack Murry) とキャサリン (Katherine) の夫婦は、ロレンスたちが到着して数週間後にやって来たが、ロレンスのもとを去って南へ行ってしまった。

ロレンスたちはコーンウォールを後にして、ロンドンの「渦巻く狂気」(Ibid. p.314) へと発っていかなければならない。フリーダが敷物を丸めながら「彼が子供を残したのはいいわ」(Ibid. p.315) と言った。ロレンスが「何?」(Ibid.) と聞くと、フリーダは、「あの若者よ。彼女の従兄弟よ。彼女が愛するものを彼が残したのはいいわ」(Ibid.) と言った。ロレンスは「ああ――愛」と言ったが、それはその言葉が「外国語」(Ibid.) であるので、試しているようだった。疲れを知らず、荷造りを続けるフリーダをロレンスは見ていた。フリーダの姿が金色にぼやけてきた。ロレンスはテーブルに行くと、その上にあったものをわきに押しやり、紙とペンを引き寄せ、手紙を書き始めるというところで物語は終わる。

ゼナーとラナニム

先に引用したロレンスの手紙を見てもわかるように、ロレンスにはゼナーが「約束の地」になるのではないかという予感があった。ロンドンでの悪夢に悩まされていたロレンスにとって、ゼナーは希望を与えてくれる場所だった。悪夢とは『虹』の発禁だけではなかった。先に引用した手紙で、ロレンスが「オットリンさえ、とても冷たい」と書いているように、多くの人がロレンスから手を引き、オットリンまでもロレンスに対して冷たくならざるをえない出来事があったのである。その一つがラッセルとの一件であった。ロレンスはラッセルと一緒に講演を行う計画をたてるが、ラッセルが送ってきた講演原稿に彼が走り書きをし、ラッセルを怒らせてしまった。結局、講演会はラッセル一人で行われ、成功する。

ロレンスはコテリアンスキー宛の手紙で、彼に来るように勧めているが、その手紙の前日、二月二四日にラッセルに宛てて手紙を書いている。ロレンスはその手紙でもゼナーでの新しい住所をラッセルに教え、「ゼナーはとてもすばらしいのです。暇になったら来なさい。いいでしょ？　借家契約が終わったら、あなたのロンドンのフラットを手放しなさい」（Lawrence, *Letters* II p.553）と書いて、彼を誘っている。また、ロレンスは三月九日にもラッセルに宛てて、「あなたは、私が教師で、人権を尊重しないから、まだ私を怒っているのですか？　やめなさい。そんな価値はありません。講演は終わったのでしょう？　今はなにをしているのですか」（Ibid. p.574）、そして、「あなたはいつかコーンウォールに来て、農場の母屋に部屋を持たなければなりません」（Ibid. p.575）と書き、彼に来ることを求めている。しかし、ロレンスが五月三〇日にフォースターに宛てた手紙のなかで、ラッセルが「我々の道は分かれた」（Ibid. p.612）と書いてきたので、もう彼には手紙を書かないと書いているように、ロレンスはラッセルをゼナーに呼び寄せることに失敗した。

またロレンスは、三月五日にマリー（John Middleton Murry）とマンスフィールド（Katherine Mansfield）の夫妻に手紙を書いている。その手紙で彼は、家の配置や間取りなどの絵を書き、マリーたちが塔つきの家を借りることを望んでいることを伝え、そして、「もしあなたが少しでも不安があったら、私はあなたに入って欲しくありません。できたらすぐに、私たちが二部屋の家を借りるだけです。そして、もしあなたが来る気になったら、あなたを待ちます。うまくいったら、とてもすばらしいでしょう。とても美しいところなんです。私たちのラナニムです」（Ibid. p.564）と書いている。マリーは、ロレンスが「あなたは世界でただ一人の本当の友人です」（Ibid. p.533）と書く人物だった。

マリーたちはゼナーにやって来るが、『暗黒のゼナー』にも書かれているように、ロレンスのもとを去っていった。ロレンスは六月一九日にカーズウェル（Catherine Carswell）に宛てた手紙のなかで、マリー夫妻が三〇マイル離れたところに去っていったことを知らせ、「マリーと私は本当には友人ではない」（Ibid. p.617）と書いている。そして、彼はその手紙のなかで「マリーの家に家具を入れて、すてきな部屋にしようと思っています。もしあなたがいらして、そこに滞在したら、私たちは嬉しいでしょう」（Ibid.）と書き、カーズウェルに来るように勧めている。

ロレンスはマリーが去った後、九月四日にコテリアンスキーに宛てて、「イギリスに百人以上の人がいなかったなら——その他は何もかも汚れのない空間で、草や木や石なのに！　私たちのラナニムはどこなのでしょう？　私たちが二年前にそれを見つけ、創造する勇気を持ってさえいたなら。ことによると、まったく遅すぎるというわけではないのでしょう」（Ibid. p.650）と書いている。そしてロレンスは、一一月七日のコテリアンスキーに宛てての手紙のなかで、「マリー夫妻と交際するのは止めました。両方とも、永遠に」（Lawrence, *Letters* III p.23）と書いている。ラッセルのみならず、マリーも失ってしまったロレンスが姿がそこにある

確かに、ロレンスはゼナーにラナニムを作ろうとし、しきりに来るように友人たちを誘ったが、失敗した。しかし『暗黒のゼナー』には、ロレンスのこのような努力は描かれていない。ダンモアは最終章になって、「ここは彼がかつて、彼の理想のコミュニティー、彼のラナニムが建設できると考えた場所だった。今となっては、ゼナーにラナニムは決してできないだろう」と書くのだった。ダンモアは、ラナニムが建設できなかった理由をロ

レンスに求めることなく、暗い時代のゼナーに生きた、クレアと彼女を巡る人々を通して、なぜロレンスがゼナーにラナニムを建設することができなかったかを描いたのである。ダンモアが描き出そうとしたその理由とは何なのであろうか。それを知るのは、この物語のなかでロレンスがどのように描かれているかを見る必要がある。

物語に描かれたロレンス

先に引用したように、ロレンスはゼナーを精神的な「約束の地」であると感じた。「創世記」で、主はアブラムに「あなたは生まれ故郷／父の家を離れて／わたしが示す地に行きなさい。／わたしはあなたを大いなる国民にし／あなたを祝福し、あなたの名を高める／祝福の源となるように」（「創世記」一二章一―二節）と言った。アブラムは主の言葉に従って甥ロトと共に旅立つ。ロレンスがゼナーを「約束の地」であると感じた時、その地で何らかの祝福が得られると彼は期待したはずである。そして、「レビ記」では「あなたたちの前からわたしが追い払おうとしている国の風習に従ってはならない。彼らの行為はすべてわたしの嫌悪するものである。わたしはあなたたちに言う。あなたたちは彼らの土地を得るであろう。わたしはそれをあなたたちに得させるであろう。それは乳と蜜の流れる土地である」（「レビ記」二〇章二三―二四節）と書かれている。主がその地の風習に従うことを禁じたように、ロレンスはゼナーの「風習」に従おうとしなかったのではないだろうか。そのようなロレンスが『暗黒のゼナー』で描かれている。

ロレンスは執筆することで生計を立てていたが、一九一五年一一月に彼の本が警察に押収され、猥褻のかどで起訴された。本は「ぞっとするもの」（Dunmore, *DZ* p.15）で、「我々の兵士の気高い犠牲を辱めている」（Ibid.）

と批評家と検察当局は言ったと書かれている。『虹』では、アーシュラ（Ursula Brangwen）は軍人スクレベンスキー（Anton Skrebensky）と恋愛関係となり、妊娠するが、彼に捨てられる。

ロレンスは金がないので野菜を育てているのであるが、「大地から生まれる命の、輝く生気を見ることが彼に喜びを与えた」（Ibid.）。彼はかつて農場の生活を愛したように、農場に出かけ、手伝いをした。フリーダは母が送ってきた手紙を声を出して読み、そして、彼らは友人が送ってきた新しい作品集の歌を歌うのだった。「隣人たちは聞き、ささやき、ささやきは太陽に触れると開くハリエニシダのように素早く広がる」（Ibid. p.17）のだった。ロレンスは手紙が開封され、読まれていると確信していた。しかし、誰もフリーダを恐れさせ、ドイツにいる母に手紙を書くのを止めさせることはできなかった。そして、彼女はドイツの新聞を読むのだった。「私たちはいつものように生活し続けなければならない。隠すものはなにもなく、怖がってはいないと示すために」（Ibid. p.22）というのがロレンス夫妻の信条であった。

フリーダは泣きながら、「あなたは、彼らがあなたに耳を傾けて、あなたを全能の神だと考えているというだけで、彼らのところに毎日走っていって、私をここに一人にしておくのよ」（Ibid. p.122）と言い、ロレンスが自分を置いて農場に行ってしまうことを非難する。フリーダは、自分は監視されていると言い、「私たちは彼らの面前で笑うべきだわ」（Ibid.）と言う。すると、ロレンスが「そんなことすべきではないよ。わかっているだろ。野原のノウサギのように静かにしているべきなんだ。そして、彼らに私たちのことを忘れさせるんだ」（Ibid. p.123）と言ってフリーダを宥める。フリーダは、ロレンスが農場の人々に「戦争は悪で、彼らは地獄への坂を下っているんだ」（Ibid.）と言っているのに、「静かにしなければならないんて、私によくも言うわ」（Ibid.）と言い返す。「私たちは自分自身を離れさせておかなければならないんだ。私たちの魂において」（Ibid. p.124）とロレンスは言うが、その言葉が口から出ると、彼はその言葉を嫌った。「多くの言葉があった。多く話したし、多く書いた」（Ibid.）と書かれているように、言葉に飽いているロレンスが描かれる。そのようなロレンスは農場に行き、農場の仕事を手伝い、彼らと食事をし、フランス語を教えることを好んだ。

物語では、ロレンスに敵意を抱いている教区牧師が登場する。牧師は自分の机に座って、説教を書こうとしている。「言葉が彼の心を走り抜けている」（Ibid. p.184）が、紙はまだ白紙である。彼は悪について考えている。考えながら、教区民の顔とロレンスの顎髭を生やした「傲慢」（Ibid. p.185）な顔を思い浮かべる。そして、牧師は「彼の妻は気違いじみている」（Ibid.）と思う。牧師は自分の考えたことを書いていくが、これは自分だけの覚え書きで、誰にも言わないと思っている。

一方、ロレンスは何も書いていない。ダンモアが描いたのは、『恋する女たち』を書き上げた後のロレンスである。彼は庭で花と野菜を育て、そこで働きながら物思いに浸っている。フリーダはメモを置いて散歩に出てしまった。彼女は注意深くないので、崖で足を捻挫してしまうかもしれないとロレンスは心配した。しかし、フリーダは「風や太陽のように抑えられない」（Ibid. p.188）のだから、彼女が何時間も助けを呼ばないなどということは彼には想像できなかった。「その上、彼女は本当は不注意ではない」。フリーダはロレンスと知り合って六週間で、家族や自分の人生を捨てたように、「危険があるとわかっていても、彼女はなおそれを選ぶのだ」（Ibid.）。彼女が帰ってきたら、「部屋は生気と活力で輝くだろう」（Ibid.）。彼の頭になかにジョン・ウィリアムの声が響いていたが、しばらく「どれほど自分が妻を必要としているか」（Ibid.）を考えていた。

ロレンスからお茶に招かれたクレアは、ロレンスの家を訪ねる。彼女は二時間以上歩きロレンスの家に着くが、彼は留守だった。ドアが開いており、部屋の中は暗かった。クレアが声を掛けると、ピアノを弾いていたフリーダが手を止め、肩に掛けていたショールを掴んだ。フリーダは彼女が来ることを忘れていた。フリーダは庭にいたロレンスを呼び、彼らはお茶を飲み始める。ロレンスが戦争のことを話し始めると、フリーダがそれを止めさせようとした。今、ロレンスのしていることは、「考えない」(Ibid. p.205) で、畑や庭で働き、すべてを忘れることだった。彼はクレアに庭を見せる。ロレンスが「コーンウォール人は壁の下に横たわって、隣人を見張ることをなんとも思わないんだ」(Ibid. p.207) と言うと、クレアは怒りを感じ、「絶対に彼らはしないわ!」(Ibid.) と叫んだ。クレアが「彼らはずっとここに住んでいるし、あなたたちが見知らぬ人たちだから」(Ibid.) と言うと、ロレンスは「イギリスのすべてが、今は見知らぬもののように感じる」(Ibid.) と言った。クレアが帰ろうとすると、フリーダはドアまで送ってきて、彼女にまた来るように言い、今度は一緒に歌おうと言うのだった。

ジョン・ウィリアムの死を知ったロレンスはクレアの家を訪れた。「父が出かけているんです」(Ibid.) とクレアは言うが、ロレンスは「きっと、あなたはそんなこと気にしないでしょ?」(Ibid.) と言って入っていく。ロレンスは型にはまった悔やみの言葉など述べずに、以前、兄弟がなくなったある女性に宛てて書いたことを語り出した。彼はその女性には、自分は恐怖の目撃者として立っているのではなく、むしろ目を逸らしたいと書いたが、今は目を逸らすのではなく、花や獣など他のものを見る必要があると言った。そして彼は、「そのように、私は自分自身を分離させておくんだ」(Ibid.) と言った。

クレアが「彼は事故で死んだんです」(Ibid. p.262)、「無事に帰ってきたと思った時に」(Ibid.) と言うと、ロレンスは、「見える傷は何もなかったけれど、彼は魂までも病んでいたんだ」(Ibid.) と言った。ロレンスの顔は緊張し蒼白だった。そして彼は、「ひょっとしたら、それが起こりつつあるのです。自分自身の魂のなかに離れて座り、ジギタリスが咲いているのを見ることができる人以外は、頭がおかしくなって、清らかになる時が」（Ibid.）と言った。それに対しクレアは、「私たち皆がそれをできるわけではないわ」（Ibid.）ととげとげしい口調で言った。ロレンスは、今は「狂気」（Ibid.）の最中であり、私たちはそうやって生き延びることができるのだと言った。人は「驚くほど愚かな機械」（Ibid.）の一部であり、もう人として自由に行動することができないのだと彼は考えている。そして、ロレンスが「あなたの従兄弟はそれを知っていたのだと思う。彼は勇敢な男だったが、愚かさに恵まれていなかった」（Ibid.）と言うと、クレアは「あなたは兵隊たちのことを、まるで間違ったことをしているかのように話しています――まるで動物であるかのように」（Ibid.）と言って彼を非難する。

彼らは話を続けていくが、ロレンスが自分の庭で採れた人参を持ってきたことをクレアに告げると、彼女はお茶を出すからと言って、彼を台所に導いていった。ロレンスが、フリーダは人参を生で食べると言うと、クレアは、コーンウォールの人参を食べている、白いドイツ人の歯を想像しながら、「ジョン・ウィリアムは死んだ」（Ibid. p.264）のに、彼らは自分たちの家に住み、野菜を育てていると思うのだった。彼らがお茶を飲みながら話していると、キャンプに行っていたフランシスが帰ってきた。ロレンスは帰ろうとしたが、フランシスが台所に入ってきたので、クレアはロレンスをフランシスに紹介した。ロレンスはジョン・ウィリアムの死を知って、弔意を表しにやって来たとクレアは言って、その場を取り繕った。フランシスは「とてもご親切なことで」（Ibid. p.267）と言うが、ロレンスと握手もせずに自分の寝室へと上がっていった。

クレアと家族、そして、コミュニティー

フランシスはなかなか起きてこないクレアの様子を見にいって、偶然、クレアが妊娠していることを知った。彼はその後、クレアの祖母のナン（Nan）のもとに行き、彼女だけにその話をした。ナンは誰にこっそりと話しをすれば、情報が流れていくかを知っていた。ナンは古くからの隣人のもとに行き、「クレア・コインは、彼女の死んだいとこと非公式に婚約をしていて、もし彼が国のために死ななかったら、二人は次の休暇の時に結婚しただろう」（Ibid. p.296）という話をした。密接に結びつきながら暮らしてきたクレアの一族は、「何世代もの習慣を破って、町に家族の秘密を関与させた」（Ibid.）のだった。

兵役を免除された息子を持つ親たちは、ジョン・ウィリアムとクレアを非難するようなことはなかった。「彼女の恋人が彼女と結婚する前に死んだから」（Ibid.）という理由で、町の人々が彼女を非難できるはずがなかった。「教会さえもクレアを非難することを躊躇した」（Ibid. p.297）。町の人々がクレアの妊娠を話題にし出した最初の日曜日、彼女は父フランシスと一緒に教会に現れた。前の晩、彼女は司祭に告白に行くところを見られていた。クレアとフランシスは腕を組んで教会に入ってきた。このような「ショー」（Ibid.）はこの町ではかつてなかったが、フランシスは平然とし、クレアは顔を赤らめることもなく、また、人々の「貪るような眼差し」（Ibid.）から目を背けることもなかった。しだいに教区民たちはクレアを「地獄で焼かれるであろう姦婦」（Ibid.）ではなく、「哀れむべき若い未亡人」（Ibid.）として扱うようになった。

クレアがロレンスの家の庭で彼と話をしていたことや、コンサートでロレンスに話しかけられていたことなど

が目撃されており、町ではそのことが噂されていた。ロレンス夫妻の存在は「罪」（Ibid. p.303）であり、「彼らは監視されなければならない」（Ibid.）のだった。彼らを密かに見張ることは「名誉ある義務」（Ibid.）になっていた。フランシスは、ジョン・ウィリアムが自殺をし、「霊安室に横たわっていた時」（Ibid. p.304）、ロレンスが台所にいて自分の娘と話をしていたことを知っていた。ロレンスのような男は「危険」（Ibid.）だった。「彼らは私たちの平和に害を与える。彼らはここに属していない」（Ibid.）。彼らがいなくなれば「私たちは安全だ」（Ibid.）と考えたフランシスは、当局に手紙を書く。

この物語のなかのロレンスは、フリーダと喧嘩をするものの畑仕事をし、彼女と歌を歌い、一見、穏やかに暮らしている。彼はフリーダに話し相手がいないのを心配し、クレアをお茶に招いたりするが、コンサートには一人で行く。彼が戦争を批判することや、フリーダがドイツ人であることから、人々は彼らを監視するようになる。しかし、クレアの父を脅かしたのは、ロレンスがクレアに不用意に近づくことであった。クレアもロレンスも赤毛であるが、もし赤毛の子供が生まれたら、人々はどのような噂をするとも限らなかった。それゆえ、フランシスは子供が生まれる前に、ロレンスがゼナーからいなくなることを願ったのである。ロレンスはゼナーのコミュニティーから追放されたと言ってもいいが、なによりもロレンス自身、そのコミュニティーに入ろうとしていなかった。彼は農場の人々やクレア、そして、ジョン・ウィリアムと親しくなっただけであった。ゼナーのコミュニティーはそのようなロレンスを敵対視したのであった。

ゼナーにおけるゲマインシャフト

ダンモアはロレンス短編集の序章で、「彼が愛したイギリスは、ある基本的な意味で、存在することを止めたという彼の信念は戦争の初期に形成された」（Dunmore, Intro. p.xviii）と書いている。そして、「イギリスを去るという彼の決心」（Ibid.）は実行され、「一九一九年以後、ロレンスはイギリスに永続的に住むことは二度となかった。しかし、彼は他のどの社会にも落ち着くことはなかったのである。彼は部外者、観察者、後の小説、詩、旅行記の無限に受容力のある放浪者になった」（Ibid.）と彼女は書く。ゼナーはロレンスが一時的にであれ、落ち着こうとした土地であった。彼はそこで、「同じ意見を持った友人たち」（Ibid.）と共に、自分が理想とするコミュニティーを作ろうとしたのである。

『暗黒のゼナー』には、奇しくもテンニエス（Ferdinand Tönnies）のコミュニティーの思想が描かれている。テンニエスは社会形態をゲゼルシャフトとゲマインシャフトに分けている。ゲゼルシャフトとは「契約的な関係であって、個々人が思慮にもとづいてつくり出すもの……個々人がいわば機械的に結びついたもの」（生松『社会思想の歴史』一〇四―一〇五頁）であり、ゲマインシャフト（Gemeinschaft）、英語で言う'community'は、「ちょうど各自が自分の家庭に所属しているような仕方で、いわば有機的に結びつけられているもの」（同一〇五頁）である。ゼナーには、テンニエスの言うゲマインシャフトの精神が息づいていた。

また、テンニエスは「全体を通じてこの時代の発展は、次第にゲゼルシャフトへと接近する方向をたどっている」（同二一〇頁）が、「ゲマインシャフトの力は、消滅しつつあるとはいえ、なおゲゼルシャフトの時代にも保たれており、依然として社会生活の実体を成している」（同）と言う。戦争の影に覆われていたゼナーは、契約に基づいた機械的なゲゼルシャフトの時代のなかにあった。しかし、そのなかで「ゲマインシャフトにおける生活」（テンニエス『ゲマインシャフトとゲゼルシャフト（上）』三五頁）、すなわち、「すべての信頼にみちた親密な水入らずの共同生活」（同）を送ることができていたのがゼナーであった。ロレンスの存在はそのようなゼナーにとって脅威であった。それゆえ、フランシスは当局に手紙を書くのである。

家族関係は社会において最も基本的な関係であり、人にとって最も貴重なものであろう。夫と子供のいたフリーダを自分のものにしたロレンスは家族関係を軽視していると言える。そのようなロレンスが、ゼナーにラナニムを建設することを夢見るものの、その夢が破れたのは当然のことであった。その後、彼はアメリカにラナニムを作ろうとし、友人たちを誘ったが、実際について来たのは女性の画家一人であった。どこにもラナニムを建設することはできなかったロレンスは、死の目前にした時、『アポカリプス』を書いた。その最終章で彼は、「私の目が私の一部であるように、私は太陽の一部である」と書き、「太陽と共に始めよ。そうすれば他のことはゆっくりと、ゆっくりと生じるであろう」という言葉で、『アポカリプス』を終えた。死を目前にしたロレンスは、太陽が放つ暖かさだけが人を繋ぐと信じるしかなかったのかもしれない。

第五章　マードック的なゲイルの『ラフミュージック』

小説の導入部

イーグルトン（Terry Eagleton）は『文学の読み方』（*How to Read Literature*, 2013）で、「小説の導入部の文は本全体のひな形として役立つ」（Eagleton, *HRL* p.14）と述べている。マードックの『善き見習い』もそのような導入部を持った物語である。この物語は、「私は立ち上がり、父のところに行こう。そして彼に、お父さん、私は天に対しても、そして、あなたの前でも罪を犯しました。だから、もうあなたの息子と呼ばれる資格はありませんと言おう」（Murdoch, *GA* p.1）という言葉で始まっている。

この言葉は聖書の「放蕩息子」の譬えのなかの言葉である。その譬えは「ある人に息子が二人いた。弟の方が父親に、『お父さん、私が頂くことになっている財産の分け前をください』と言った。それで、父親は財産を二人に分けてやった」（「ルカによる福音書」一五章一一―一二節）という言葉で始まる。しかし、「下の息子は全財産を金に換えて、遠い国に旅立ち」（同一三節）、放蕩の限りを尽くし、金を使い尽くしてしまう。飢饉も起こり、食べるものにも困るようになり、ある人のところに身を寄せるのであるが、畑仕事や豚の世話をやらされたあげく、食べ物も貰えなかった。「そこで、彼は我に返って」（同一七節）父のもとに帰っていき、「お父さん、わたしは天に対しても、またお父さんに対しても罪を犯しました。もう息子と呼ばれる資格はありません」（同二一節）と言った。しかし、父親は喜んで祝宴を始めた。それを知った兄は父に不平を言ったが、「お前のあの弟は死んでいたのに生き返った。いなくなっていたのに、見つかったのだ」（同三二節）と言って、不平を言う兄をいさめたという話である。

この導入部が示唆するように、『善き見習い』は罪を犯した現代の放蕩息子が精神的試練を経験した後、父のもとに戻るという展開になっている。聖書で息子の帰還を喜んだ父が祝宴を開いたように、『善き見習い』は父と息子二人が乾杯をする場面で終わっている。このように『善き見習い』は、導入部が小説全体の「ひな型」となっている良い例となっている。ゲイルの『ラフミュージック』もそのような作品である。

導入の章

『ラフミュージック』は、

彼女は両手に靴を持ちながら、砂浜を歩いていた。砕ける波の音に引き寄せられていたのだけれども、前方の大きな青い月にも引き寄せられていた。月の回りには輪ができていた。それは何かを約束しているか、脅かしているのだが、正確には何なのか彼女は忘れた。（Gale, *Rough Music* p.1）

という言葉で物語が始まっている。冷たい波の泡が肌に刺激を与えていた。波打ち際に立ち、波が足の裏から砂を吸い出す時、気持ちよく引っ張られるのを彼女は感じた。そこに長く立っていたら、波が砂をもっと引き出して、体が少しずつ沈んで、砂に埋もれていくのではないかと彼女は思った。「彼女は、自分の胸が塩を含んだ砂に吸われ、ひりひりするのを耐えているのを想像した」(Ibid.)。

彼女は振り向かなくとも、彼が後ろから大股で歩いてくるのがわかった。彼は自分の手に触れてくるのか、それとも、ただジャケットが掛けられるのを感じるだけなのか。自分は離れたところから呼ばれるのか、それとも、自分の首から数インチ離れたところで急に優しい声がするのか。彼女は振り向かないことにした。海草や泡が勢いよく引いていくのを見ていると、まるで波や浜が静止して、彼女だけが「不思議な砂のわだち」(Ibid. p.2) を前へ後ろへと滑っているように感じた。そして、

> あなたを愛しているわ。言葉がこみ上げてくるのを彼女は感じた。言葉が言うことができる以上に、私はあなたを愛している。それはもちろん本当だった。なぜなら、彼の落ち着いた手がとうとう彼女の肩に触れ、彼の唇が彼女の首に軽く触れるのを彼女が感じた時、彼女の口から出てきたものは「私はあなたをめちゃくちゃにするわ。私の言葉を追い払ってくれる?」だったから。(Ibid.)

という言葉でこの章は終わる。この小説の導入部もこの小説全体の「ひな形」になっている。すなわち、この小説は一人の女性の口にすることのできない愛の物語なのである。彼女の思いと彼女が口にする言葉は乖離しているが、それがなぜなのかが物語のなかで明らかにされる。読者は物語がこの女性を主人公にして進んでいくことを期待するのであるが、次の章は「ブルーハウス」という題で、主人公は急に男性に変わる。

「ブルーハウス」と「ビーチコウマー」

「ブルーハウス」の章は、「実際、ここにいるとちょっとした詐欺師って感じるんだ」（Ibid. p.3）とウィル（Will Pagett）が女性に言う言葉で始まる。彼と話をしている女性が誰なのかは明らかにされない。「私は幸せな男だ」（Ibid.）と言うウィルはゲイであり、自分の最良の友はハリエット（Harriet Rowney）という女性だと言う。「あなたの性的関心は、あなたにとって問題ではない」（Ibid. p.4）と女性が言うと、彼は「そんなこと決してなかった。それは喜びの源なんだ」（Ibid.）と答える。友人たちは皆、子供がいるが、自分は子供など欲しくないとウィルは言い、「私は決して自分本位だとは思わない。でも、自立心があるんだ」（Ibid. p.5）と言う。

ウィルが「私は落ち着いている。満足できる仕事、すてきなフラットも持っている。たまたま一人で落ち着いているんだ」（Ibid.）と言うと、彼女は「パートナーと落ち着いている女友達を見ても、自分は大切な人が欲しくならない」（Ibid.）と言う。すると彼は、「ああ、私にも一人いるよ」（Ibid.）と言い、「本当は彼が、私がここにいる理由なんだ」（Ibid.）と言った。ウィルは話し相手から、その男性について話すように促されるが、彼とのことは「極秘」（Ibid.）だと言う。すると彼は、「では、あなたは何のことを話に来たの？」（Ibid.）と言われてしまう。ウィルが「私の子供時代のことから始めた方がいいんじゃないかな？」（Ibid.）、「それが普通のことでしょ？」（Iibd.）と聞くと、彼女は「そうしたければ」（Ibid.）と答える。ウィルが「警告しておくよ。私は虐待もされなかったし、無視もされなかった。両親を愛しているし、自分の子供時代を愛している。とても、とても幸せだった」と言うと、彼女は「私にそのことを話して」（Ibid.）と言う言葉でこの章が終わる。

次の章は「ビーチコウマー」という題で、ウィルの子供時代の話が始まる。ウィルはジュリアン（Julian Pagett）という名になっていて、彼の父ジョン（John Pagett）は刑務所の所長であり、彼は両親と共に刑務所長用の家に住んでいる。彼らは夏の休暇で二週間コーンウォールに行くことになっており、その準備に忙しい。模範囚が毎週金曜日に庭仕事をしにやって来て、ジュリアンは彼らと話をすることができた。そして、そのなかの一人が、母のいない時、刑務所の外へ電話を掛けるように彼に指示する。ジュリアンはそれに従って電話を掛けると、女性が出て、電話を掛けたことは黙っているように、そうすれば「尊敬のしるし」（Ibid. p.17）がもらえると言う。ここでこの章は終わる。

次は再び「ブルーハウス」という章で、この日は書店を経営しているウィルの四〇歳の誕生日で、ランチパーティーが開かれている。彼は大学時代に三人の恋人と呼べる男友達との出会いがあり、その後、フィンランド人の地質学者と「立派な結婚」（Ibid. p.19）になったかもしれなかった愛もあった。今ウィルは、姉ポピー（Poppy）の夫サンディー（Sandy）と同性愛の関係にある。彼らの関係は、姉夫婦がハネムーンから帰った次の週から始まったが、「激しい愛撫」（Ibid. p.31）を数に入れると、彼らの関係は姉夫婦の結婚前から始まっていた。しかし、ポピーはそのことを知らない。ウィルは姉のことを心配し、サンディーとの関係を終わらせたいと願っているが、サンディーがウィルに執着している。一方、ポピーは自分が結婚して幸せだと感じているので、決まった恋人がいないウィルに幸せになって欲しくて、独身のゲイをウィルに紹介しようとしている。この章では、ポピーがかつて行ったことがあるコーンウォールにコッテージを借り、そこにウィルが年老いた両親とポピーの子供たちを連れていくこと、ウィルは小さい頃そこに行ったが、そのことをすっかり忘れていること、そこには子供たちとサンディーは来るが、ポピーはスポーツセンターでスカッシュの集中コースを取るために来ないということなどが登場人物の会話からわかる。

次は「ビーチコウマー」という章で、ジョンがフランシスの名を呼んで、彼女を起こしている場面から始まる。彼らはコーンウォールに向かう車のなかにいる。この章で、ジョンにはベッキー（Becky Palmer）という姉がおり、文学の博士号を取った後、アメリカに行き、今はカリフォルニアに住んでいること、ジョンは仕事で忙しく、フランシスには友人がいないということが語られる。このようにこの物語は「ビーチコウマー」と「ブルーハウス」の章が交互に現れて進んでいき、それぞれの章が物語を形成していく構成になっている。「ビーチコウマー」というのはジュリアン、すなわち、ウィルが子供の頃、家族が借りたコッテージの名で、「ブルーハウス」というのはウィルたちが借りることになったコッテージの名である。しかし、「ブルーハウス」はジュリアの家族が昔コーンウォールで借りたコッテージを青く塗り替えたものだということが後にわかる。「ビーチコウマー」の章ではウィルが子供時代の物語が進み、「ビーチコウマー」の章では大人になったウィルの物語が進んでいく。しかし、別々に進んでいた物語は徐々に一つの物語になっていく。

ビーチコウマーでの出来事

「ビーチコウマー」という章での出来事は、コーンウォールで夏休みを過ごしていたジュリアンの一家に、ジョンの姉ベッキーの夫ビル（Bill Palmer）と娘がアメリカからやって来て起こる。ベッキーは、アメリカで夫と娘のスキップ（Skip Palmer）を残し、事故で死んでしまった。作家であり教師でもあったビルはアメリカで終身在職権を取ることに失敗したが、イギリスで仕事の口があり、スキップを連れて帰ってくることになった。そこで、スキップを従兄弟のジュリアンに会わせるために来たのだった。

ビルとスキップがやって来た数日後、ファーマー（Henry Farmer）という囚人が朝の実習の時間に外の仕事をしていて、いなくなったという知らせがジョンにあった。ファーマーは模範囚で、外の庭仕事をする時、ジュリアンと話をすることができ、ジュリアンは彼に懐いていた。ジョンは急いで刑務所に帰っていった。フランシスはピアノでクラッシック音楽を弾くのが好きで、ビルはラジオの音楽を聞くのが好きだったが、ジョンの留守中、二人は次第に親しくなっていった。

ある晩、ビルはフランシスに散歩に行こうと誘った。「潮が入り江に満ちていたが、引き始めていた。月は大きく、モスリンにくるまれているように黄色っぽかった」（Ibid. p.242）。ビルはベンチに座ると大麻を吸い始めた。彼は生真面目なフランシスを挑発し、大麻を吸わせ、彼女にキスをし始める。読者はここに来て、導入部の海と月が、フランシスとビルが二人で散歩に行った時の海と月であったことがわかる。ビルは「あなたとジュリー。私たちはみんな一緒にノリッジに住むことができる」（Ibid. p.246）と言うが、フランシスは「私はジョンを愛しているの。ジョンと結婚しているの」（Ibid.）と言う。しかし、ビルはなおもフランシスを誘惑し、二人はコッテージに戻り関係を持つ。

屋根裏に潜んでいたファーマーがジョンの衣類と財布を盗み、ジョンが書斎にある電話でフランシスと話をしている時、密かに正面玄関から出て、タクシーに乗って逃げていった。守衛はファーマーをジョンだと思ったという。ファーマーはジュリアンから、刑務所長の家の屋根裏部屋に留金が壊れた窓があり、そこから屋根に出ると、刑務所の屋根まで行くことができることを聞いていたのだった。また、ファーマーはジュリアンに外部の人間に電話を掛け、伝言をするように頼んだりもしていた。

スキップとジュリアンが遊んでいる時、スキップは「二人は恋をしているの。二人は浮気をしているの。私のパパとあなたのママが」（Ibid. p.283）とジュリアンに言って、二人の関係を話した。ジュリアンが泣きながらジョンに電話をし、「寂しいよ。いつ帰ってくるの？」（Ibid. p.287）と言ったので、ジョンが彼らのもとに帰ってきた。

ジョンが郵便局から持って帰ってきた郵便物のなかに、ジュリアン宛の包みがあった。包みの中身は本物の金時計で、「ご尽力に対して私の若い友人への敬意のしるし。HF」（Ibid. p.318）と刻印されていた。ジョンがジュリアンに「どんな尽力なんだ、ジュリアン？　彼のために何をしたんだ？」（Ibid. p.319）と聞いても、ジュリアンは答えなかった。ジョンは「彼は私を殺したかもしれないんだ」（Ibid.）と言うと、ジュリアンを平手打ちした。すると、ジュリアンはファーマーから教えてもらった卑猥な言葉を言い、泣きだした。フランシスがジュリアンに手を伸ばすと、彼はその手をピシャリと打って、卑猥な言葉を彼女に投げかけたので、ジョンはまた彼を平手打ちした。ジュリアンは倒れ、フランシスは叫び、スキップは神経質にくすくす笑い、ビルが「おい、落ち着け」（Ibid.）と叫んだ。ジュリアンは「二人は駐車場で犬みたいだった」（Ibid.）と言って、卑猥な言葉でフランシスとビルのことを話し出したので、今度はフランシスがジュリアンを平手打ちした。フランシスはすぐに誤ったが、ジュリアンは家を飛び出し、海に入り、狂ったようにクロールで泳いでいった。ジョンがジュリアンを追いかけ、やっとのことで海から彼を助け出した。ジョンがジュリアンを胸にきつく抱いて、ビーチコウマーに帰ってくると、ビルのオートバイのエンジンの音が聞こえた。「彼女は私を置いていった」（Ibid. p.321）とジョンはオートバイの遠ざかる光を睨みつけながら思った。スキップは、「彼は私の代わりに、タイプライターを持っていった」（Ibid. p.322）と言って、泣いた。

ジョンのオートバイが乗り捨てられているのが発見されたが、彼を見つけることができなかった。彼はタイプライターを自分の重しにして泳ぎ、溺れ死んだのだろうということになり、遺体のない追悼式が教会で行われた。ジュリアンは聖歌隊付属学校に入り、両親のもとを離れ、男の子のようだったスキップは、母が名づけたポピー・ルイーズ（Poppy Louise）という名に自分から戻り、制服を着て、始めて学校に行った後、髪を伸ばしたいと言った。

ビーチコウマーの章の終わりは、ビルの追悼式のすぐ後であり、ジョンは地下室の暖房炉の前でビルが書いた小説の原稿を読んでいる。その原稿では、主人公の女性は一瞬ためらうものの、二足の新しいストッキングとお気に入りの口紅を掴んでバッグに入れると、「家庭を作ることができなかった家」（Ibid. p.358）を見回した。すると、彼女の唇に「半分微笑みが浮かぶ」（Ibid.）というところで終わっていた。ジョンがその原稿を燃やそうかと思案している時、寝ていたはずのフランシスがやって来た。彼女は電球が明るすぎると言って消し、炉の揺らぐ炎と階段の弱い光りのなかで話し始めた。「また妊娠したと思い始めていたの」（Ibid. p.360）と彼女は言った。「でも、妊娠していなかった。もししていたら、あなたの子だったでしょうね」（Ibid.）と彼女は言った。彼女はビルのことは何も話さなかった。しかし、ジョンがロンドンに呼び戻される前に見たという、支離滅裂な夢の話をした後、「子供っぽく聞こえるわ」（Ibid.）、「でも、あなたの子だとわかったの。そして女の子だったと思うの」（Ibid.）と言った。そして彼女は、「ジョン、ごめんなさい。でも聞いて――いいえ。これは言わせて欲しいの。易しいことじゃないの」（Ibid.）と言ったが、言葉に詰まり、「ただ聞いて」（Ibid.）と言った。ジョンが「聞いてるよ」（Ibid.）と言うと、彼女は「あなたを私の側にいさせるものなんてなにもないわ。あなたは私と離婚できるわ。したいのなら。よくわかるわ」（Ibid.）と言うのだった。ジョンは「それがあなたの望んでいることなの?」(Ibid.)と聞いた。彼は「自分のライバルが書いたように、自由に、だらしなく話す必要があった」(Ibid. p.361)。が、そのように話すことはできなかった。彼は「大家族を持つという夢」(Ibid.)や、「どうやったらまたやれるのか」(Ibid.)ということを彼女に話したかった。しかし、フランシスは聞いていなかったかのように、スキップを正式に養女にしようと言い出した。「そのぐらいの義務は負っているわ」(Ibid.)とフランシスは言って泣いた。不器用なジョンは彼女をかろうじて抱きしめたものの、愛していると言うこともできないでいる場面で、「ビーチコウマー」の物語は終わる。

ブルーハウスでの出来事

「ブルーハウス」の章では、フランシスは六〇歳の時、買い物の最中に脳出血を起こし、話せなくなり、右半身が動かなくなっている。彼女は家族につき添われて病院に行った。彼女は麻痺も治まり、また話せるようになった。以前とまったく同じに見えると皆が請け合ったが、顔の片側がゆるんでいるのを彼女は確信した。フランシスは六〇歳で、突然、家族の人々から心配される人間になったのだった。彼女の体内時計は一時的に狂い、昼食の後に、寝る支度をしたりした。何よりも悪いことに、彼女はパニックになる発作を起こし、自分自身ではなくなった。彼女は家族からアルツハイマー病になったのではないかと心配されている。ジョンはインターネットでアルツハイマー病について調べ、アルツハイマー病を早期に発病した夫を持った女性にEメールを出し、フランシスのことを相談したり、彼女と実際に会って話をしたりしていた。

ウィルは書店を従業員に任せ、両親を連れコーンウォールに行くことになった。海が見えてくるとフランシスがはっと息をのんだ。ジョンが「では、覚えているんだね?」（Ibid. p.93）と聞くと、フランシスは「みんなとても変わってしまったわ」（Ibid.）と言ったが、自信がない調子に変わり、「そうでしょ? 本当に覚えていないわ。でも……」（Ibid.）と途中で言うのを止めた。するとジョンが、「もっと建て込んでいる」（Ibid.）と言葉を続けた。コッテージに着くと彼らは休む間もなく海に行った。フランシスは「波が砂に溶け込む線のところに立ち、明らかに自分の足に砕ける泡に魅了されていた」（Ibid. p.98）。ウィルが声をかけると、フランシスは彼の顔を探して微笑むのにちょっと手間取った。しかし海に入ると、泳ぎの上手なフランシスはウィルと競争をしようと言い出した。ウィルがやっとの思いで浜に戻ってくると、フランシスがいなかった。彼女は後ろから男の顎に手を回し、人命救助をするように男を海岸に引っ張り始めた。それを見たウィルが海に走って戻り、男を浜に上げるのを手伝った。しかし、男は自分は溺れてはいなかったと言い張った。男が立ち去ると、フランシスは「彼は溺れていたの」（Ibid. p.101）と言った。男は二フィート下に沈んでいて、男の髪が海のなかで広がっていたのだという。ウィルは「あなたは無礼な野郎の命を救ったんだ」（Ibid.）と言ったが、フランシスは「彼の反応から判断すると、よくわからないわ」（Ibid.）と言うのだった。

「美しいコッテージで、美しい砂浜だった」（Ibid. p.113）。フランシスは楽しんでいたが、自分が皆から見守られているのに気づいていた。「彼らが見守るのをやめたら、彼女は楽しむのをすぐに止めるだろう」（Ibid.）。彼女は「私を見守る必要はないわ」（Ibid.）とジョンに言った。車から見た時、それが「同じ家」（Ibid.）だということに彼女は気づいていた。フランシスはジョンに一人で散歩に行くように促した。ジョンが散歩に行っている間に、彼女はウィルと出かけた。その帰りに彼らは彫刻の展示会をしている店へと入っていった。彼女はそこで音を出す面白い彫刻を見つけ、「これは自分自身への、遅い出産祝いになるわ」（Ibid. p.124）と言って、買うことにした。しかし、店員は風見を取りつけなければならないので、二、三日したら届けるから住所を聞かせて欲しいと言った。フランシスは「ブルーハウスというの」（Ibid.）と答えた。店員はそれを知っていて、作者本人が届けると言った。

ウィルの携帯電話にハリエットから電話が掛かってきた。ウィルがいなかったのでジョンが出ると、彼女はリオデジャネイロにいたファーマーが引き渡されることになったということを伝えた。まだ正式にではないが、もしそうなったら報道が連絡してくるから、「準備しておいた方がいいと思ったの」（Ibid. p.139）と彼女は言った。ジョンは「どんな見当違いの追憶がポピーに取りついて、自分たちをここに来させたのだろう」（Ibid. p.140）と思った。

フランシスとジョンがドライブに出かけた日、ウィルは新しい恋人を得た。ウィルは海でフランシスが助けた男を見かけ、気になっていたが、男の犬がブルーハウスにやって来たことから話すようになった。男の名はローリー（Roly Maguire）という名で、ブルーハウスの持ち主だった。また、ローリーがフランシスの買った彫刻の作者で、ウィルは彫刻を受け取りに、彼と一緒に彼のトレーラーハウスに行った。彼は夏の間、トレイラーハウスに住んで、自分の家を貸し、得た金をその年の生活費にしているのだという。「私の相方がここに家を相続し、それを私に残した」（Ibid. p.167）とローリーは説明した。ウィルは彼に引かれ、二人は関係を持つ。ローリーは、ここは冬は「とても魅力的」（Ibid. p.170）だと言った。ウィルは「本屋にうんざりしている」（Ibid.）と言って、彼に仕事のことを説明した。そしてローリーは、「もしあなたのお母さんが、あなたの思っているほど悪いんだったっら、あなたは閉じ込められてしまうよ」（Ibid. p.171）と言うのだった。

サンディーが子供たち、ヒューゴー（Hugo）とオスカー（Oscar）を連れてやって来た。サンディーはウィルの部屋で一緒に寝ることになった。サンディーはウィルにとって、「恐ろしいほどの好意を感じるが、けっして愛することのできない男」(Ibid. p.225)だった。ウィルが「こういうことは止めなければならないよね。こういうことすべて」(Ibid.)と言うと、サンディーは「なぜ?」(Ibid.)と聞き返した。「彼女は私の姉だし、ちくしょう、それに彼女を傷つけたくないんだ。これ以上のどんな理由が必要なんだ」(Ibid.)とウィルが言うと、サンディーはウィルを見もせず、「それで?」(Ibid.)と言うのだった。

ある晩、フランシスは子供の泣き声を聞いたと思い目を覚ました。彼女は子供たちの部屋に様子を見にいったが、何事もなかったので、部屋に戻ろうとした。しかし、彼女は空腹だったので、台所に行ってココアを作り、ベランダにあるベンチで飲むことにした。開いた窓からウィルとサンディーの話し声が聞こえてきた。ウィルが「あなたは両性愛者でもない。こういったレッテルはあなたのような男を表さない」(Ibid. p.254)などと言い、自分を諦めるようにサンディーを説得していた。しかし、サンディーは「お前は他の誰かに会ったんだろう」(Ibid. p.255)、「私たちがここに来た時、気づいたんだ」(Ibid.)と言い出した。サンディーは泣きだし、それを宥めるウィルの声が聞こえ、キスの音になった。ベンチに釘づけになったように感じていたフランシスは、「嫌悪感」(Ibid.)で動けるようになり、聞こえることも構わずにベンチから飛び上がると、部屋履きのまま走り出した。彼女が覚えていた場所に公衆電話ボックスがあった。彼女は料金受信人払いでポピーに電話をした。

夜中の一時半に電話をしてきたフランシスにポピーは驚いた。フランシスは「あなたはすぐに来なければならないわ。私たちみんなあなたが必要なの」(Ibid. p.256)と言い、「特にサンディーが」(Ibid.)とつけ足した。ポピーは驚いたものの、まだスカッシュのことを言うので、フランシスは卑猥な言葉を使って、彼女に来るように命令し、「あなたの下劣な弟に、何をしているのか聞きなさい」(Ibid. p.257)と言って、受話器をガチャンと置いた。駐車場を歩きながら、背後で電話が鳴っていたが、彼女は無視した。「彼女は容赦がなかった。彼女は力強かった。彼女、フランシス・パジェットは曲がりくねった道を真っ直ぐにし、閉じ込められた者たちを解放することができた」(Ibid.)。

朝早く家を出たポピーがブルーハウスにやって来た。彼女は怒り狂っており、子供たちの荷物を纏めだした。戸惑っているジョンにサンディーが「私はゲイで、両性愛者なんだ」(Ibid. p.273) と告白した。そして彼は、幸せな結婚をしていたが、ウィルと浮気をしていたと言った。サンディーは子供たちを車に乗せたが、自分が乗る前にポピーが車を出発させ、サンディーが残された。フランシスはウィルに話しかけようとしたが、彼は怒って「行けよ！　お前は馬鹿で、お節介で、無知な女だ」(Ibid. p.274) と怒鳴った。ウィルは「背の高い、やせこけた、疲れ切った見知らぬ人」(Ibid.) だった。その時、ウィルの携帯電話が鳴り、ジョンが出た。それはハリエットで、彼女は逃亡犯罪人引き渡しが中止になったと言った。ウィルはどこかへ行ってしまい、ジョンはフランシスを連れて、サンディーを家まで送っていった。

ウィルは砂浜の遠く離れた岩の上に座って、両親とサンディーが車に乗って去っていくのを見ていた。彼らが去った後、彼は急いで家に帰ったが、彼が期待していたメモは残されていなかった。ウィル一人になったブルーハウスにローリーがやって来た。ウィルが事情を話すと、ローリーはウィルを慰めた。ローリーがウィルのスーツケースを詰め、彼を駅まで送っていった。ウィルは「私は行きたくないよ」(Ibid. p.295) と言ったが、ローリーは「嫌でもせざるをえないよ」(Ibid.) と言った。ウィルがローリーに手紙を書いていいか聞くと、ローリーは「もちろん」(Ibid. p.296) と答えた。ウィルはローリーに見送られ、帰っていった。

ブルーハウスでの出来事の後、フランシスはタクシーに乗ってウィルの店までやって来た。フランシスのアルツハイマー病は進んでいて、彼女はジュリアンはどこかと店員に聞いた。しかし、店員はそれが誰だかわからなかった。フランシスがウィルを見つけると、彼は店の買収に興味がある人間に店を見せていた。ウィルは彼女を事務所に連れていって、話をした。フランシスは「人々は誤った選択をするの。恐ろしい選択を。私は容易に行くことができたの。私はあなたにとって最良ことを欲したの」(Ibid. p.310)と言い、ウィルが宥めようと彼女を抱くと、彼女は彼を押しのけ、「私は若かったの。ひどく若かったの。四〇歳でさえまだ若いわ。信じて。でも当時はそう感じたの。私はあなたに捕われて欲しくなかったの」(Ibid. p.311)と言った。そして、「もちろん、あなたはひどく怒ったわ。あなたも彼を欲しかったから」(Ibid.)と言った。当時、ジュリアンは男らしいビルに引かれており、ビルは「ジュリーは少しホモだ」(Ibid. p.300)とフランシスに話していた。彼女は混乱していて、ビーチコウマーでのことを話しているが、ウィルはそのことがわからない。フランシスは話をした後、急に眠くなり、車で迎えにきたジョンと一緒に帰っていった。

「ブルーハウス」の最後の章になって、この章の最初にウィルが話をしていた相手が精神科医チャドウィック博士(Dr Chadwick)だったことが明らかになる。六回分の治療費用はハリエットが出してくれた。ウィルが治療のなかで得た答えは「幸せになれ。幸せになるな。それは私の選択だ」(Ibid. p.369)ということであった。彼はその日の朝、ローリーから戻ってくるようにという手紙を受け取っていた。彼はローリーの待つブルーハウスに行くという場面で「ブルーハウス」の章が終わる。

結末の章

この小説には導入部とそっくりな結末の章がある。この結末は導入部とまったく同じ言葉が最初から第七パラグラフまで繰り返される。しかし、最後の第八パラグラフは「あなたを愛しているわ。言葉がこみ上げてくるのを彼女は感じた。言葉が言うことができる以上に、私はあなたを愛している」という言葉だけで終わる。そして、次のパラグラフは「お前?」と呼びかける男の声で始まっている。

男は「上がるの手伝ってあげようか? 体中泥だらけになっているよ。私の手を取りなさい」(Ibid. p.374)と言う。彼女は彼に助けられながら浮き桟橋へと戻る。しかし、そこは海ではなく川である。彼女の靴の片方は泥にはまり脱げてしまった。彼女はそれを気にすることもなく、もう片方の靴を蹴るように脱ぎ捨てると、裸足のまま彼に導かれながら庭を横切って、家へと戻っていった。彼女は彼の背が高いところが気に入っていた。そして、彼女が泥のついたままの足で、彼の台所まで歩いていっても、彼は気にしていないように見えることが好きだった。彼はタオルと、石けんで泡だったお湯を彼女の前に置いた。その様子がおかしかったので、彼女は彼に微笑みかけた。そして、「彼女は彼に名前を尋ねた」(Ibid.)という言葉で物語は終わる。この結末では、アルツハイマー病が進んだフランシスは川で海の思い出に耽るが、自分の世話をしている夫を認識することもできなくなっている。彼女に残っているのは愛の記憶ではなく、誰かを愛しているという強い思いだけかもしれない。

イーグルトンは『文学の読み方』でシェークスピア(William Shakespeare)の『マクベス』(*Macbeth*, 1605)の三人の魔女たちの言葉を考察し、「彼女たちの予言的な発言は矛盾と曖昧さに支配されている」(Eagleton, *HRL* p.17）と言っている。『ラフミュージック』の導入部の最後の「私はあなたをめちゃくちゃにするわ。私の言葉を追い払ってくれる?」という言葉は予言ではなく、フランシスが思い出に耽っていて出てきた言葉であるが、曖昧であり、何を言っているかわからない。そしてイーグルトンは、「すべての文学の研究者が気づいているように、曖昧さは豊かにしうる。しかし、主人公が発見するように、それは死をもたらす」（Ibid.）と言っている。この物語は曖昧さを含みつつ進んでいき、読者はその曖昧さを払拭しようとして読み進める。それが物語の豊かさだと言えるなら、この物語は豊かな物語である。そして、フランシスの言葉への態度が、結末の章で描かれているように、夫の名前さえわからないという自分自身の記憶の死をもたらしたと言える。

ビーチコウマーの物語で、フランシスは最近脱獄した男が列車強盗を働いたことをラジオのニュースで知り、心配になりジョンに電話をかけた。しかし、彼女は彼がすでに家を出て、こちらに向かっていることを知った。フランシスはビルから、スキップの「新しい母親」（Gale, *Rough Music* p.301）になってくれ、自分が刑務所に行ってジョンに話をすると言われていた。ジョンが戻ってくるのだとしたら、ビルとのことを自分で話すべきなのだろうかとフランシスは悩み始めた。彼女は自分のビルへの愛を自問しながら、ジョンが帰ってきた時に見つけるかもしれない自分の「罪」（Ibid. p.303）を消すために家のなかを片づけ始めた。ひどく疲れて、ベランダでコーヒーを飲むことにしたフランシスは、ビルがベランダに置いたままにしてあったタイプライターを見つけた。ビルはどこかに出かけており、彼女は彼が書いていた小説を読み出した。そのなかで彼女は、刑務所で育ち、夫のもとにやって来て、「自由と広い土地への切望」（Ibid. p.305）と外の世界への「恐怖」（Ibid.）の間で板挟みになっている女として描かれていた。そして小説では、「彼女の愛人」（Ibid.）と「彼の母のいない娘」（Ibid.）のために、彼女が夫のもとを去ることについて話し合う場面があった。それを読んでフランシスのビルへの愛は怒りに変わる。彼女は帰ってきた子供たちにジョンが帰ってくることを告げた。するとビルの目に「苦悩」（Ibid. p.306）が浮かぶのを彼女は見た。「それ以上の話し合いはないだろう。言葉は危険であり、まったく信用できなかった」（Ibid.）という言葉でこの章は終わっている。イーグルトンは「言語は、現実あるいは経験の伝達手段というより、それを構成する」（Eagleton, *HRL* p.3）と言っている。フランシスは言葉を「危険」で「信用できな」いと思うことで、彼の小説に描かれていることが現実のものになることを阻止したのである。そのように思い続けた彼女が記憶を失うのも当然のことであろう。

マードック的なゲイル

ゲイルは『インデペンデント』紙（*The Independent*）に「生涯の本　アイリス・マードックの『鐘』」（'Book Of A Lifetime: The Bell, By Iris Murdoch'）というエッセイを書いている。そのなかでゲイルは「『鐘』は愛と自由、二人の絡み合い、そして、うまく行かなかった愛の破壊的な力についてである。多くのゲイの男たちについて言えば、普通の人の寄せ集めに、同性愛をまったく平然として加えるという点でびっくりした。ファンファーレも政治もない。すなわち、彼女が興味を持っているのは、ゲイであるということではなく、必ずしも所有することが許されるとは限らない誰かを愛することの影響だけである」（Gale, 'Book Of A Lifetime'）と言う。ゲイルの『ラフミュージック』はゲイルがマードックの『鐘』のなかに読み取った愛と、その愛の影響を物語にしたものだと言える。

『鐘』では尼僧見習いだったキャサリン（Catherine Fawley）は、僧院に取りつけられることになっていた鐘が湖に落ちていったのを見た時、湖へと入っていくが、尼僧に助けられる。ロンドンで静養していたキャサリンが快方に向かったという知らせを受け、キャサリンが密かに愛していたマイケル（Michael Meade）が彼女に会いにいく。ドーラ（Dora Greenfield）はマイケルとキャサリンが結婚することを想像するが、同性愛者のマイケルがキャサリンと結婚するという確証はない。しかし、キャサリンが双子の兄弟ニック（Nick Fawley）と瓜二つだということを思い出す時、それはマイケルが、自殺してしまったニックのもとに行くことと同じだと言えるだろう。マイケルはニックがいた学校の教師だったことがあった。ニックはマイケルに興味を持ち親しくなるが、罪を恐れたニックはマイケルが同性愛者だと密告し、マイケルは学校を追われた。『鐘』では結ばれることがなかった者たちが幸せになるような物語を、ゲイルは『ラフミュージック』で描いたようである。

フランシスは「所有すること」が許されないビルへの愛を諦め、それを愛だと思わないことで、家族のもとに留まることを決心した。ウィルは家族のもとにいることで満足していたが、彼にとってローリーは「所有すること」が許される相手だった。ウィルは、新しい恋人への愛を自分で認めることで、家族を捨て恋人のもとに行くことができた。

初期のアルツハイマー病のフランシスは海でローリーを救出するが、それは彼女にとって、行方不明のままのビルを海から救いだすことと同じであった。そして、フランシスはポピーを呼び寄せることで、道徳的に振る舞うことができなかった昔の自分の埋め合わせをしている。ゲイルは、道徳を作品のなかで描き続けたマードックを意識してフランシスを描いているようである。

ウィルが家族を捨てることができたのは、彼が精神分析を受け、自分の子供時代の出来事を思い出すことができたからである。このように自分の過去にあったことを物語にするということは自分が抱えている問題の治療になる。なぜなら、「わたしたちは、語りながら自己を生み出し、変形したり補強したりしながら、自己を確認している」（野口『物語としてのケア』三九頁）からであり、自己とは「語ることで確かさを増すもの」（同）だからである。ウィルは語ることで自己を確認したが、語ることができなくなったフランシスは自己を確認することができない。

マードックは道徳を小説のなかに描き続け、アルツハイマー病になり亡くなったが、道徳を追求するというストレスが彼女のアルツハイマー病の一因になったのかもしれない。一方、フランシスは自分の不道徳な行為と、それが引き起こしたビルの死を苦しみ続け、それがアルツハイマー病の一因になったのかもしれない。[1]いずれにしても、二人は病を得ることで、精神的安らぎを得ることができたと言えるだろう。このように『ラフミュージック』はマードックへのオマージュと言える作品なのである。

注

（1）心理社会的ストレスがアルツハイマー病のリスクを高めるということについては http://bmjopen.bmj.com/content/3/9/e003142.full を参照のこと。

引用文献

Aristotle, *De Anima (On the Soul)*. trans. Hugh Lawson-Tancred. New York: Penguin Books, 1986.（本文中 *De Anima* と記す。）

——*The Nicomachean Ethics*. trans. David Ross. Oxford: Oxford University Press, 2009.

Bachner, Saskia. *Contingency in Iris Murdoch's Under the Net*. Norderstedt: Grin Verlag, 2008.

Bekoff, Mark. *Why Dogs Hump and Bees Get Depressed: The Fascinating Science of Animal Intelligence, Emotions, Friendship and Conversation*. California: New World Library, 2013.（本文中 *WDH* と記す。）

Bekoff, Mark, Pierce, Jessica. *Wild Justice: The Moral Lives of Animals*. Chicago: The University of Chicago Press, Ltd., 2009.（本文中 Bekoff, *Wild Justice* と記す。）

Bryant, Clifton. 'The Zoological Connection: Animal-related Human Behavior.' *Social Creatures: A Human and Animal Studies Reader*. ed. Clifton P. Flynn. New York: Lantern Books, 2008.（本文中 *Social Creatures* と記す。）

Buchanan, Brett. 'Being with Animals Reconsidering Heidegger's Animal Ontology.' *Animals and the Human Imagination: A Companion to Animal Studies*. eds. Aaron Gross, Anne Vallely. New York: Columbia University Press, 2012.（本文中 *AHI* と記す。）

Burbridge, John W. *Hegel's Systematic Contingency*. New York: Palgrave Macmillan, 2007.（本文中 *HSC* と記す。）

Coleridge, Samuel Taylor. *The Rime of the Ancient Mariner* [Kindle Edition]（本文中 *RAM* と記し，Part 数を付す。）

Conradi, Peter J. *Iris Murdoch: A Life*. London: Harper Collins, 2001.（本文中 *Iris Murdoch* と記す。）

Coren, Stanley. *The Modern Dog: A Joyful Exploration of How We Live With Dogs Today*. New York: Free Press, 2008.（本文中 *The Modern Dog* と記す。）

Derrida, Jacques. *The Animal That Therefore I Am*. ed. Marie-Louise Mallet. trans. David Willis. New York: Fordham University Press, 2008.（本文中 *The Animal* と記す。）

———. *The Beast and the Sovereign* Volume I. trans. Geoffrey Bennington, Chicago: The University of Chicago Press, 2009.（本文

中 *BS* I と記す。）

———. *The Beast and the Sovereign* Volume II. trans. Geoffrey Bennington, Chicago: The University of Chicago Press, 2011.（本文中 *BS* II と記す。）

Dunmore Helen. *Zennor in Darkness*. New York: Penguin Books, 2007.

———. 'Introduction.' *The Fox The Captain's Doll The Ladybird*. ed. Dieter Mehl. notes David Ellis. London: Penguin Books Ltd., 2006.（本文中 Intro. と記す。）

———. *Go Fox* London: Young Corgi Books, 1996.

Dworkin, Ronald. *Justice for Hedgehogs*. Massachusetts: The Belknap Press of Harvard University Press, 2011.

Eagleton, Terry. *How to Read Literature*. Cornwall: Yale University, 2013.（本文中 *HRL* と記す。）

Fogle, Bruce. *The Dog's Mind: Understanding Your Dog's Behavior*. New Jersey: Howell Book House, 1990.（本文中 *The Dog's Mind* と記す。）

Foucault, Michel. *The Archaeology of Knowledge And The Discourse on Language*. trans. A.M. Sheridan Smith. New York: A Division of Random House, Inc., 2010.（本文中 *AK* と記す。）

———. *The Courage of Truth (The Government of Self and Others II) Lectures at the College De France 1983-1984*. ed. Frédéric Gros. trans. Graham Burchell. New York: Palgrave Macmillan, 2011.（本文中 *The Courage of Truth* と記す。）

Gaita, Raimond. *The Philosopher's Dog*. London: Routledge, 2004.

Gale, Patrick. *Rough Music*, London: Flamingo, 2000.

———'Book Of A Lifetime: The Bell, By Iris Murdoch'. http://www.independent.co.uk/arts-entertainment/books/reviews/book-of-a-lifetime-the-bell-by-iris-murdoch-7573964.html（本文中 'Book Of A Lifetime' と記す。）

Gross, Arin 'Introduction and Overview Animal Others and Animal Studies.' *Animals and the Human Imagination: A Companion to Animal Studies*. eds. Aaron Gross, Anne Vallely. New York: Columbia University Press, 2012.（本文中 *AHI* と記す。）

Hegel, G.W.F. *Hegel's Science of Logic*. trans. A.V. Miller. New York: Humanity Books, 1998.（本文中 *HSL* と記す。）

Hengehold, Laura. *The Body Problematic: Political Imagination in Kant and Foucault*. University Park, PA: The Pennsylvania State

University Press, 2007.（本文中 *The Body Problematic* と記す。）

Joyce, James. *Dubliners*. London: Penguin Books, 2012.

Kristeva, Julia. *Powers of Horror: An Essay on Abjection*. trans. Leon S. Roudiez. New York: Columbia University Press, 1982.（本文中 *Powers of Horror* と記す。）

Lawlor, Leonard. *This Is Not Sufficient: An Essay on Animality and Human Nature in Derrida*. New York: Columbia University Press, 2007.（本文中 *TINS* と記す。）

Lawrence, D. H. *Apocalypse and the Writings on Revelation*. ed. Mark Kalnins. Cambridge: Cambridge University Press, 1980.（本文中で *Apocalypse* と記す。）

———. *The Complete Poems*. New York: Penguin Books, 1993.

———. *The Complete Short Stories*, Vol. II. Harmondsworth: Penguin Books, 1982.（本文中 *CSS* II と記す。）

———. *England, My England And Other Stories*. ed. Bruce Steele. London: Penguin Books, 1995.（本文中 *EME* と記す。）

———. *The Fox The Captain's Doll The Ladybird*. ed. Dieter Mehl. London: Penguin Books, 2006.（本文中 *FCL* と記す。）

———. *Lady Chatterley's Lover: A propos of Lady Chatterley's Lover*. ed. Michael Sqires. Cambridge: Cambridge University Press, 1993.（本文中 *LCL* と記す。）

———. *The Letters of D. H. Lawrence Vol.2: June 1913 - October 1916*. eds. Geoge J. Zytaruk and James T. Boulton. Cambridge: Cambridge University Press, 1981.（本文中 *Letters* II と記す。）

———. *The Letters of D. H. Lawrence Vol.3: October 1916 - June 1921*. eds. James T. Boulton and Andrew Robertson. Cambridge: Cambridge University Press, 1884.（本文中 *Letters* III と記す。）

———. *Love among the Haystacks and Other Stories*. Harmondsworth: Penguin Books, 1982.（本文中 *LHOS* と記す。）

———. *The Woman Who Rode Away St. Mawr The Princess*. London: The Penguin Group, 2006.（本文中 *WSP* と記す。）

Lurz, Robert W. 'What do animals think?' *Animal Minds*. ed. Robert W. Lurz. Cambridge: Cambridge University Press, 2009.（本文中 *Animal Minds* と記す。）

Merleau-Ponty, Maurice. *Maurice Merleau-Ponty: Basic Writings*. ed.Thomas Baldwin. London: Routledge, 2004.（本文中 *Basic*

Writings と記す。）

Murdoch, Iris. *Existentialists and Mystics: Writings on Philosophy and Literature*. New York: Penguin Putnam Inc., 1997.（本文中 *EM* と記す。）

———. *The Good Apprentice*. New York: Penguin Putnam Inc., 2001.（本文中 *GA* と記す。）

———. *The Green Knight*. London: Penguin Books, 1994.（本文中 *GK* と記す。）

———. *The Message to the Planet*. London: Vintage, 2000.（本文中 *MP* と記す。）

———. *Metaphysics as a Guide to Morals*. New York: Viking Penguin, 1992.（本文中 *MGM* と記す。）

———. *Something Special*. Lndon: Vintage, 2001.（本文中 *SS* と記す。）

———. *Under the Net*. London: Penguin Books, 1977.（本文中 *UN* と記す。）

Noske, Barbara. 'The Animal Question in Anthology' *Social Creatures: A Human And Animal Studies Reader*. ed. Flynn Clifton. New York: Lantern Books, 2008.（本文中 *Social Creatures* と記す。）

Orwell, George. *Animal Farm: A Fairy Srory*. London: Penguin Books, 1989.（本文中 *Animal Farm* と記す。）

Oxford Dictionary of English. Second Edition. London: Oxford University Press, 2005.

The Oxford English Dictionary. Second Edition. London: Oxford University Press, 1989.（本文中 *OED* と記す。）

Roberts, Robert C. 'The Sophistication of non-human emotion' *Animal Minds*. ed. Robert W. Lurz. Cambridge: Cambridge University Press, 2009.（本文中 *Animal Minds* 記す。）

Rorty, Richard. *Contingecy, Irony, and, Solidarity*. Cambridge: Cambridge University Press, 2009.（本文中 *CIS* と記す。）

Russell, Bertrand. *Portraits From Memory and Other Essays*. New York: Simon and Schuster, 1956.（本文中 *Portraits* と記す。）

———. *The Selected Letters of Bertrand Russell: The Public Years, 1914-1970*. ed. Nicholas Griffin. London: Routledge, 2001.（本文中 *Letters* と記す。）

Shepard, Paul. *Thinking Animals: Animals snd the Developmant of Human Intelligence*. New York: The Viking Press, 1978.（本文中 *Thinking Animals* と記す。）

Spilka, Mark. *Renewing the Normative D. H. Lawrence: A Personal Progress*. Columbia: University of Missouri Press, 1992.（本文

中 *Renewing the Normative* と記す。）

Waal, F. B. M. de. *The age of Empathy: Nature's Lessons for a Kinder Society*. New York: Three River Press, 2009.

Weil, Kari, *Thinking Animals: Why Animal Studies Now?* New York: Columbia University Press, 2012.（本文中 *WASN* と記す。）

Wittgenstein, Ludwig. *Tractatus Logico-Philosophicus*. trans. C. K. Ogden. London: Routledge, 2002.（本文中 *TLP* と記し、節の番号を付す。）

Žižek, Slavoj. *Less Than Nothing Hegel : And The Shadow of Dialectical Materialism*. London: Verso, 2012.（本文中 *Less Than Nothing* と記す。）

アリストテレース『動物誌（上）』島崎三郎訳、岩波書店、一九九八年

ルートヴィッヒ・ウィトゲンシュタイン『原因と結果：哲学』羽地亮訳、晃洋書房、二〇一〇年（本文中『原因と結果』と記す。）

E・カッシーラ『人間――この象徴を操るもの』宮城音弥訳、岩波書店（本文中『人間』と記す。）

イマヌエル・カント『純粋理性批判上』平凡社ライブラリー五二七、原佑訳、平凡社、二〇〇五年

ジャック・デリダ『新版　精神について　ハイデッガーとの問い』平凡社ライブラリー七一三、港道隆訳、二〇一〇年（本文中『精神について』と記す。）

ジャック・デリダ「ドゥルーズにおける人間の超越論的「愚かさ」と動物への生成変化」西山雄二他訳『現代思想』七月号、二〇〇九年（本文中『現代思想』と記す。）

F・テンニエス『ゲマインシャフトとゲゼルシャフト（上）』杉乃原寿一訳、岩波文庫、岩波書店、一九八二年

トルストイ『トルストイ全集三　初期作品集下』中村白葉訳、河出書房新社、昭和五二年（本文中『初期作品集下』と記す。）

マルティン・ハイデッガー『形而上学の根本概念・ハイデッガー全集　第二九／三〇巻』川原栄峰、セヴェリン・ミュラー訳、創文社、二〇〇五年（本文中『形而上学の根本概念』と記す。）

マルティン・ハイデッガー『「ヒューマニズム」について』渡邊二郎訳、筑摩書房、一九九七年

マルティン・ハイデッガー『ニーチェⅡ　ヨーロッパのニヒリズム』細谷貞雄他訳、平凡ライブラリー一八四　平凡社、一九九八年（本文中）『ニーチェⅡ』と記す。）

ディビッド・ヒューム「人間本性と想像力の区別」G．ドゥルーズ　A．クレソン『ヒューム』合田正人訳、ちくま学芸文庫、筑摩書房、二〇〇七年（本文中ドゥルーズ『ヒューム』と記す。）

ピーター・ミルワード『聖書の動物辞典』中山理訳、大修館書店、一九九二年
M．メルロー＝ポンティ『シーニュ二』竹内芳郎他訳、みすず書房、一九七六年
モーリス・メルロ＝ポンティ『知覚の哲学　ラジオ講演一九四八年』菅野盾樹訳、ちくま学芸文庫、筑摩書房、二〇一一年（本文中『知覚の哲学』と記す。）
ミシェル・ド・モンテーニュ『エセー四』宮下史朗訳、白水社、二〇一〇年
バートランド・ラッセル『哲学入門』高村夏輝訳、ちくま学芸文庫、筑摩書房、二〇一〇年
マンフレート・ルルカー『聖書象徴辞典』池田紘一訳、人文書院、一九九八年
ドミニク・レステル「ハイブリッドな共同体」大橋完太郎訳『現代思想』七月号、二〇〇九年（本文中『現代思想』と記す。）
コンラート・ローレンツ『ソロモンの指輪――動物行動学入門』日高敏隆訳、早川書房、一九九九年（本文中『ソロモンの指輪』と記す。）
コンラート・ローレンツ『人イヌにあう』小原秀雄訳、早川書房、二〇〇九年
D．H．ロレンス『完訳　チャタレイ夫人の恋人』伊藤整訳、伊藤礼補訳、新潮社、平成八年
D．H．ロレンス『チャタレー夫人の恋人』武藤浩史訳、ちくま文庫、筑摩書房、二〇〇四年
阿刀田高『短編小説のレシピ』集英社新書、集英社、二〇一〇年
生松敬三『社会思想の歴史』岩波書店、二〇〇四年
金森修著『動物に魂はあるのか』中公新書二一七六、中央公論新社、二〇一二年
木村敏『偶然性の精神病理』岩波現代文庫　学芸一〇、岩波書店、二〇〇〇年

九鬼周造「偶然性の問題」『京都哲学撰書　第五巻　九鬼周造「偶然性の問題・文芸論」』燈影舎、二〇〇〇年（本文中『偶然性の問題』と記す。）

竹内啓『偶然とは何か――その積極的意味』岩波新書　新赤版一二六九、岩波書店、二〇一〇年（本文中『偶然とは何か』と記す。）

西田正規、北村光二、山極寿一編『人間性の起源と進化』昭和堂、二〇〇三年（本文中西田と記す。）

日本聖書協会『聖書　新共同訳』一九九九年

野口裕二『物語としてのケア　ナラティヴ・アプローチの世界へ』医学書院、二〇一〇年（本文中『物語としてのケア』と記す。）

宮崎裕助「脱構築いかにして生政治を開始するか　デリダの動物論における「理論的退行」について」『現代思想』七月号、二〇〇九年（本文中『現代思想』と記す。）

本村凌二『馬の世界史』講談社現代新書一五六二、講談社二〇〇一年

中島義道『エゴイスト入門』新潮社、平成二三年

野内良三『偶然を生きる思想「日本の情」と「西洋の理」』NHKブックス一一一八、日本放送出版協会、二〇〇八年（本文中『偶然を生きる思想』と記す。）

丸谷才一「イギリスの短篇小説」『現代の世界文学　イギリス短篇二四』集英社、一九九四年（本文中『現代の世界文学』と記す。）

丸谷才一『文学のレッスン』新潮文庫、新潮社、平成二五年

山極寿一『「父」という余分なもの――さるに探る文明の起源』新書館、一九九七年（本文中『「父」という余分なもの』と記す。）

山田圭一『ウィトゲンシュタイン　最後の思考　確実性と偶然性の邂逅』勁草書房、二〇〇九年（本文中『ウィトゲンシュタイン』と記す。）

あとがき

動物が現れる文学作品は数知れずある。動物は文学において描かれてきたばかりではなく、哲学においても考察されてきた。筆者が動物論に興味を持ったのは、デリダがあるセミナーでロレンスの詩「蛇」を取り上げているのを知ってからだった。デリダの考察を読んで、ロレンスが他の動物にどのような視線を向けているのかを見てみたくなり、キツネや馬を考察した。筆者はロレンスと同時にマードックの作品も読んできたので、ロレンスに関して書いたのなら、やはりマードックに関しても書くべきだと思い、犬が重要な登場人物となっているマードックの作品を選び考察した。

ロレンスは雌ジカの視線を感じた時、「共にそこにいる権利」を得たと詩に書いたが、「キツネ」では、容赦なくキツネを殺す男を登場させている。男はキツネばかりではなく人までも容赦なく殺す。また「セント・モーア」では、女は馬を「すばらしい悪霊」だと思い、馬と共にアメリカに行く。ロレンスにとって動物とは、それが自分を魅了するか否か、それと共に存在したいか否かが重要であるように見える。

一方、マードックの小説に出てくる犬には心がある。彼は自分を手放した飼い主を心配し、救おうとして出奔する。聖書にあるように愛は行為である。愛を描いてきたマードックは、誠実に飼い主を愛する犬を描いた。

その他、小著ではロレンスを思い浮かべることができるダンモア、マードックを思い浮かべることができるゲイルの作品を考察した。

小著出版にあたり、今回も文化書房博文社社長鈴木貞義氏、天野企画の天野義夫氏に大変お世話になりました。ここに記してお礼申し上げます。

平成二七年五月

筆者

emotion' 119
ロレンス Lawrence, D.H. 13, 15-16, 18, 20, 27, 29-32, 35-36, 40-44, 66-69, 79-81, 84, 91, 129-41, 175-91
『アポカリプス』*Apocalypse and the Writings on Revelation* 32, 136-41, 191
「イングランド、私のイングランド」'England, My England' 36
「キツネ」'The Fox' 15, 41, 43-44
「死んだ男」'The Man Who Died' 32
「セント・モーア」'St. Mawr' 15, 84, 91, 219
「太陽」'Sun' 141
「蛇」'The Snake' 15, 18, 20, 26, 66, 68, 219
『チャタレー卿夫人の恋人』*Lady Chatterley's Lover* 134-36, 141
「夕暮れの雌ジカ」'A Doe at Evening' 13
The Letters of D. H. Lawrence Vol.2: June 1913 - October 1916 131-33, 137, 175-76, 181
The Letters of D. H. Lawrence Vol.3: October 1916 - June 1921 182

12
ミルワード　Milward, Peter 19
『聖書の動物辞典』19

め

メルロ＝ポンティ　Merleau-Ponty, Maurice 13, 127, 159
『シーニュ２』159
『知覚の哲学　ラジオ講演1948年』13, 127
Maurice Merleau-Ponty: Basic Writings 13

も

本村凌二 82-84
『馬の世界史』82, 84
モンテーニュ　Montaigne, Michel de 11
『エセー４』11

や

山川偉也 142
『哲学者ディオゲネス　世界市民の原像』142
山極寿一 14
『「父」という余分なもの――さるに探る文明の起源』14
山田圭一 159
『ウィトゲンシュタイン　最後の思考　確実性と偶然性の邂逅』159

ら

ラーツ　Lurz, Robert W 83
'What do animals think?' 83
ラッセル　Russell, Bertrand 131-34, 137-38, 176, 181-82
『哲学入門』133-34
Portraits From Memory and Other Essays 134
The Selected Letters of Bertrand Russell: The Public Years, 1914-1970 133

る

ルルカー　Lurker, Manfred 18
『聖書象徴辞典』18

レステル　Lestel, Domonique 127
「ハイブリッドな共同体」127

ろ

ローティー　Rorty, Richard 157
Contingecy, Irony, and, Solidarity 157
ローラー　Lawlor, Leonard. 79
This Is Not Sufficient: An Essay on Animality and Human Nature in Derrida 79
ローレンツ　Lorenz, Konrad Zacharias 108, 112, 115, 120, 127
『ソロモンの指輪――動物行動学入門』115
『人イヌにあう』108, 112, 120, 127
ロバーツ　Roberts, Robert C 119
'The Sophistication of non-human

The Archaeology of Knowledge And The Discourse on Language 29
The Courage of Truth (The Government of Self and Others II) Lectures at the College De France 1983-1984 130, 134, 136
ブキャナン　Buchanan, Brett 11
'Being with Animals Reconsidering Heidegger's Animal Ontology' 11

ブライアント　Bryant, Clifton 80
'The Zoological Connection: Animal-related Human Behavior' 80

へ

ベイーユ　Weil, Kari 14, 91, 120
Thinking Animals: Why Animal Studies Now? 14, 91, 120
ヘーゲル　Hegel, G.W.F. 158, 163
Hegel's Science of Logic 158
ベコフ　Bekoff, Mark 83, 107, 126
Why Dogs Hump and Bees Get Depressed: The Fascinating Science of Animal Intelligence, Emotions, Friendship and Conversation. 126
Wild Justice: The Moral Lives of Animals 83, 107
ヘンゲホールド　Hengehold, Laura 157
The Body Problematic: Political Imagination in Kant and Foucault 157

ほ

ホーグル　Fogle, Bruce 108
The Dog's Mind: Understanding Your Dog's Behavior 108

ま

マードック　Murdoch, Iris 15-16, 108, 120, 129, 143-44, 155, 157-59, 167, 169, 172-73, 190, 209-11, 219
『網のなか』*Under the Net* 157
『地球へのメッセージ』*The Message to the Planet* 167, 170-71
『何か特別なもの』*Something Special* 16, 143-44, 154-55
『緑の騎士』*The Green Knight* 15, 108-10, 112, 114-15, 120-21, 129
『善き見習い』*The Good Apprentice* 16, 159, 161-62, 164, 166, 192-93
Existentialists and Mystics: Writings on Philosophy and Literature 157, 172
Metaphysics as a Guide to Morals 158
丸谷才一 143-44, 154-56
「イギリスの短篇小説」154
『文学のレッスン』144

み

宮崎裕助 12
「脱構築いかにして生政治を開始するか　デリダの動物論における「理論的退行」について」

て

デリダ　Derrida, Jacques 12-13, 15-16, 18-20, 26-32, 40, 43, 65-68, 79
『新版　精神について　ハイデッガーとの問い』12-13
「ドゥルーズにおける人間の超越論的「愚かさ」と動物への生成変化」12
The Animal That Therefore I Am 12-13
The Beast and the Sovereign Volume I 18-19, 29-30
The Beast and the Sovereign Volume II 65

テンニエス　Tönnies, Ferdinand 190-91
『ゲマインシャフトとゲゼルシャフト（上）』191

と

トルストイ　Tolstoi, Aleksei K. 83
『トルストイ全集３　初期作品集下』83
ドワーキン　Dworkin, Ronald 68
Justice for Hedgehogs 68

な

中島義道 161
『エゴイスト入門』161

に

西田正規 14
『人間性の起源と進化』14

の

野内良三 158-59, 161
『偶然を生きる思想 「日本の情」と「西洋の理」』158-59, 161
野口裕二 211
『物語としてのケア　ナラティブ･アプローチの世界へ』211
ノスカ　Noske, Barbara 128
'The Animal Question in Antholopology' 128

は

ハイデッガー　Heidegger, Martin 12, 131, 140, 165
『形而上学の根本概念・ハイデッガー全集　第29／30巻』12, 165
『「ヒューマニズム」について』140
『ニーチェⅡ　ヨーロッパのニヒリズム』131
バーブリッジ　Burbridge, John W 157
Hegel's Systematic Contingency 157
バクナー　Bachner, Saskia 173
Contingency in Iris Murdoch's Under the Net 173

ひ

ヒューム　Hume, David 157
「人間本性と想像力の区別」157

ふ

フーコー　Foucault, Michel 15, 29, 130-31, 134, 136-37

九鬼周造 159, 172
「偶然性の問題」159, 172
クリステヴァ　Kristeva, Julia 35, 39
Powers of Horror: An Essay on Abjection 35, 39
グロス　Gross, Arin 14
'Introduction and Overview Animal Others and Animal Studies.' *Animals and the Human Imagination: A Companion to Animal Studies* 14

け

ゲイル　Gale, Patrick 15, 16, 129, 192-93, 208-10, 219
『ラフミュージック』*Rough Music* 16, 193, 208
'Book Of A Lifetime: The Bell, By Iris Murdoch 209

こ

コールリッジ　Coleridge, Samuel Taylor 29-30
「老水夫行」*The Rime of the Ancient Mariner* 29-30
コレン　Coren, Stanley 114
The Modern Dog: A Joyful Exploration of How We Live With Dogs Today 114
コンラディ　Conradi, Peter J 143
Iris Murdoch: A Life 143

し

シェークスピア William Shakespeare 207
『マクベス』*Macbeth* 207
シェパード　Shepard, Paul 14, 43, 104
Thinking Animals: Animals snd the Developmant of Human Intelligence 14, 43, 104
ジジェク　Žižek, Slavoj 158
Less Than Nothing Hegel : And The Shadow of Dialectical Matterialism 158
ジョイス　Joyce, James 143, 152
『ダブリナーズ』*Dubliners* 143, 152

す

スーエル　Anna Sewell 108
『黒馬物語』*Black Beauty* 108
スピルカ　Spilka, Mark 135
Renewing the Normative D.H.Lawrence: A Personal Progress 135

た

竹内啓 160, 167, 169, 171-72
『偶然とは何か――その積極的意味』160, 167, 169, 171-72
ダンモア　Dunmore, Helen 15-16, 69, 79-81, 129, 175-76, 180, 182-83, 185, 190, 219
『暗黒のゼナー』*Zennor in Darkness* 16, 175-76, 182-83, 190
『ゴー・フォックス』*Go Fox* 15, 69
'Introduction.' 190

索　引

・著者名、作品名（研究書、論文などを含む）に限った。
・引用文献の著者名は本文中では原語のまま記されているものもあるが、索引では原音に近いカタカナ書きとした。日本語で流布しているものはそれに従った。
・作品名は著者名の下に入れた。その際、研究書、論文などに関しては本文中でその邦訳を書いたもの以外は、使用テキストのタイトルのままにし、日本語の作品名の下に記した。

あ

阿刀田高 156
『短編小説のレシピ』156
アリストテレス　Aristotelēs 11, 19, 107-08
『動物誌（上）』19, 81, 107-08
De Anima (On the Soul) 11
The Nicomachean Ethics 11

い

イーグルトン　Eagleton, Terry 192, 207-09
How to Read Literature 192
生松敬三 190
『社会思想の歴史』190

う

ヴァール　Waal, F. B. M. de 14
The age of Empathy: Nature's Lessons for a Kinder Society 14
ウィトゲンシュタイン　Wittgenstein, Ludwig 158-61, 164, 172-73
『原因と結果：哲学』160, 164, 172, 178
Tractatus Logico-Philosophicus 158

お

オーウェル　Orwell, George 83
Animal Farm: A Fairy Srory 83

か

ガイタ　Gaita, Raimond 109
The Philosopher's Dog 109
カッシーラ、E 65
『人間――この象徴を操るもの』65
金森修著『動物に魂はあるのか』11, 12
カント、イマヌエル 157, 158
『純粋理性批判上』158

く

木村敏 173
『偶然性の精神病理』173

【著者紹介】

野口 ゆり子（ノグチユリコ）

一九五三年　東京都生まれ
首都大学東京都市教養学部非常勤講師
拓殖大学政経学部非常勤講師
著書『ロレンス　精神の旅路――クリステヴァを通して読む』（彩流社、二〇〇二年）
『ロレンスとマードック――父性的知と母性的愛』（彩流社、二〇〇四年）
『救済としての文学――マードックとロレンス』（文化書房博文社、二〇〇九年）
『詩集　四季』（彩流社、二〇〇六年）

文学のなかの人間と動物――ロレンス、マードック、ダンモア、ゲイル

二〇一五年五月二〇日　初版発行

著　者　野口　ゆり子
発行者　鈴木　康一
発行所　株式会社　文化書房博文社
〒一一二―〇〇一五　東京都文京区目白台一―九―九
電話〇三―三九四七―二〇三四　ＦＡＸ〇三―三九四七―四九七六
振替〇〇一八〇―九―八六九五五
URL: http://user.net-web.ne.jp/bunka/

編集／天野企画　印刷製本／シナノ（株）

乱丁・落丁本は、お取り替えいたします。

ISBN978-4-8301-1273-7